BASTEI
LÜBBE

Von Linda Lael Miller sind bei BASTEI LÜBBE bereits erschienen:

18237 – Leidenschaft, die dich verführt
18239 – Wenn das Glück dich erwählt
18247 – Träume, die dich verführen
18274 – Küsse, die voll Sehnsucht sind
18283 – Wunsch des Herzens
18286 – Sieg der Herzen
18297 – Wildes Lied der Liebe
18633 – Zeit der Liebe, Zeit des Glücks

Über die Autorin

Linda Lael Miller wurde in Spokane, Washington, geboren und begann im Alter von zehn Jahren zu schreiben, nachdem ein Lehrer einen besonders fantasievollen Aufsatz von ihr gelobt hatte. Ihren ersten Roman veröffentlichte sie 1983 – seitdem hat sie über 25 Bücher geschrieben, die sich in den USA insgesamt über sechs Millionen Mal verkauft haben. Linda Lael Miller lebt während des Sommers in Port Orchard, Washington, und im Winter in Scottsdale, Arizona.
Mehr Informationen finden Sie im Internet unter
http://www.lindalaelmiller.com

LINDA LAEL MILLER

Im Bann der Liebe

ROMAN

Ins Deutsche übertragen von
Bettina Albrod

BASTEI
LÜBBE

BASTEI LÜBBE TASCHENBUCH
Band 18637

1. Auflage: September 2002

Vollständige Taschenbuchausgabe
Bastei Lübbe Taschenbücher ist ein Imprint der Verlagsgruppe Lübbe

Deutsche Erstveröffentlichung
Titel der amerikanischen Originalausgabe: Courting Susannah

Titelillustration: Daeni/Agentur Thomas Schlück GmbH
Einbandgestaltung: Beate Steter
Satz: KCS GmbH, Buchholz/Hamburg
Druck und Verarbeitung: AIT Trondheim, Norwegen
Printed in Norway
ISBN: 3-404-18637-0

Sie finden uns im Internet unter
http://www.luebbe.de

Der Preis dieses Bandes versteht sich einschließlich
der gesetzlichen Mehrwertsteuer.

Für meine Großeltern Selma und Horace Bleecker, die ich nie kennen gelernt habe, und in Liebe für Dora Purtee Lael

1

1906

Als auf ihr Klingeln niemand antwortete, nahm Susannah McKittrick all ihren Mut zusammen und betrat kühn Aubrey Fairgrieves herrschaftliches Haus auf einem der sieben Hügel Seattles. Mit gestrafften Schultern, kerzengeradem Rücken und ohne einen Blick nach rechts oder links zu werfen, stieg sie die große Treppe empor, durchschritt die eindrucksvolle Halle und entschied sich für einen bescheidenen, aber angemessenen Raum am Ende des Flurs.

Das einzige kleine Fenster gab den Blick auf die schneebedeckten Berge und das unruhige, schmutzig graue Wasser eines Sundes frei, der unter dem düsteren Oktoberhimmel lag. Ein ungepflegtes Stück Garten lag vor ihr, an den sich, nur durch eine Mauer getrennt, der Friedhof anschloss. Die Gräber lagen unter einer Decke von Blättern, die in allen Farben des Herbstes schimmerten, und aus der vereinzelt Statuen und Holzkreuze hervorragten.

Susannah fragte sich, welches davon wohl Julias Grab war, und Tränen stiegen ihr in die Augen. Rasch riss sie sich zusammen und versuchte, an etwas Positiveres zu denken. Angesichts ihrer Erschöpfung und des Kummers in ihrem Herzen war das kein leichtes Unterfangen. Susannah hatte Nantucket noch an dem Tag verlassen, an dem Mr. Fairgrieves Telegramm mit der Todesnachricht gekommen war. Nun war sie halb verhungert, eine Fremde in einem fremden Land und wahrscheinlich ein unwillkommener Gast. Denn Julias Mann – jetzt Witwer – hatte sie nicht eingeladen, als Ersatzmutter für seine Tochter in sein Haus zu kommen. Das war ihre eigene Idee gewesen – und die Julias.

Susannah blieb am Fenster stehen und betrachtete wieder die Berge, dann seufzte sie, streifte ihren staubigen Reisemantel ab und ließ ihn auf einen Stuhl fallen. Das Klima in Seattle war so ähnlich wie in Nantucket, dennoch vermisste sie ihre Heimat bereits schmerzlich. Ein weit entferntes Zuhause gewinnt im Auge des Betrachters, und hier war es leicht, die Einsamkeit der langen Winterabende und die wilden Atlantikstürme zu vergessen, die die Insel zu jeder Jahreszeit heimsuchten.

Mit einem Ruck wandte Susannah sich ab, fest entschlossen, das Beste aus der Situation zu machen, um Julias Tochter willen. Im Spiegel über dem Schreibtisch erhaschte sie einen Blick auf sich selbst. Sie war blond, grauäugig, weder schön noch hässlich und in ein praktisches braunes Kleid mit passender Haube gekleidet, dem nur ein schmaler Spitzensaum etwas Freundlichkeit verlieh. Alles, was sie trug, die Unterröcke eingeschlossen, war immer wieder sorgfältig geflickt worden, um halbwegs zu verbergen, dass die Sachen schon bessere Zeiten gesehen hatten. Auch wenn Susannah am Ende ihrer Kraft war, hielt ihre Würde sie weiter aufrecht.

Sie band die Bänder ihrer Haube auf und setzte sie ab. Nach ihrem eigenen Urteil war sie eindeutig nicht so hübsch, wie Julia es gewesen war, auch wenn ihre Haut ungewöhnlich klar war und vor Gesundheit rosig schimmerte. Was ich jetzt brauche, sind ein heißes Bad, eine Mahlzeit und eine ruhige, lange Nacht, gestand sie sich seufzend ein. Aber ehe sie sich ihre Wünsche erfüllen durfte, gab es andere Dinge zu bedenken.

Zuerst – ihr Herz schlug schneller – würde sie Julias Baby sehen, das nach ihr benannt werden sollte. Dann war es unvermeidlich, dass sie Aubrey Fairgrieve gegenübertrat, denn immerhin war es sein Haus, und das Kind, dieses kostbare Kind, war auch seines.

Susannah ließ sich auf die Kante eines unbezogenen Eisenbettes sinken, überwältigt von der enormen Aufgabe, die auf sie wartete. Erneut ließ sie ihre Gedanken wandern.

Julia, die im Grunde ihres Herzens eine Romantikerin gewesen war, hatte Aubrey in Boston kennen gelernt, wo sie als Gouvernante die Kinder eines seiner Freunde betreut hatte. Wenige Wochen nach der ersten unschuldigen Begegnung war sie mit dem Mann durchgebrannt, trotz der vielen Briefe Susannahs, in denen diese sie beschworen hatte, vorsichtig zu sein, sich Zeit zu lassen und das Ganze noch einmal gut zu überlegen.

Nach der Hochzeit hatte Julia in ausführlichen Briefen ihren Ehemann in den höchsten Tönen gelobt. Er sei umwerfend attraktiv, hatte sie geschrieben, ein vitaler und witziger Mann, dreiunddreißig Jahre alt, mit einem netten Lächeln, spitzbübischen haselnussbraunen Augen und einer Fülle dunkler Locken. Sie fuhr fort, sein Äußeres und sein Wesen zu beschreiben – groß und schlank sei er, mit breiten Schultern und gestählten Muskeln von der harten Arbeit in dem Holzfällercamp, in dem er aufgewachsen war. Jetzt sei er ein wohlhabender Mann mit guten Manieren: Er besäße ein großes Haus, schöne Anzüge, hielte sich ein paar herrliche Pferde und genösse jeden Abend eine Zigarre zu einem Glas Brandy.

Susannah hatte die Ergüsse ihrer Freundin begierig, wenn auch mit leichtem Neid gelesen, denn sie arbeitete zu der Zeit als Gesellschafterin einer unbeugsamen alten Witwe, deren Geld langsam zur Neige ging. Und obwohl sie in einem großen Haus in Nantucket gewohnt hatte, war sie wie immer eine Außenseiterin gewesen. Als sie von Julia erfuhr, dass diese schwanger war, hatte Susannah sich riesig gefreut, aber auch ihre eigene Einsamkeit stärker denn je empfunden.

Im Laufe der nächsten sechs Briefe hatte sich Julias Schwärmerei über ihr neues Leben in Verbitterung gewandelt, der Trotz und schließlich Wut gefolgt waren. Die Märchenehe der Fairgrieves war nicht nur zerbrochen, sie war mit großem Lärm explodiert, und bei aller Wut Julias blieb der Grund dafür ein Geheimnis.

Seattle war verglichen mit dem ruhigen Boston natürlich ein lebendiger Ort. Susannah und Julia waren beide in St. Mary's, einem weit abgelegenen, behüteten Heim für eigensinnige und unglückliche Mädchen aufgewachsen, wo sie in Musik, Latein, Handarbeit und Literatur unterrichtet worden waren. Julia war überglücklich gewesen, die Erziehung einer Lady genießen, wenn auch nicht mit deren Mitteln aufwachsen zu können. Dessen nicht genug, durfte sie dann die Liebe eines wunderbaren Mannes erfahren und im Glück schwelgen. Was war nur passiert, dass sich alles so dramatisch geändert hatte?

Susannahs Magen verkrampfte sich. Immer wieder hatte sie über genau diese Frage nachgegrübelt und versucht, einen Ausweg zu finden, aber ihre Bemühungen hatten nur für noch mehr Schmerz und Verwirrung gesorgt. Und sie konnte das Thema nicht ruhen lassen. Bei all ihren Fehlern war Julia die einzige Familie gewesen, die sie gehabt hatte, und das Band zwischen ihnen hielt sie auch über den Tod hinaus zusammen.

So reich und mächtig Mr. Fairgrieve auch war, überlegte Susannah, er musste glücklich gewesen sein, einen Schatz wie Julia gefunden zu haben: Julia mit ihrer zarten Haut, den großen grünen Augen und der Fülle dunkler Locken. Sie war fröhlich, warmherzig und übersprudelnd vor Leben gewesen, während Susannah eher scheu und introvertiert war. Und doch hatten die beiden zehnjährigen Mädchen schon ein paar Tage nach Julias Eintreffen in St. Mary's – sie war schreiend und tretend von ihrer Mutter hingeschleppt worden, die Schauspielerin war und magere Zeiten erlebte – Blutsschwesternschaft geschlossen und den Pakt mit angestochenen Zeigefingern besiegelt.

Jäh aus ihren Gedanken gerissen, vernahm Susannah den leisen Schrei eines Babys – Julias Kind.

Mit klopfendem Herzen erhob sie sich, trat hinaus und lauschte. Geschlossene Türen säumten den Flur wie Wachsoldaten, die bereitstanden, um den ungeladenen Gast abzuweisen. Vornehme Gaslampen hingen an den Wänden, es duftete nach Bienenwachs. Susannah hatte das Gefühl, in einem antiken Tempel zu stehen.

Das Jammern des Babys war jetzt zu einem wütenden Geschrei angeschwollen, und ihre Aufregung wuchs mit jeder Tür, an die sie ihr Ohr presste. In diesem Moment öffneten sich die großen Flügeltüren am Ende des Ganges und Susannah erspähte einen Mann, ein wütend brüllendes Bündel im Arm.

»Verdammt, Maisie!«, brüllte er. »Wo bleiben Sie?« Dann entdeckte er Susannah, die wie gelähmt im Flur stand. Der Mann trug hohe Stiefel, enge Lederhosen, ein weißes Hemd und Hosenträger. »Wer zum Teufel sind Sie?«, blaffte er.

Susannah stand stocksteif da. Voller Panik versuchte sie zu sprechen, brachte aber kein Wort heraus. Sie hatte gehofft, sich vernünftig vorstellen und alles erklären zu können, statt wie ein Dieb im Flur ertappt zu werden, aber diese Gelegenheit war jetzt vorbei.

»Sie müssen Mr. Fairgrieve sein«, brachte sie schließlich hervor und errötete.

»Und Sie sind?« Mit funkelnden Augen kam er auf sie zu. Das Baby hatte jetzt aufgehört zu schreien und kuschelte sich mit einem fast zufriedenen Gurgeln an seine Schulter. Er klopfte ihm beruhigend mit seiner kräftigen Holzfällerhand auf den Rücken. Von der Freundlichkeit und dem Humor, den Julia so gerühmt hatte, konnte Susannah nichts entdecken.

Sie schluckte und straffte dann ihre müden Schultern. »Ich heiße Susannah McKittrick. Ihre verstorbene Frau Julia war meine beste Freundin.«

»Ah«, stieß er hervor. Susannah glaubte zu erkennen, dass er sich erinnerte, auch wenn er scheinbar keinen Grund hatte, sich über ihre Ankunft zu freuen. »Was wollen Sie hier?«

Sie nahm den Rest ihres Mutes zusammen. Ihr Handeln war närrisch und impulsiv gewesen, aber das war jetzt nicht mehr zu ändern. Sie war hier und musste den Schritt nach vorne tun. »Ich bin gekommen, um mich um das Kind zu kümmern.«

Er hob eine Braue und fuhr abwesend fort, das Kind zu beruhigen, was angesichts seiner Statur und Kraft fast komisch war. Doch diese Situation ließ keine Komik zu. »Was?«, fragte er ungläubig, als hätte sie in einer fremden Sprache geredet.

»Julia hatte mir ein Versprechen abgenommen – dass ich mich um ihr Baby kümmere, falls ihr etwas zustoßen sollte. Als ich Ihr Telegramm erhielt …«

Er runzelte die Stirn. »Ich verstehe«, bemerkte er, obwohl er das eindeutig nicht tat. »Maisie muss Sie hereingelassen haben.«

Susannah schluckte, hob das Kinn und schüttelte dann den Kopf. Sie kannte den Namen Maisie nicht, Julia hatte die Frau nie erwähnt. Aber ohne Zweifel handelte es sich um eine Angestellte.

»Ich habe ein paarmal an der Klingel gezogen, aber als niemand kam, bin ich einfach so eingetreten.« Sie schwieg und errötete erneut. »Wissen Sie, ich hatte keine andere Wahl. Ich bin von so weit her gekommen, und es erschien mir so dringlich.«

Sie meinte, ein Grinsen in den Tiefen seiner bemerkenswerten Augen lauern zu sehen, aber sie war sich nicht sicher. »Gehört es zu Ihren Gewohnheiten, in fremde Häuser zu gehen, wenn niemand Ihnen aufmacht, Miss … äh …?«

»McKittrick«, wiederholte sie. Sie schaffte es mit Mühe, seinem Blick standzuhalten, aber sie durfte sich nicht einschüchtern lassen. Sie hatte keine andere Wahl, als einen Weg zu finden, ihr Versprechen an Julia zu halten, das Kind aufzuziehen und Julias Andenken zu bewahren. »Keineswegs«, erwiderte sie kühl. Natürlich hatte sie sich aus Verzweiflung Zugang verschafft, nicht aus Kühnheit. Sie hatte keine Freunde in Seattle und keine Stelle und praktisch kein Geld. Wenn dieser Mann sie abwies, würde sie auf der Straße sitzen.

Susannah spürte erneut Panik in sich aufsteigen und versuchte ihr zu begegnen, indem sie sich auf die Unterlippe biss.

»Sie sagen, dass Sie eine Freundin meiner Frau waren?«, fragte er jetzt ernst.

Susannah stieß den Atem aus und nickte. Julia hatte ihm bestimmt von ihrer gemeinsamen Kindheit in St. Mary's erzählt, immerhin hatte er ihr den Tod seiner Frau mitgeteilt. Dennoch schien ihre Existenz, ganz zu schweigen von ihrer Anwesenheit in seinem Flur, ihn zu überraschen.

»Ich habe – ich habe das kleinste Zimmer mit Blick auf den Friedhof genommen«, setzte sie hinzu und widerstand dem Drang, die Hände zu ringen. Ihre Augen hingen an dem Baby. Sie sehnte sich danach, es zu nehmen und an sich zu drücken.

Fairgrieve hob eine Braue, und erneut vermeinte sie Amüsement in seinen Augen zu erkennen, aber der Moment war so schnell vorüber, wie er gekommen war. »Ich denke, ich habe nichts dagegen, da es sonst niemand benutzt«, gestand er zu. »Dennoch wüsste ich gern, was Sie hier wollen.«

Sie wollte unbedingt das Kind halten. »Das habe ich doch

schon gesagt«, erklärte sie und versuchte möglichst entschieden zu klingen. »Ich bin hier, um mich um Julias Tochter zu kümmern. Wie ist ihr Name?«

Er betrachtete das Baby mit fragendem Blick, als wenn es ihm eine Antwort geben könnte, und sah dann wieder Susannah an. »Ich glaube, sie hat noch keinen Namen«, erklärte er, und Susannah hätte schwören können, dass ihm dieser Umstand jetzt erst aufgegangen war, auch wenn sie zugeben musste, dass er das kleine Mädchen mit einem gewissen Geschick hielt, das seinen angeblichen Charaktermängeln widersprach. Susannah war sprachlos. Als sie sich wieder gefangen hatte, stammelte sie: »Keinen Namen? Aber das arme kleine Ding ist vier Monate alt!«

»Ja«, stimmte Fairgrieve ohne Reue zu. Dann hielt er ihr das Kind wie eine Opfergabe hin. »Hier. Wenn Sie sie haben wollen, nehmen Sie sie, sie hat Hunger.«

Zitternd nahm Susannah das Kind entgegen. Wie konnte man ein vier Monate altes Kind nur ohne Namen lassen? Als sie die Wärme des Babys spürte, traten ihr Tränen in die Augen, und sie blinzelte rasch in der Hoffnung, Fairgrieve würde es nicht bemerken. Sie holte zweimal tief Luft, um sich zu fassen, und drückte das Kind an ihre Brust.

»Nehmen? Aber wo soll sie hin?«, fragte sie verwirrt, als sie ihrer Stimme wieder trauen konnte.

»Na, in die Küche natürlich. Ich glaube, sie braucht ein Fläschchen.«

Susannah starrte ihn an. »Dann darf ich bleiben?«

Er war bereits im Begriff zu gehen und warf ein kurzes »Vorerst« über die Schulter, ehe er zu einer Flügeltür strebte, die nach draußen führte.

Susannah blieb noch einen Moment stehen, dann machte sie sich auf den Weg zur Treppe. Sie beeilte sich für den Fall, dass

Mr. Fairgrieve es sich doch noch anders überlegen könnte und sie bat zu verschwinden.

Nach ein paar Umwegen fand sie die Küche und war beeindruckt, einen Kühlschrank mit einem Krug kalter, cremiger Milch, außerdem Käse, Eier und andere Vorräte vorzufinden.

Ohne auf ihren eigenen Hunger zu achten, legte Susannah das Kind behutsam in einen Schaukelstuhl am Fenster, suchte in den Schränken nach Flasche und Sauger, schürte ein Feuer und machte sich daran, das Essen des Babys zu erwärmen.

Sie saß im Schaukelstuhl und fütterte das Baby, als Mr. Fairgrieve über eine Hintertreppe in die Küche kam, vor ihr stehen blieb und sie eine Weile mit nicht zu deutender Miene beobachtete.

»Sie kennen sich mit Babys aus«, stellte er schließlich fest.

Sie lächelte. »Ja. In St. Mary's wurden viele Kinder aufgezogen, und ich habe bei der Pflege geholfen, bis sie adoptiert wurden.«

Er runzelte die Stirn. »St. Mary's?«

Er wirkte ernstlich verwirrt. Julia musste ihm doch von der Schule, den Nonnen und den Mädchen in Not erzählt haben, die dort Zuflucht gesucht hatten? »Wo Ihre Frau und ich einander kennen gelernt haben«, setzte sie erklärend hinzu.

Er zog sich einen Stuhl heran und setzte sich ihr gegenüber, sodass ihre Knie sich fast berührten. »St. Mary's«, wiederholte er, als könnte ihm die Wiederholung des Namens Aufschluss geben.

Susannah fuhr fort, sacht hin und her zu schaukeln, das Baby satt, schwer und milchduftend im Arm, auch wenn ihr Herz schneller schlug. Julia war bekannt dafür gewesen, dass sie aus ihrem Wunsch heraus, irgendwo dazuzugehören, die eine oder andere kleine Lüge erzählt hatte. Auch war sie zuweilen recht eigennützig gewesen, aber sie hatte Aubrey doch sicher von ihrer Kindheit erzählt? Oder nicht? Ehe Susannah etwas sagen konnte, sprach Mr. Fairgrieve erneut.

»Sagen Sie«, bat er, »wer genau *war* meine Frau?«

Susannah war wie vor den Kopf gestoßen. »Wie bitte?«

Er verschränkte die Arme. »Ich hätte gerne eine Beschreibung von ihr – aus Ihrer Sicht.«

Also hatte sie ihm etwas bedeutet, auch wenn Julia etwas anderes behauptet hatte. Susannahs Herz zog sich zusammen, und sie lächelte traurig bei der Erinnerung. Sie seufzte. »Julia hat es gehasst, in St. Mary's zurückgelassen zu werden – ich glaube, sie wusste, dass ihre Mutter nie mehr wiederkommen würde.«

Mr. Fairgrieve beugte sich aufmerksam vor, sagte jedoch nichts.

»Sie war Schauspielerin – Julias Mutter, meine ich –, und ich nehme an, daher hatte Julia ihr Temperament. Sie war – nun, ein bisschen exaltiert.«

Aubrey hob die Augen kurz gen Himmel. »Ich glaube, das ist noch untertrieben.«

Susannah hatte das Gefühl, ihre Freundin verteidigen zu müssen. »Wenn Sie dabei gewesen wären, wenn Sie gesehen hätten, wie sie geweint und sich an das Eisentor geklammert, ihre Mutter angefleht hat, zurückzukommen…« Sie schloss die Augen, aber die Erinnerung war so klar, als hätte sich das alles eben erst ereignet, obwohl mittlerweile vierzehn Jahre vergangen waren. »Die Nonne musste Julia hereinzerren. Sie machte weiter, bis ihr übel wurde. Man gab ihr Laudanum, damit sie sich beruhigte, und dennoch war sie in einem solchen Zustand, dass sie ein paar Tage auf der Krankenstation bleiben musste.«

Mr. Fairgrieve zuckte mit keiner Wimper. »Dann ist St. Mary's ein Waisenhaus?«

Susannah nickte. »Und eine Schule und ein Hospital.«

Er saß eine Weile ruhig da und verarbeitete das, was sie ihm erzählt hatte. »Und Sie?«, fragte er dann.

»Ich?« Sie war verwirrt.

»Wie sind Sie dorthin gekommen? Zu dieser … Schule, meine ich.«

Susannah biss sich auf die Unterlippe. »Ich bin dort groß geworden.« Sie blickte auf das Baby hinunter und schaukelte es ein bisschen schneller. »Eines dieser Kinder, über die man in den Groschenromanen liest – auf der Treppe in einem Körbchen gefunden, nur dass es bei mir eine alte Obststiege war.«

»Das tut mir Leid.«

Sie schwieg entrüstet, obwohl Freundlichkeit in seiner Stimme mitgeschwungen hatte. »Das braucht es nicht, ich war sehr glücklich in St. Mary's. Die Nonnen waren freundlich, und ich habe eine gute Erziehung bekommen.«

»Sie haben nicht geheiratet.« Es mochte eine Frage oder eine Feststellung sein, so wenig Bedeutung gab er den Worten.

Susannah spürte die altbekannte lähmende Leere in sich und verdrängte sie rasch. Das Baby schlief jetzt satt und zufrieden. »Nein«, erwiderte sie schließlich. »Nach der Schule habe ich als Gesellschafterin gearbeitet, und irgendwie war nie Zeit für etwas anderes.«

Er seufzte tief und fuhr sich mit der Hand durch sein Haar. »Bis Sie Ihre Arbeit aufgegeben haben, um hierher zu kommen nach Seattle.«

Am liebsten hätte Susannah geweint, aber sie erlaubte sich diese Erleichterung nicht, aus Angst, nicht wieder aufhören zu können. »Es war das Mindeste, was ich tun konnte. Julias Briefe …«

»Ich kann mir Julias Briefe gut vorstellen«, unterbrach er sie müde und angewidert. Er sah aus, als ob er noch etwas sagen wollte, ließ es dann aber sein.

»Ich werde Ihnen nicht zur Last fallen, Mr. Fairgrieve«, versicherte Susannah, vielleicht etwas zu rasch. Sie besaß ihren Stolz, aber wenn nötig, würde sie sich demütigen lassen. »Falls Sie mir erlauben, Julias Piano zu benutzen, kann ich Musikstunden geben, und für Unterkunft und Verpflegung werde ich natürlich bezahlen.«

»Und all das«, fragte er, während er sich erhob, »für das Kind von Fremden?«

»Julia war keine Fremde«, widersprach Susannah.

»Nein«, gab Aubrey zurück, »Julia nicht!« Er schwieg einen Moment. »Haben Sie keine Angst davor, mit dem Mann, den Julia aus mir gemacht hat, unter einem Dach zu leben?«

Sie begegnete seinem harten Blick, standhaft, ohne auszuweichen. »Ich kann auf mich aufpassen«, erwiderte sie. »Meine ganze Sorge gilt diesem Baby. Wenn Sie nichts dagegen haben, würde ich sie gerne Victoria nennen. Sie sollte einen Namen haben.«

»Nennen Sie sie, wie Sie wollen«, gab Aubrey kühl zurück.

»Arme Julia«, entfuhr es Susannah.

Fairgrieve beugte sich vor, bis seine Nase die Susannahs fast berührte. »Die *arme* Julia«, höhnte er und imitierte ihre Stimme, »möge sie in Frieden ruhen, hat sich um niemanden gekümmert außer um sich selbst. Ihre größte Sorge das Kind betreffend war, dass die Schwangerschaft ihrer Figur schaden könnte. Also, was immer Sie tun wollen, verschwenden Sie Ihre Sympathie nicht an meine verstorbene Frau.«

Susannah schreckte zurück angesichts seiner kalten Wut. Gut, sie hatte gewusst, dass Julia in dieser Ehe nicht glücklich gewesen war, zumindest nicht am Ende, aber sie hatte nicht geahnt, dass so viel Verbitterung und Ablehnung dahinter steckte. »Ich möchte nicht über den Charakter meiner Freundin diskutieren, weder mit Ihnen noch mit jemandem sonst. Julia hat sich auf die Geburt gefreut und hat Sie sehr geliebt, zumindest am Anfang ihrer Ehe, das weiß ich aus ihren Briefen.«

Fairgrieves Gesicht verriet Verachtung, und doch kam er ihr höchst attraktiv vor – ein Widerspruch, der Susannah nicht wenig beunruhigte. »Julia wusste nicht einmal, was Liebe war«, fauchte er. »Von dem Moment an, da sie sicher war, schwanger zu sein, hat sie diesen Umstand beklagt und mich als Lüstling beschimpft, der keine Rücksicht auf ihre Konstitution nimmt.« Er stieß scharf den Atem aus. »Als ob ich irgendetwas damit zu tun gehabt hätte.«

Susannahs Augen wurden groß, aber sie weigerte sich, die Anspielung mit einer Antwort zu würdigen. Niemand war vollkommen, auch Julia nicht, sie war in gewisser Weise sogar recht oberflächlich gewesen, aber sie hatte auch viele gute Eigenschaften besessen. Wenn Aubrey Fairgrieve ihr Mann gewesen war, war er ohne Frage auch der Vater dieses Kindes, und damit war die Sache für Susannah entschieden.

»Wir scheinen hier über zwei verschiedene Frauen zu sprechen«, sagte sie schließlich ruhig. »Sie kannten die eine Julia und ich die andere.«

»Offenbar«, stieß er hervor.

Sie drückte das Kind an sich und las in seinem Blick, dass er die Geste richtig als eine Erklärung verstanden hatte. Sie erhob Anspruch auf einen Platz im Herzen und in der Zukunft dieses Kindes. Sie erkannte auch seinen stummen Widerstand gegen jede Geste des Nachgebens.

Anscheinend hatte Julia zumindest teilweise Recht gehabt, als sie verbittert eine Seite ihres Mannes geschildert hatte. Er war dickköpfig und jemand, der es gewohnt war, seinen Willen durchzusetzen.

Lange sah er sie wütend an, dann machte er auf dem Absatz kehrt und verließ die Küche.

Susannah blieb noch eine Weile nachdenklich sitzen, ehe sie nach oben ging, das Baby auf ihr Bett legte und seitlich mit Kissen absicherte. Anschließend zog sie eine Schublade aus der Kommode und polsterte sie mit Kissen und Handtüchern aus. Es gab sicher ein Kinderzimmer im Haus, aber fürs Erste sollte das genügen.

Nachdem sie das tief schlafende Kind umgebettet hatte, machte sie sich auf die Suche nach dem luxuriösen Badezimmer mit fließendem heißen Wasser, von dem Julia ihr geschrieben hatte, und nahm ein rasches Bad in der großen Kupferwanne. Anschließend hüllte sie sich in einen Morgenrock, der an der Tür hing, und eilte zurück in ihr Zimmer.

Die Kleine gab leise Babygeräusche von sich, und Susannah lächelte zufrieden. Nachdem sie ihre Toilettensachen und ein nicht allzu zerknittertes Baumwollkleid ausgepackt hatte, bürstete sie ihre Haare und steckte sie anschließend wieder ordentlich hoch. Jetzt noch eine Tasse Tee und etwas zu essen, dachte sie. Ihr Hunger wurde ihr erst jetzt wieder bewusst.

Susannah zog sich an, ging in die Küche hinunter, machte sich ein Tablett mit Brot, Käse und herrlich heißem Tee zurecht und aß dann in ihrem Zimmer. Trotz ihres Kummers um Julia und ihres Zorns auf Aubrey Fairgrieve fühlte sie sich besser, und zufrieden wickelte sie das Baby.

Als sie erneut in die Küche hinunterstieg, fand sie sich in Gesellschaft einer dicken Frau, die sich gerade ihren Mantel auszog – zweifelsohne Maisie.

»Nun«, begann sie und lächelte Susannah willkommen heißend an. »sie sind also gekommen, gut.«

Susannahs Augen verengten sich. Plötzlich begriff sie, dass diese Frau ihr das Telegramm geschickt hatte, aufgrund dessen sie nach Seattle gereist war, nicht Mr. Fairgrieve. »Susannah McKittrick«, stellte sie sich vor.

»Maisie«, war die Antwort. Die beiden Frauen schüttelten sich die Hände, und da entdeckte Susannah den kleinen Jungen, der sich scheu in den voluminösen Falten von Maisies Röcken verbarg.

»Das ist mein Jasper«, erklärte sie stolz. »Sag der Dame guten Tag, Jasper.«

Gehorsam verbeugte der vielleicht dreijährige Junge sich leicht, auch wenn er immer noch den Eindruck erweckte, als würde er am liebsten ganz in den Röcken seiner Mutter verschwinden.

Nachdem Maisie Haube und Mantel abgelegt und sich von Jasper befreit hatte, streckte sie ihre kräftigen Arme nach dem Kind aus. »Geben Sie mir den kleinen Schreihals. Sie muss ja halb verhungert sein. Ich weiß nicht, ob Mr. Fairgrieve daran gedacht hat, ihr ein Fläschchen zu geben. Ich habe ihn aber daran erinnert. Ich habe mich beeilt, um so schnell wie möglich zurück zu sein.«

Jasper nahm sich einen Apfel vom Tisch und verschwand in ein anderes Zimmer.

Susannah zögerte, ehe sie das Baby hergab, obwohl sie Maisie auf Anhieb mochte und glaubte, ihr vertrauen zu können. »Sie hatte schon ihr Fläschchen«, erklärte sie, während die ältere Frau Victoria nahm und auf ihrem Arm hüpfen ließ. »Und einen Mittagsschlaf.« Sie errötete, als Maisie das Kind auszog und das schöne Handtuch entdeckte, das sie als Windel benutzt hatte. »Ich wusste nicht, wo die Windeln sind.«

Maisie lächelte. »Das hat sie gut gemacht, nicht wahr, Kleines?« Sie zog eine Grimasse, und Victoria lachte glucksend. »Miss Julia sagte, Sie seien einfallsreich, und sie hatte Recht. Aber jetzt setzen Sie sich erst mal und erzählen Sie. Wie war die Reise?«

Maisie setzte sich ihr mit Victoria im Arm gegenüber.

»Lang«, gab Susannah zur Antwort. »Sagen Sie, Maisie – wusste Mr. Fairgrieve, dass ich komme?«

Maisie kicherte. »Nein«, erwiderte sie, »aber ich sehe, dass er Sie nicht vor die Tür gesetzt hat.«

Erstaunt drückte Susannah die Hand an die Brust und sah ihr Gegenüber amüsiert an. »Dann haben Sie mir das Telegramm geschickt? Aber warum …?«

»Ich hatte es Mrs. Fairgrieve versprochen.« Maisie sah in die Ferne. »Sie wollte Sie hier haben, damit Sie sich um die Kleine kümmern. Ich dachte mir, dass der Boss Sie bleiben lässt, wenn Sie plötzlich auftauchen.«

»Zum Glück«, erwiderte Susannah. »Wenn er mich weggeschickt hätte, hätte ich nicht gewusst, wohin.«

»Oh, keine Sorge, das hätte schon geklappt. Das hier ist ein großes Haus mit genug Schlupflöchern, in denen Mr. Fairgrieve Sie niemals entdeckt hätte. Jasper und ich halten uns den ganzen Tag hier auf, ohne je eine Menschenseele zu treffen.«

Susannah schloss einen Moment die Augen und stellte sich vor, sie würde ein Schattendasein als Geist führen, immer in den Ecken lauern und Mr. Fairgrieve nie begegnen. Sie erschauerte. Sie brauchte Sonne und frische Luft, sonst würde sie verkümmern. »Dann waren Sie und Julia – Mrs. Fairgrieve – Freundinnen?«

»Das würde ich nicht sagen«, widersprach Maisie und schaukelte sacht hin und her. »Schließlich war sie die Hausherrin und ich Köchin und Putzfrau. Das hat keiner von uns je vergessen. Dennoch hat sie mir sehr Leid getan, vor allem am Schluss.«

»Wie … wie ist sie gestorben?« Susannah erkannte, dass sie dieser Frage aus dem Weg gegangen war, seit sie die Nachricht vor zwei Wochen erhalten hatte.

Maisie drückte eine abgearbeitete Hand an die Wange. »Es war ein Fieber«, erklärte sie. »Es kam ganz plötzlich gleich nach der Geburt dieses kleinen Engels hier. Die Missus war von uns gegangen, ehe das Kind nur einen Tag alt war.«

Susannah biss sich auf die Lippen, als sie sich den Schock und die Trauer vorstellte. In St. Mary's hatte sie viele Mütter am Kindbettfieber sterben sehen, oft auch die Kinder. Sie wappnete sich innerlich. »Musste sie sehr leiden?«

Maisie warf Susannah einen abwägenden Blick zu. »Während der Schwangerschaft war sie wenig widerstandsfähig, es war eine harte Zeit für sie.«

Susannah blinzelte die Tränen weg, die ihr plötzlich in die Augen traten. »Und Mr. Fairgrieve? Hat er sich um sie gekümmert?«

»Er ist in der Halle auf und ab gegangen wie jeder werdende Vater, aber als die Kleine hier zur Welt kam, war die Missus schon völlig verwirrt. Sie hat keinen von uns mehr erkannt und immer nur nach ihrer Mutter gerufen.«

Susannah seufzte. Ja, dachte sie traurig, die Mutter, die sie schon vor vielen Jahren im Stich gelassen hatte und die nie zurückgekommen war.

»Kurz nach Mitternacht«, fuhr Maisie fort, »ist die Missus von uns gegangen, und der Boss hat das Haus verlassen und ist erst am Tag ihrer Beerdigung wiedergekommen. Da habe ich gedacht, dass ich nach Ihnen schicken sollte, wie die Missus mich gebeten hatte – schon nach der ersten Wehe. Sie sagte, Sie müssten um jeden Preis herkommen.«

Susannah rang um Fassung. »Nun«, brachte sie schließlich hervor, »die Nachricht hat eine Weile gebraucht, um mich zu erreichen.«

Maisie lächelte »Jetzt sind Sie ja hier«, stellte sie schlicht fest, »und nur das zählt. Bringen Sie das Baby in Mr. Fairgrieves Zimmer, damit es schläft, und dann ruhen Sie sich bis zum Essen aus. Sie sehen ganz erschöpft aus.«

Susannah erhob sich, und Maisie legte ihr das Kind in die Arme. »Die Wiege steht in Mr. Fairgrieves Zimmer?«, vergewisserte sie sich.

Maisie nickte, unbeeindruckt von Susannahs offensichtlichem Erstaunen. »Das große Zimmer vorne mit den Doppeltüren.«

Wieder stieg Susannah mit dem Baby die Treppe hinauf. Sie fand das Zimmer sofort. Susannah war sich sicher, dass Julia hier nie gewohnt hatte, denn es war sehr maskulin eingerichtet. Dennoch entdeckte sie mitten im Raum die Wiege.

Während sie Victoria hineinlegte, überkam sie eine solche Müdigkeit, dass sie wie in Trance eine Weile stehen blieb und über die Ereignisse nachdachte. Von plötzlicher Erschöpfung überwältigt, rollte sie sich einfach auf dem nächsten Bett zusammen. Nur einen winzigen Moment, dachte sie, dann werde ich in mein Zimmer gehen, doch der Schlaf überkam sie fast sofort.

Als Susannah erwachte, war es schon dunkel. Sie spürte eine starke Hand auf ihrer Schulter ruhen, und als sie aufsah, war sie auf der Stelle hellwach. Aubrey stand über sie gebeugt am Bett. In der Dunkelheit konnte sie seinen Gesichtsausdruck nicht erkennen.

»Es tut mir Leid«, stieß sie hervor, zutiefst beschämt durch den Umstand, schlafend auf dem Bett des Mannes entdeckt worden zu sein – vor allem *dieses* Mannes. »Ich muss … ich weiß nicht, was …«

»Schsch«, beruhigte er sie mit einem Lächeln in der Stimme, »es ist ja nichts passiert.«

Susannah fuhr hoch, und Aubrey trat zurück. Sie drückte die Fingerspitzen an die Schläfen und versuchte, sich zu orientieren. Dann sprang sie auf und eilte zur Wiege. Das Kind war verschwunden, und Panik ergriff sie.

»Sie ist unten bei Maisie«, beruhigte Aubrey sie sanft. Susannah wusste nicht, warum seine Stimme sie beruhigte, aber sie tat es. Himmel, sie tat es. »Unten wartet ein schönes Essen auf Sie.«

Sie brachte es nicht über sich, ihn anzusehen. Er nahm es leicht, dass er sie schlafend auf seinem Bett gefunden hatte, dabei genügte in diesen Zeiten schon eine Kleinigkeit, um den besten Ruf zu ruinieren. »Danke«, murmelte sie mit gesenktem Kopf und eilte zur Treppe. Dadurch stieß sie so heftig mit ihm zusammen, dass sie gefallen wäre, wenn er sie nicht aufgefangen und festgehalten hätte.

»Susannah«, sagte er, »es ist in Ordnung.«

Seltsamerweise konnte sie mit seiner Güte schlechter umgehen, als sie es mit Ärger oder Sarkasmus gekonnt hätte. »Ja«, gab sie mit zitternder Stimme zu, »alles ist in Ordnung.«

Da erst ließ er sie los und trat zurück. »Ich bringe die Wiege in Ihr Zimmer«, kündigte er an. »Wir sehen uns dann unten beim Essen.«

Sie wollte antworten, brachte aber kein Wort heraus. also nickte sie und verließ fluchtartig den Raum.

Lächelnd sah er ihr nach.

2

Susannah McKittrick ist in keiner Weise so wie Julia, zumindest auf den ersten Blick nicht, dachte Aubrey, als er zusah, wie sein ungeladener Hausgast langsam und mit sichtlichem Bemühen um Anstand sein Essen einnahm. Seine verstorbene Frau war der Mode entsprechend etwas rundlicher gewesen, auch vor der Schwangerschaft schon, und hatte sich nie einen Genuss versagt.

Susannah dagegen war schlank, fast schon hager. Ihre vollkommene Haut war blass, und die Art, wie ihre Hand zitterte, als sie die Gabel zum Mund hob, verriet, dass sie halb verhungert war. Er fragte sich, wann sie wohl das letzte Mal etwas Anständiges zu essen bekommen hatte. Wenn er nach dem Zustand ihrer Kleidung ging, war sie praktisch ohne finanzielle Mittel; ihr Stolz war womöglich alles, was sie hatte.

Wahrscheinlich wollte sie Julias Baby mit zu sich nach Hause nehmen, um es großzuziehen, auch wenn sie das noch nicht gesagt hatte. Wenn er sich recht erinnerte, kam sie aus Nantucket. Vielleicht, dachte er und sah mit gerunzelter Stirn zu, wie sie die zweite Portion Grillhuhn in Angriff nahm, erwartet sie ja eine finanzielle Entschädigung irgendeiner Art. Wenn sie die war, die sie zu sein schien – eine wohlmeinende Freundin Julias –, mochte so ein Abkommen eine gute Lösung für das Problem sein. Aber was, wenn sie eine Hochstaplerin war? Er kannte sie ja gar nicht. Sie könnte das Kind im Stich lassen, sobald sie das Geld hätte, und er würde nie dahinter kommen.

Sein Verstand riet ihm von übereilten Entschlüssen ab, ehe er ihren Hintergrund nicht besser kannte, und den würde er herausfinden lassen. Er kannte genau den richtigen Mann dafür.

Jetzt war sie gerade dabei, vergeblich zu versuchen, das Huhn auf ihrem Teller mit dem Messer zu zerschneiden, und ihre errötenden Wangen verrieten ihm, dass sie sich seiner Blicke bewusst war.

»Hier draußen im Westen ist es üblich, Huhn mit den Fingern zu essen«, bemerkte er.

Sie warf ihm einen unsicheren Blick zu, als ob sie den Verdacht hätte, er wolle sich über sie lustig machen, aber er nahm seinen Flügel in die Hand und biss herzhaft hinein. Er meinte, ein scheues Lächeln in den grauen Augen zu sehen, war sich aber nicht sicher, weil sie den Blick gleich wieder senkte wie einen Schleier. Doch sie legte das Besteck beiseite und begann, ihren Hühnerschenkel abzuknabbern.

Er spürte, wie sich in ihm etwas regte, und rückte unruhig auf seinem Stuhl hin und her. »Wie lange waren Sie auf Reisen, Miss McKittrick?«, fragte er schließlich, um sich abzulenken und ein Gespräch zu beginnen.

Sie sah ihn ernst an, als wollte sie den Grund selbst für eine so harmlose Frage erforschen. »Ich bin vor zehn Tagen aus Nantucket aufgebrochen«, erklärte sie dann.

»Sie scheinen nicht viel Gepäck dabeizuhaben«, bemerkte er und goss sich noch ein Glas Wein ein. Sie hatte kopfschüttelnd abgelehnt.

Susannah hob das Kinn, und ihre Augen wurden dunkel. »Ich habe nur sehr wenige Besitztümer«, erwiderte sie trotzig.

Er hatte irgendetwas Falsches gesagt, auch wenn er nicht

wusste, was es war. Frauen konnten sehr empfindlich sein. »Julia besaß sehr viele Kleider«, führte er aus und hoffte, dass er sie damit nicht beleidigte. »Sie sind in ihrem Ankleidezimmer. Nehmen Sie sich davon, was Sie brauchen.« Er räusperte sich. »Sie werden sie wohl ändern müssen. Julia war ... etwas rundlicher.«

Sie überraschte ihn mit einem so strahlenden Lächeln, dass es ihn noch mehr aus dem Gleichgewicht brachte als vorher schon. Er wusste nicht, ob er sich je von dem süßen Schock erholen würde, sie schlafend auf seinem Bett gefunden zu haben. »Das ist sehr nett von Ihnen, aber ich bezweifle, dass Julias Kleider für ein Kindermädchen geeignet wären. Soweit ich mich erinnere, mochte sie Seide und Spitzen.«

Aubrey runzelte die Stirn und dachte freudlos daran, wie begehrenswert Julia in ihren kostbaren Kleidern ausgesehen und wie sie ihren Charme genutzt hatte, um ihn vor ganz Seattle zum Narren zu machen. »Es könnten auch ein paar praktische Kleider darunter sein – bedienen Sie sich. Sie würde es mögen.«

Susannah fuhr fort, ihn zu mustern, und obwohl ihr Gesichtsausdruck neutral war, verunsicherte ihn das zunehmend. Er gewann den Eindruck, dass sie mehr sah, als er zu enthüllen bereit war. Ihre Wangen röteten sich. »Sie und Julia – Sie haben nicht in einem Zimmer geschlafen?«

Er lachte, und die Verbitterung dabei überraschte sogar ihn. »Was für eine kühne Frage«, erwiderte er leicht provokativ, aber nicht unfreundlich, »für eine Frau, die zutiefst beschämt darüber war, schlafend im Bett eines Mannes entdeckt zu werden.«

Sie errötete noch tiefer. »Ich war nie verheiratet, Mr. Fairgrieve«, gab sie zu, »aber ich bin nicht naiv. Ich weiß, dass Eheleute meist ein Zimmer teilen, zumindest in den ersten Jahren ihrer Ehe.«

»Julia hat die Geselligkeit geliebt. Sie wollte mich nicht stören, wenn sie erst spätnachts nach Hause kam, deshalb hat sie um ein eigenes Zimmer gebeten. Das habe ich ihr nur zu gerne zugestanden.«

»Ich verstehe.« Ihr Ton klang kalt, das Essen war vergessen.

»Das bezweifle ich«, widersprach Aubrey. Abrupt schob er seinen Stuhl zurück und stand auf. Was, zum Teufel, passierte mit ihm? Er hatte immer sein Privatleben gehütet, und hier saß er nun und gab seine Geheimnisse einer Fremden preis. »Schlafen Sie gut. Auf der Straße kann es etwas laut sein, aber die Matratze ist gut.«

Sie betrachtete das Reststück Huhn auf ihrem Teller mit Bedauern. »Was soll ich tun, wenn das Baby heute Nacht wach wird?«

Er fuhr sich mit der Hand durch die Haare. »Füttern Sie es und wechseln Sie die Windel«, sagte er. »Wenn das nicht reicht, holen Sie Maisie. Sie und der Junge schlafen unten in dem Zimmer neben der Küche.« Er stieß den Atem aus. »Gute Nacht, Miss McKittrick.« Und damit ging er.

Eine Tür fiel ins Schloss, und Susannah erkannte mit einem plötzlichen Gefühl der Einsamkeit, dass Mr. Fairgrieve das Haus verlassen hatte. Einen Moment saß sie in dem eleganten Esszimmer still da und versuchte, den Ansturm der Gefühle zu analysieren, der sie ergriff, sobald sie in seiner Gegenwart war, dann erhob sie sich, um den Tisch abzuräumen.

In der Küche machte sie rasch den Abwasch. Maisie gehörte anscheinend zu den Köchinnen, die machten, was ihnen gerade in den Sinn kam. Auf jeden Fall war sie nirgends zu entdecken, und Susannah lächelte in sich hinein. Das Essen war ausgezeichnet gewesen, auch wenn sie ohnehin nicht geklagt hätte. Ungeladene Gäste durften nicht wählerisch sein.

Zufrieden löschte Susannah das Licht und stieg die Treppe hoch. Sie fand ihr Zimmer sofort und sah noch einmal nach dem Baby, das friedlich in seiner Wiege schlief, die Mr. Fairgrieve in ihr Zimmer gebracht hatte.

Sie drückte einen Kuss auf ein kleines Fingerchen. »Träum schön, Kleine«, flüsterte sie. »Soll ich dich weiter Victoria nennen? Eine Julia bist du nicht, das sehe ich sofort.« Sie schüttelte nachdenklich den Kopf. »Deine Mutter wollte dich nach mir benennen, weißt du das? Aber gut, dass sie es nicht getan hat, denn eine Susannah bist du auch nicht.«

Das Kind stieß einen leisen Seufzer aus, und Susannah überkam eine plötzliche Zärtlichkeit. Seit der Nachricht von Julias Tod hatte sie ihren Tränen noch nicht freien Lauf gelassen. Sie hatte zu viel damit zu tun gehabt, gegen den Protest ihrer Arbeitgeberin zu kündigen und die Reise vorzubereiten.

Sie verdrängte die düsteren Gedanken, steckte die Decke des Babys fest und richtete sich auf. Sie musste stark sein, und sie würde nicht versagen.

Am Fußende ihres Bettes lag ein Flanellnachthemd, das viel zu schön war, um ihr zu gehören, dazu Handtücher und Lavendelseife in einer Dose. Susannah dankte Maisie im Stillen und ging ins Bad, um sich für die Nacht fertig zu machen. Wieder bewunderte sie die glänzende Badewanne.

In Nantucket hatte Susannah immer in einem uralten Zuber in der Küche gebadet, wo sie ewig gebraucht hatte, um ihn mühsam mit Wasser zu füllen, das sie vorher auf dem alten Herd erhitzt hatte. Deshalb erschien es ihr fast wie ein Wunder, sich einfach nur zurücklehnen zu können und ein paar Hähne zu öffnen, um heißes Wasser zu bekommen. Als sie gebadet hatte, ging sie zurück in ihr Zimmer, sah noch einmal nach Victoria und stieg dann in ihr Bett.

Nach dem langen Mittagsschlaf auf Mr. Fairgrieves Bett erwartete sie nicht, einschlafen zu können, aber sie versank sofort in eine Welt wirrer Träume.

Ehe das Kind erwachte, fuhr sie tieftraurig aus dem Schlaf. Ihr ganzes Leben lang hatte sie sich nach einem Ehemann, einem Kind, einem Heim gesehnt, egal wie bescheiden. Julia hatte all das gehabt, und dennoch war sie nicht glücklich gewesen. Was konnte passiert sein, um sie von der überglücklichen Braut in die wütende Frau zu verwandeln, die ihr diese verbitterten Briefe geschrieben hatte?

Seufzend stand sie auf, schlüpfte in den Morgenrock und ging zur Treppe, um Victoria ein Fläschchen warm zu machen.

Maisie war bereits auf, fertig angezogen und stand mit erwartungsvollen Augen in der Küche. Jasper saß am Tisch und stocherte mit seinem Löffel in einer Schale buttergetränkten Haferschleims herum.

»Guten Morgen«, grüßte Maisie sie lächelnd. »Jetzt sehen Sie schon besser aus, wenn ich das sagen darf.«

Susannah lächelte. »Danke«, erwiderte sie, amüsiert über die Offenheit der Köchin.

»Ist die Kleine wach?«, fragte Maisie. »Ich habe ihr Fläschchen schon fertig gemacht.«

Susannah schüttelte den Kopf. »Aber es ist sicher gleich so weit. Ich brauche Windeln, Nadeln …«

»Liegt alles schon dort.« Maisie zeigte auf ein Tischchen an der Treppe. »Ich habe die Sachen heute Morgen aus Mr. Fairgrieves Zimmer geholt.«

»Er ist … nicht hier?« Die Frage war ihr herausgerutscht, und am liebsten hätte sie sich die Zunge abgebissen.

»Hat nicht in seinem Bett geschlafen«, erklärte Maisie nüchtern. »So, und jetzt setzen Sie sich, und nehmen Sie Kaffee und eine Schüssel Haferbrei. Die Kleine hören Sie schon, wenn sie aufwacht.«

Nach einigen Minuten des Schweigens fragte Susannah: »War Mr. Fairgrieve unfreundlich zu Julia?« Es gab viel Männer, die ihre Frauen verbal oder körperlich misshandelten. Vielleicht gehörte der hübsche Aubrey Fairgrieve trotz all seines Charmes zu ihnen.

Maisie überlegte einige Zeit. »Vor allem hätten die beiden nie heiraten sollen«, begann sie dann. »Sie waren zu unterschiedlich, Mrs. Fairgrieve mochte Feste und Gesellschaften und schöne Kleider. Was ihn angeht, glaube ich, dass er sie ganz anders gesehen hat, als sie wirklich war. Er wollte, dass sie abends zu Hause war, las, nähte und auf ihn wartete. Es wurde regelrecht tragisch.«

»Er scheint zu glauben ...« Susannah schluckte und begann noch einmal. »Er scheint zu glauben, dass Julia ihm untreu war, ja sogar viele Männer hatte.«

»Das war eindeutig. Sie hat sich immer um ihre Dinge gekümmert, die Missus, und ich mich um meine, und keine von uns hat viel darüber gesprochen.« Maisie gab ein Geräusch von sich, das ein Kichern hätte sein können, auch wenn es eher traurig als amüsiert klang. »Oh, nein, Mrs. Fairgrieve hat sich mir nie anvertraut, außer als sie mich bat, nach Ihnen zu schicken.« Sie seufzte. »Sie war ein armes Ding, hat sich immer nach dem Leben in Boston zurückgesehnt.«

»Hatte sie andere Bekannte? Frauen, meine ich?«

Die andere Frau seufzte schwer. »Nicht viele, um ehrlich zu sein. Sie hatte eine Art, auf andere herabzusehen, die nicht gut ankam.«

Trotz ihrer Trauer schloss Susannah erschöpft die Augen. Julia hatte immer schon eine hohe Meinung von sich selbst gehabt oder es zumindest vorgegeben, und sie hatte nie viele Freunde gehabt. Und doch, als sie sich eines Tages im Frühling dann so heftig und romantisch in Aubrey Fairgrieve verliebt hatte und bald darauf mit ihm nach Seattle durchgebrannt war, hatte Susannah zu hoffen gewagt, dass das Glück ihre Freundin dahin gehend beeinflussen könnte, der Welt etwas großzügiger gegenüberzutreten.

Maisie stand am Ofen, rührte in einem Topf und legte dann Holz nach. Ein prasselndes Geräusch erklang, als die Flammen hochzüngelten. »Falls Sie rausgehen, nehmen Sie sich einen warmen Mantel mit«, empfahl Maisie. »Ich habe schon manchen an Lungenentzündung sterben sehen, der nicht aufgepasst hat.«

Susannah nickte, gerührt über die Sorge der Frau. Sie dachte sich, dass sie einander ähnelten, denn auch Susannah hatte sich den Großteil ihres Lebens um andere gekümmert. »Ich werde aufpassen«, versprach sie. Sie hatte nicht vor, auszugehen, aber sie würde bald einen Aushang anbringen müssen, in dem sie ihre Dienste als Klavierlehrerin anpries, um Geld zu verdienen.

»Und du beeilst dich besser, junger Mann«, trieb Maisie Jasper an. »Die Schule fängt gleich an.«

Jasper zog eine Grimasse. Wie seine Mutter war er zurückhaltend, aber Susannah war sich sicher, dass er das warme, freundliche Wesen von ihr hatte. Er leerte seine Schale, und Susannah folgte seinem Beispiel.

Als Jasper und Maisie das Haus verließen, hatte es ganz leicht zu schneien begonnen, und von oben erklang Victorias hungriges Schreien.

Nach einigen Tagen auf einer harten Sitzbank unter Fremden im Zug war es herrlich, sich in einem behaglichen, großen Haus bewegen zu können. Summend griff Susannah sich das warme Fläschchen vom Herd, nahm Windeln und Nadeln mit und eilte nach oben, wo Victoria nicht zu überhören war.

Susannah war gerade dabei, die Windeln zu wechseln, was

nicht ganz einfach war, da sie sich wegen der Kälte beeilen musste, als ein ungeduldiges Klopfen an ihrer Tür erklang und Mr. Fairgrieve seinen zerzausten Kopf hereinsteckte. Er war angezogen, aber noch nicht rasiert, und sie fragte sich, wo er wohl die Nacht verbracht haben mochte.

»Stirbt das Kind, oder was?«, verlangte er zu wissen. »Um Himmels willen, tun Sie was, ehe sie Tote weckt.«

»Sie hat Hunger«, gab Susannah kühl zurück. Victoria zappelte und stieß mit den Beinchen um sich. »Ich kümmere mich darum, sobald ich ihre Windeln gewechselt habe.«

Er seufzte gequält auf. »Nun, beeilen Sie sich, ich bekomme Kopfschmerzen.«

»Vielleicht«, schlug Susannah vor, die sich weniger über seine Bemerkung als über die Tatsache ärgerte, dass er die ganze Nacht nicht zu Hause gewesen war, »sollten Sie dann besser woanders hingehen, wo es Sie nicht so stört.«

Das Baby strampelte und schrie weiter, so laut es konnte. Aubrey murmelte etwas und schloss dann die Tür. Als Susannah mit dem Wickeln fertig war, wusch sie sich rasch die Hände und kam zurück, um Victoria ihr Fläschchen zu geben.

Kurze Zeit später schlief die Kleine satt und zufrieden wieder ein. Lächelnd drückte Susannah ihr einen Kuss auf die weiche Stirn und legte sie zurück in ihre Wiege. Dann sah sie einfach nur voller Glück zu, wie das Kind schlief. Sie wusste, dass Victoria nicht ihre Tochter war, und doch hatte sie in der kurzen Zeit, die sie erst hier war, schon eine tiefe Zuneigung zu dem Kind entwickelt.

Sie setzte sich auf einen Stuhl, legte die Hände vors Gesicht und versuchte sich zu fassen. Normalerweise war sie nicht so emotional, aber die große Verantwortung, die sie übernommen hatte, machte ihr Angst.

Susannah war ganz in Gedanken versunken, als Maisie den

Kopf zur Tür hineinsteckte. Sie hatte den Mantel schon ausgezogen, aber ihre Wangen waren noch rot vor Kälte. »Na bitte«, flüsterte sie, »die kleine Dame ist wieder eingeschlafen. Kommen Sie mit nach unten, ich mache uns einen Tee.«

Dankbar erhob sich Susannah und folgte ihr in die Küche.

»Dieser Jasper«, bemerkte Maisie zärtlich. »Er mag die Schule nicht besonders.«

Jetzt fiel Susannah wieder ein, wie ihr erster Eindruck von dem Jungen gewesen war – sie hatte ihn auf drei oder vier Jahre geschätzt. Für die Schule musste er noch viel zu jung sein.

»Wie alt ist Jasper?«, fragte sie deshalb.

»Sechs«, antwortete Maisie. Ihr Blick war besorgt. »Er ist recht klein für sein Alter, aber dafür klug. Äußerst klug.«

Susannah nickte und lächelte. »Haben Sie noch weitere Kinder, Maisie?«

Maisies Züge veränderten sich, aber dann antwortete sie entschieden: »Nein. Und auch keinen Mann. Es gibt nur Jasper und mich.«

Susannah hoffte, dass Maisie nicht das Gefühl hatte, sich verteidigen zu müssen, sie war nicht die erste Frau, die allein mit einem Kind dasaß. »Wie lange arbeiten Sie schon für Mr. Fairgrieve?«

»Fast ein Jahr«, antwortete Maisie, während sie Tee in eine Kanne löffelte und kochendes Wasser darüber goss. »Mein Mann ist irgendwo in Montana ins Gefängnis gekommen, und Jasper und mich hat es irgendwann hierher verschlagen. Der Boss hat mich für seine neue Frau eingestellt.« Sie warf Susannah einen abschätzenden Blick zu. »Und Sie? Sind Sie je verheiratet gewesen?«

Susannah hatte ihre Hoffnungen und Träume immer für sich behalten. Sie waren ihr so zerbrechlich wie Schmetterlingsflügel vorgekommen und sie hatte sie nicht mit den anderen Frauen in St. Mary's oder mit Mrs. Butterfield, ihrer strengen Arbeitgeberin, teilen wollen. Doch bei dieser schlichten Frau fiel es ihr leicht, ihre Vorsicht aufzugeben. »Nein.« Sie schüttelte den Kopf. »Ich habe nie Mann und Kind gehabt.«

»Wollen Sie hier bleiben?«, wollte Maisie wissen und sah Susannah offen an. Es war warm in der Küche, und die Fenster beschlugen. »Das Baby braucht Sie. Mr. Fairgrieve hat das Kind gern, egal, was er andere glauben machen will, aber er ist ein Mann, und Männer wissen nicht, wie man Kinder erzieht.«

»Ich bin nach Seattle gekommen, um mich um das Baby zu kümmern, und ich habe vor, hier zu bleiben«, erklärte Susannah bestimmt.

»Und Mr. Fairgrieve?«

»Was ist mit ihm?«, fragte Susannah vorsichtig zurück.

»Er ist ein guter Mann, Miss. Wenn er unterwegs ist, kann er sehr gut auf sich selber aufpassen, aber wenn er nach Hause kommt, braucht er jemanden, der hier auf ihn wartet. Wissen Sie, er hat das Haus hier nicht für sich allein gebaut. Ich schätze, er ist mächtig einsam. Und es gibt so viele Zimmer hier, weil er hoffte, sie alle mit Kindern zu füllen.«

Susannah hoffte, dass man ihr Erröten nicht sah. »Ich bin mir sicher, dass es viele Frauen gibt, die einen so attraktiven – so reichen Mann gerne heiraten würden«, erwiderte sie unsicher.

»Nicht hier draußen«, gab Maisie zurück. »Oh, hier gibt es leichte Mädchen – aber es heißt, bei denen ist er nie. Er hat eine feine Dame unten im Pacific Hotel. Aber eine Geliebte ist nicht dasselbe wie eine Frau. Ganz und gar nicht.«

Es verletzte Susannah sehr – um Julias willen natürlich – zu hören, dass Aubrey Fairgrieve eine solche Frau aushielt. Warum erzählte Maisie ihr das? »Vielleicht gehört er zu der Sorte, die beides haben will«, sagte sie bestimmt, »Frau und Geliebte.«

Aber Maisie lachte nur laut. »Er gehört zu der Sorte, die eine Frau haben will. Das ist ja auch normal. Aber er hat sein Eheversprechen nie gebrochen, ehe Mrs. Fairgrieve ihm ihr Bett verboten hat.«

Hierauf konnte Susannah nichts erwidern. Sie wusste nichts darüber, was normal oder unnormal war. Verlegen biss sie sich auf die Unterlippe und senkte die Stimme.

»Warum sagen Sie so etwas?«

»Ich denke, damit Sie die Situation verstehen. Mr. Fairgrieve ist nicht besser und nicht schlechter als andere, und die Missus war es auch nicht. Sie kennen die eine Seite von ihr, und er kennt die andere.«

»Es ist kaum nötig für mich, dass ich Mr. Fairgrieve verstehe, und Julia kenne ich besser als jeder sonst.« Aber stimmte das auch? Susannah wusste sehr wohl, dass die Menschen viele Gesichter hatten und nicht immer alle zeigten.

»Nun, nun, werden Sie nicht empfindlich«, begütigte Maisie. »Die Dinge sind nicht immer so, wie sie scheinen. Mehr will ich ja gar nicht sagen.«

Susannah nickte. »Es tut mir Leid. Es ist nur so ... dass Julia mir furchtbar unglücklich schien.«

»Und Sie denken, dass Mr. Fairgrieve schuld daran war?«

Sie zögerte und nickte dann wieder. Etwas an der Frau und der gemütlichen Küche gab ihr ein Gefühl von Sicherheit. »Ich habe gehört«, begann sie errötend und unterbrach sich dann, »ich habe gehört, dass das, was Mann und Frau miteinander tun, furchtbar wehtut. Vielleicht konnte Julia es einfach nicht mehr aushalten.«

Mit einer Art mitleidigem Humor sah Maisie Susannah an. Sie goss ihnen Tee ein. »Es geht schon ein bisschen wild zu«, sagte sie dann, »aber die Frauen schreien dabei nicht, weil sie Schmerzen haben – nicht bei einem Mann wie Mr. Fairgrieve.«

Susannah war fasziniert und spürte, wie ihre Augen groß wurden. »Sie … Julia hat geschrien?«

»Ich glaube, wir sollten ein paar Geheimnisse miteinander austauschen«, schlug Maisie augenzwinkernd vor.

Auch wenn Mrs. Butterfield Susannah als Gesellschafterin eingestellt hatte, hatte sie in der Tat als Haushälterin und Köchin bei ihr gearbeitet. Das Staubwischen, Bettenmachen und Kochen war eine willkommene Abwechslung gewesen. So machte sie sich mit Maisie an die Hausarbeit.

Als die Arbeit erledigt war, ging Susannah in ihr Zimmer zu der immer noch schlafenden Victoria zurück. Normalerweise achtete sie wenig auf ihr Äußeres, war jedoch erfreut, als sie einen Blick im Spiegel erhaschte und sah, wie silbrigblond ihr Haar schimmerte, wie ihre grauen Augen strahlten und wie schlank sie war.

Nein, sie war nicht so schön, wie Julia es gewesen war, aber sie war jemand, den man gerne ansah, und jemand, der seine Wertvorstellungen hatte. Sie würde Victorias Leben entscheidend mitprägen können.

Susannah nahm ein Buch und begann zu lesen.

Das Mittagessen wurde in der Küche eingenommen, wo Maisie in ihrem Schaukelstuhl am Herd saß und strickte. »Da ist ja meine Süße!«, rief sie, als sie das Baby auf Susannahs Arm erblickte. »Lassen Sie mich sie halten.«

Zu Susannahs Überraschung saß auch Aubrey am Tisch, der wesentlich erholter aussah als am Morgen, als er sich über den Lärm beschwert hatte. Sein Teller war schon leer, aber eine dampfende Tasse Kaffee stand vor ihm, die zu leeren ihm nicht eilig schien.

Er trug Geschäftskleidung –, das wurde auch Zeit, dachte

Susannah mitleidlos – einen gut geschnittenen Anzug mit passendem Mantel, der jetzt über einem Stuhl lag. Sein braunes Haar glänzte vom Bürsten, und in seinem Blick lag amüsierte Bewunderung, ehe er die Stirn runzelte.

»Guten Morgen, Miss McKittrick«, grüßte er und erhob sich kurz höflich aus seinem Stuhl.

Sie nahm einen Teller, trat an den Herd und füllte ihn. Es gab ein Rindfleischragout mit Kartoffeln und hinterher warme Kekse. »Hallo, Mr. Fairgrieve«, erwiderte sie und umging betont das gebotene »Guten Morgen«. Es war schließlich schon fast halb eins.

»Nennen Sie mich doch bitte Aubrey«, bat er.

Sie setzte sich. »Nennen Sie mich doch bitte Miss McKittrick«, erwiderte sie.

Er lachte. »Warum sind Sie so spröde?«

»Warum sind Sie so kühn?«, konterte sie.

Er lachte.

»Möchten Sie noch Tee haben, Miss McKittrick?«, warf Maisie ein.

»Nennen Sie mich doch Susannah«, erwiderte sie, und wieder lachte Aubrey. Es klang wunderbar, tief und männlich und doch irgendwie unschuldig. Sie konnte ihn sich als kleinen Jungen vorstellen, obwohl er fraglos ein Mann war.

Er erhob sich und brachte sein Geschirr zur Spüle, eine Geste, die Susannah verwirrte. Sie hatte noch nie gesehen, dass ein Mann sein Geschirr abräumte, aber andererseits hatte sie auch noch nicht oft mit einem Mann zusammen gegessen. Nur mit Mrs. Butterfields ungeschickten beiden Söhnen, die gelegentlich aus Boston zu Besuch gekommen waren und sich hatten bedienen lassen. »Ich sehe besser zu, dass ich in den Laden komme«, erklärte er. »Falls Sie irgendetwas brauchen, *Miss McKittrick*, schreiben Sie mir eine Liste. Und nehmen Sie sich doch noch von dem Ragout. Sie sind so dünn wie ein Spatz und so blass, als wollten Sie jeden Moment in Ohnmacht fallen.«

Susannah, eben noch so guter Dinge, nahm sich seine Bemerkung zu Herzen und sah plötzlich niedergeschlagen aus. Sie hatte sich nun fast für hübsch gehalten, wie töricht von ihr. »Ein Kinderwagen wäre schön«, erklärte sie, »falls nicht schon einer im Haus ist.«

Sie musste ihre verletzten Gefühle verraten haben. »Habe ich etwas Falsches gesagt?«, fragte Aubrey und runzelte die Stirn.

»Ich finde, Susannah sieht heute Morgen regelrecht hübsch aus, wenn Sie mich fragen«, sprang Maisie ihm bei und klopfte dem Baby auf den Rücken.

»Ich habe Sie nicht gefragt«, gab Aubrey zurück. »Machen Sie eine Liste«, wandte er sich dann an Susannah. Dann, mit einem halb verblüfften, halb ärgerlichen Blick auf sie, erhob er sich, zog seinen Mantel an und holte eine Taschenuhr hervor. Im nächsten Moment war er verschwunden, und die Tür schlug hinter ihm zu.

»Auf dem Dachboden steht ein Kinderwagen«, sagte Maisie in die Stille nach seinem Weggang. »Mr. Fairgrieves Bruder Ethan hat ihn der Missus für das Baby geschenkt. Als sie gestorben ist, hat der Boss mich alles außer Sicht stellen lassen.«

Susannah hörte aufmerksam zu. Sie erinnerte sich aus Julias Briefen an den Namen Ethan, auch wenn sie seit ihrer Ankunft gar nicht mehr an ihn gedacht hatte. In den letzten sechs Monaten ihres Lebens schien Julia mehr über ihn als über ihren Mann zu sagen gehabt zu haben. »Sie hat Ethan sehr gemocht?«

»Das kann man wohl sagen«, gestand Maisie zu, auch wenn sie nicht boshaft klang.

Susannah wich innerlich zurück, noch nicht bereit, die Rolle von Mr. Fairgrieves jüngerem Bruder in der Beziehung näher auszuleuchten. Sie hatte jetzt schon viel zu viel gehört und musste erst einmal Ordnung in ihre Gedanken bringen.

»Wollen Sie wirklich keinen Tee mehr?«, drängte Maisie.

»Danke, nein.« Wieder überwältigte Susannah ihre Trauer, und rasch nahm sie das Baby auf, um Maisie, die den ganzen Morgen gearbeitet hatte, etwas Ruhe zu gönnen.

Ich werde auf die Suche nach dem Kinderwagen gehen, entschied sie. Sobald es wärmer wird, werde ich mit Victoria einen kleinen Spaziergang machen.

3

Der Laden war wie üblich voll, als Aubrey eintrat, aber diesmal blieb er nicht stehen, um mit einem seiner Verkäufer zu scherzen oder einem rauen Burschen zur Begrüßung auf die Schulter zu klopfen, wie er es sonst zu tun pflegte. Seine Gedanken waren woanders, vor allem bei Miss Susannah McKittrick, der Freundin seiner verstorbenen Frau und dem neuesten Mitglied seines Haushaltes. Tatsächlich hatte er nicht aufgehört, an sie zu denken, seit sie am Vortag völlig unerwartet bei ihm im Flur gestanden hatte, auch wenn er alles versucht hatte, um sie aus seinen Gedanken zu vertreiben.

Sie war keine Schönheit, nicht so, wie Julia es gewesen war, und doch hatten sich ihre Stimme, ihre Gesichtszüge und ihre Bewegungen so unauslöschlich in sein Gedächtnis eingebrannt, als wenn er sie schon sein ganzes Leben lang kennen würde. Zugleich war sie verwirrend geheimnisvoll für ihn. Es war ihm aufgefallen, dass sie intelligent war und dass sich verborgene Welten unter einer Oberfläche verbargen, die es zu erforschen galt. Er wollte all ihre Geheimnisse erfahren, auch die, die sie vor sich selber hatte, aber es war nicht sehr wahrscheinlich, dass er dieses Ziel erreichen würde. Susannah schien eine Welt für sich zu sein, und nicht einmal ein ganzes Leben würde ausreichen, um alle Schichten ihres Wesens, Herzens und Geistes aufzudecken.

Ein ganzes Leben. Aubrey blieb erschüttert mitten auf der Treppe, die zu seinem Büro führte, stehen. Nach Julia hatte er sich geschworen, nie mehr in solchen Dimensionen zu denken, und doch stand er nur vier Monate nach ihrem Tod hier und grübelte über die liebenswerten Seiten von Miss Susannah McKittrick nach. Solche Fantasien waren nicht gut für ihn, es wäre viel besser, wenn er sich auf die geschickte, aber oberflächliche Delphinia konzentrierte, die bereitwillig in ihrer Suite im Pacific Hotel auf ihn wartete.

Er hatte wirklich vorgehabt, sie in der vergangenen Nacht aufzusuchen, aber stattdessen hatte er besagte Nacht grübelnd in seinem Arbeitszimmer verbracht.

Mit finsterem Gesicht kam er oben an und stürmte an Jim Hawkins, seinem Sekretär, vorüber durch die offene Tür dahinter. Bis zum Vortag hatte er sich vor Leidenschaft nach der süßen Delphinia verzehrt, aber seit Miss McKittrick in seinem Haus und in seinen Gedanken aufgetaucht war, hatte er an der anderen Frau und der Affäre mit ihr die Lust verloren.

In seinem Büro angelangt, schlug er die Tür hinter sich zu, was Hawkins und den Buchhalter erschrocken zusammenfahren ließ. Hölle und Teufel, dachte er, warum ist Susannah nicht in Nantucket geblieben, wo sie hingehört? Allein dadurch, dass sie in sein Haus gekommen und auf seinem Bett eingeschlafen war, hatte sie eine bis dahin zufrieden stellende Situation für ihn kaputtgemacht. Er überlegte bereits, wie viel es ihn kosten würde, seine Mätresse auszuzahlen und ihr den Laufpass zu geben.

Dann fiel ihm sein Vorsatz ein, herauszufinden, ob Susannah diejenige war, die sie zu sein vorgab. Er ging zurück zur Tür, riss sie auf und rief: »Hawkins!«.

Der Sekretär sprang auf und warf dabei fast seinen Stuhl um. »Ja, Sir?«

»Holen Sie mir einen Mann von Pinkerton.«

Hawkins schluckte. Die Herbstsonne, die durch die Fenster hereinschien, spiegelte sich in seinen Brillengläsern. »Einen Mann von Pinkerton, Sir?«

Aubrey hatte nicht die Absicht, seine Handlungen näher zu erklären. »Verdammt, Hawkins«, bellte er, »Sie haben mich doch gehört!« Damit knallte er die Tür wieder zu und trat an seinen Schreibtisch. Das ist natürlich das Richtige, versuchte er sich selber zu überzeugen. Einen Detektiv anzuheuern. Falls Miss McKittrick wirklich die gute Freundin war, mit der Julia die ganze Zeit ihrer kurzen und stürmischen Ehe in Briefkontakt gestanden hatte, und der richtige Umgang für das Kind, würde er ihr eine ordentliche Summe zuweisen und sie beide direkt nach Massachusets verschiffen. Dann wäre das Problem gelöst und sein Gewissen rein. Großteils, jedenfalls.

Der Kinderwagen war auf dem Dachboden verstaut, wie Maisie gesagt hatte, und voller Staub, als ob er schon Jahre dort gestanden hätte. Das schien eine traurige Bilanz für Mr. Fairgrieves Einstellung sowohl zu seiner Frau als auch zu seinem Kind.

Seufzend machte Susannah sich daran, den hübschen Korbwagen so gut wie möglich zu reinigen, ehe sie ihn Stufe für Stufe die Treppe herunterrollte. Maisie wartete mit dem Baby auf dem Arm am Fuß der Treppe, und Jasper, der aus der Schule zurück war, stand hinter ihr und sah Susannah ängstlich zu.

»Ich weiß nicht, ob Sie sie vor dem Frühjahr rausbringen sollten«, wandte die ältere Frau ein. »Was, wenn sie sich erkältet?«

Susannah lächelte. Es hatte aufgehört zu schneien, und die Sonne schien, wenn vielleicht auch nur kurz. »Ich werde sie natürlich warm einpacken«, versprach sie. »Und wir werden nicht lange bleiben.« Damit schob sie den Kinderwagen durch die

Küche hinaus in den Hof, wo Eimer voller heißem Seifenwasser bereitstanden. Während Maisie dem Kind noch ein Fläschchen gab, schrubbte Susannah den Wagen auf Hochglanz. Danach holte sie weiche Decken, ehe sie Victoria warm einpackte und in den Wagen legte. Die Luft war kalt und klar. Der Schnee war nicht liegen geblieben, und die Sonne hob Susannahs Stimmung gewaltig.

Das Stück Seattle, das sie bei ihrer Ankunft gesehen hatte, war nicht allzu eindrucksvoll gewesen. Hier jedoch gab es hölzerne Gehwege, die von großen Bäumen gesäumt waren. Der Himmel spiegelte sich blau im blitzenden Wasser des Sundes, und dahinter erhoben sich die schneebedeckten Gipfel der Halbinsel. Ab und zu ratterte ein Wagen vorüber. Susannah beantwortete die Grüße der Nachbarn mit einem Kopfnicken, während sie vorgab, die neugierig prüfenden Blicke nicht zu sehen. Sie lief den Gehweg entlang und summte dabei leise, um das Baby zu beruhigen.

Vielleicht nicht ganz zufällig kam sie so zu der großen Kirche hinter Aubreys Haus. Sie blieb stehen und bewunderte die Fenster und den Glockenturm, die Wege und die geschnitzten Türen. Erst dann wandte sie sich dem Friedhof zu. Sie hatte ihn ja schon am Vortag von ihrem Fenster aus gesehen, aber ihn zu besuchen, war etwas ganz anderes.

Julia war hier begraben.

Die Kehle wurde ihr eng. Julias Grab. Sie musste die letzte Ruhestätte ihrer Freundin sehen, um sich den Anblick als Erinnerung einzuprägen. Sie öffnete das Törchen und schob den Wagen hindurch.

Ein ältlicher Pfarrer kam mit ausgestreckter Hand auf sie zu. »Willkommen«, grüßte er sie. Seine blauen Augen waren weise und gütig, das dünne Haar weiß und windverweht. »Reverend Johnstone«, stellte er sich vor. »Und Sie sind …?«

»Susannah McKittrick«, antwortete Susannah und wies mit einer Kopfbewegung auf das Fairgrieve-Haus. »Julia war meine beste Freundin.« Meine *einzige Freundin*. »Ich möchte ihr meinen Respekt erweisen.«

Reverend Johnstone lächelte freundlich. »Natürlich. Ein Jammer, dass Sie zur Beerdigung nicht hier sein konnten. Es war sehr traurig. Kommen Sie, ich zeige Ihnen, wo es ist, es ist leicht zu finden.« Er führte sie zu einem Stein aus rosafarbenem Marmor, rechts und links von gewaltigen Alabasterengeln bewacht. Hier also hatte Julia ihre letzte Ruhe gefunden.

Susannah spürte Tränen aufsteigen und suchte nach ihrem Taschentuch. Der Reverend wartete, bis sie sich wieder gefasst hatte. JULIA stand auf einer Bronzeplatte, sonst nichts, keine Daten, kein Gruß.

»Gehörte Mrs. Fairgrieve zu Ihrer Gemeinde?« Sie konnte sich nicht erinnern, dass Julia gläubig gewesen war, aber vielleicht hatte sie in ihrem Unglück Trost in Reverend Johnstones Kirche gesucht. Susannah hoffte es.

Der Pastor zögerte kurz, aber das war lange genug. »Nein«, erwiderte er dann, »leider nicht.« Dann beugte er sich über den Kinderwagen und lächelte auf das dick eingepackte Baby hinunter. »Das ist ihr Kind, nehme ich an?«

Susannah nickte. Sie dachte noch immer über das Monument auf Julias Grab nach, eindrucksvoll, aber seltsam ausdruckslos. Es war, als ob niemand wirklich um sie trauerte, zumindest nicht hier.

»Ein Mädchen, habe ich gehört. Wie heißt sie?«

Susannah wandte den Blick ab und sah dann den freundlichen Pfarrer wieder an. »Ich fürchte, sie hat noch keinen Namen, zumindest nicht offiziell. Ich möchte sie Victoria nennen.«

»Dann ist sie noch nicht getauft.« Es schwang kein Urteil in der Stimme des Pastors mit, er stellte lediglich eine Tatsache fest.

»Nein«, gab Susannah zu.

Der Pastor hob eine seiner weißen Brauen. »Mr. Fairgrieve hat die Namenswahl gutgeheißen, nehme ich an?«

Wieder seufzte Susannah, dann schüttelte sie den Kopf.

»Ich glaube nicht, dass es ihn interessiert …« Sie errötete. »Er denkt, das Kind wäre nicht von ihm.«

Reverend Johnstone legte ihr väterlich die Hand auf die Schulter. »Aubrey ist ein guter Mann, Miss McKittrick, dessen bin ich sicher. Aber wie wir alle hat er seine eigenen Dämonen.«

Der Wind wurde jetzt frisch, und Susannah machte sich Sorgen, dass sie das Kind vielleicht zu lange draußen gelassen hatte. »Danke, Reverend«, erwiderte sie ruhig und wandte sich zum Gehen. »Darf ich ein anderes Mal wiederkommen und mit Ihnen sprechen?«

»Natürlich, mein Kind.« Er lächelte warmherzig. »Unser Gottesdienst am Sonntag beginnt um elf Uhr.«

Susannah nickte und eilte davon. Ich werde bald wiederkommen, gelobte sie sich, allein, um Julia angemessen auf Wiedersehen zu sagen. Inzwischen schien es ihr wichtig, das Kind offiziell taufen zu lassen, damit seine Existenz durch die Kirche besiegelt sein würde.

»Was halten sie von ›Victoria‹?«, fragte sie eine halbe Stunde später Maisie in der Küche, die Wangen rosig von der Kälte und einen heißen Tee vor sich. Das Kind schlief friedlich in der Nähe des Ofens.

»Victoria wer?«, fragte Maisie ganz in Gedanken. Sie steckte bis zu den Ellbogen in Teig und war mehlbestäubt.

Susannah lächelte und nahm einen Schluck Tee. Sie war sich sicher, das Kind vor Maisie schon so angeredet zu haben, aber vielleicht hatte sie den Namen bisher auch nur in ihrem Kopf benutzt. »Ich denke, so sollten wir das Baby nennen.«

»Das ist ein langer Name«, gab Maisie stirnrunzelnd zu bedenken, »und das für ein so kleines Kind. Aber warum nicht? Hübsch ist er. Ich habe immer gedacht, wenn ich mal eine Tochter hätte, dass ich sie nach meiner Ma Bertha nennen würde.«

Susannah achtete darauf, dass ihr Gesicht sie nicht verriet. »Das ist eine gute Idee«, sagte sie leichthin, »Julias Mutter hieß ... « Sie hielt inne und versuchte, sich zu erinnern. »Lilith, glaube ich.«

Maisies Missfallen war deutlich zu sehen. »War diese Lilith nicht eine böse Frau in der Bibel?«

Susannah verbarg ihre Belustigung hinter dem Rand ihrer Teetasse. »Sie wird in der Bibel erwähnt, aber ich glaube, sie entstammt einer Legende. Sie soll Adams erste Frau gewesen sein, ehe Eva kam.«

»Oh.« Maisie war immer noch verstört. Sie versetzte dem Teig einen solchen Schlag, dass der Tisch ins Wanken geriet. »Und Mr. Fairgrieves Mutter? Wie hieß die?«

»Das müssen Sie ihn selber fragen«, kam die Antwort. »Ich weiß nicht viel über den Boss. Er hält sich zu sehr zurück.«

»Aber er hat eine Geliebte?«, drängte Susannah und senkte die Stimme. Aus irgendeinem Grund war ihr diese Vorstellung unangenehm.

Maisie zog ein angewidertes Gesicht. »Delphinia Parker«, erwiderte sie. »Früher war sie Schauspielerin, und so hat Mr. Fairgrieve sie auch kennen gelernt. Sie ist hier geblieben, als ihre Theatergesellschaft weitergezogen ist.«

»Sie wissen anscheinend einiges über sie«, stellte Susannah fest. »Wenn Aubrey, ich meine, Mr. Fairgrieve nicht gerne von seiner Familie spricht, gilt das doch sicher auch für seine Geliebte.«

»Über Delphinia wissen alle Bescheid«, erklärte Maisie. »Sie macht kein Geheimnis daraus, woher sie die funkelnde neue Kutsche hat, in der sie herumfährt, oder die französischen Kleider aus Seide und Samt. Sie besitzt mehr Juwelen als die Königin, nach der Sie das Baby nennen wollen.«

Susannah spürte Faszination und Wut in sich. »Ich nehme an, er kannte Miss Parker schon, als Julia noch lebte?«

In dem Moment ging die Tür zum Esszimmer auf, und Aubrey erschien auf der Schwelle. »Wenn Sie Fragen zu meiner Mätresse haben – es ist übrigens *Mrs.* Parker –, warum fragen Sie mich dann nicht selber?«

Maisie errötete und fuhr fort, den Teig zu kneten, sagte aber nichts. Susannah, beim Klatschen ertappt, was sie immer gehasst hatte, war zutiefst verlegen. Nur ein kleiner Rest Mut hielt sie noch am Platz. »Na gut«, erwiderte sie und blickte ihn offen an, »dann tue ich das. Haben Sie Julia mit dieser Frau betrogen?«

Aubreys Augen verengten sich, und er errötete. »Nein«, stieß er hervor. »Nicht, dass Sie das etwas anginge. Ich möchte Sie bitten, Miss McKittrick, sich auf Ihr Angebot, auf das Kind zu achten, zu konzentrieren. Ich bin durchaus in der Lage, mich um *meine* Angelegenheiten selbst zu kümmern.«

Susannahs Herz hämmerte, aber sie erlaubte sich nicht, den Blick abzuwenden. »Dessen bin ich mir sicher«, erwiderte sie.

Aubrey funkelte sie lange wütend an, ehe er zu Maisie schaute, die so aussah, als wünschte sie, der Boden unter ihren Füßen möge sie verschlingen. »Ich werde heute Abend Gäste haben«, kündigte er dann ruhig, aber mit angespannter Stimme an. »Wenn Sie lieber nicht für sie kochen wollen, kann ich etwas aus dem Hotel bringen lassen.«

Maisie fasste sich langsam wieder und wischte sich die Hände an der Schürze sauber. »Es ist noch Räucherschinken da.

Den könnte ich mit Kartoffeln und Gemüse anbieten. Für wie viele Personen soll ich decken?«

»Für sechs.« Er sah Susannah ganz kurz an. So, wie er sprach, hätte sie den Raum schon verlassen haben können. »Miss McKittrick eingeschlossen. Sehen Sie zu, dass sie etwas Passendes anzuziehen hat.«

Susannah sprang auf. »Ich will nicht ...«, begann sie, aber er war gegangen, ehe sie zu Ende gesprochen hatte.

»Besser, Sie tun, was Mr. Fairgrieve sagt, wenn es hier Frieden geben soll«, riet Maisie.

»Ich will nicht mit Fremden zusammen essen!«, rief Susannah. Sie hatte auch keine Lust dazu, sich mit Julias Kleidern zu schmücken, die ihr wahrscheinlich nicht einmal standen. »Außerdem bin ich kein Hausgast, ich bin das Kindermädchen. Warum nur will er ...?«

»Diese Stadt ist sein Zuhause, Miss – und das des Babys. Und Sie waren die beste Freundin der Missus, was Sie zu mehr macht als einem Kindermädchen. Wenn Sie sich des kleinen Würmchens annehmen wollen, müssen Sie eine Position hier in der Stadt finden.«

Maisie hatte Recht. Zumindest vorerst musste sie jeden Versuch unternehmen, in Seattle Fuß zu fassen. Aubrey Fairgrieves Freunde und Bekannte kennen zu lernen gehörte dazu, ob es ihr gefiel oder nicht. Nachdenklich trank Susannah ihren Tee aus, ließ dann das Baby bei Maisie und ging nach oben, um ihre Kleider durchzusehen.

Die vier altmodischen, oft geflickten Röcke hatten seit dem Vortag keine wundersame Wandlung erfahren. Sie waren wenig aufregend und für jede Art gesellschaftlichen Ereignisses unpassend. Ihr Anblick füllte sie mit einer Trauer, die in keinem Verhältnis zu dem Verlust ihrer Freundin stand. Als junges Mädchen hatte sie von Tänzern und Festen und einer Ehe geträumt. Sie war intelligent und recht gebildet – sie hatte so gut wie jedes Buch aus der Bücherei von St. Mary's gelesen, und sie spielte gut genug Klavier, um Schüler zu unterrichten – und doch war sie irgendwie eine Außenseiterin geblieben.

Sie schloss einen Moment die Augen. Um des Kindes willen betrat sie dann schließlich Julias Zimmer, das neben dem Aubreys lag. Überrascht entdeckte sie, dass die Sachen ihrer Freundin auf Bett und Kommode ausgebreitet dalagen, als hätte sie das Zimmer nur kurz verlassen und würde gleich zurückkommen. Das Zimmer war sauber und roch leicht nach Julias Parfum wie die schattenhafte Erinnerung an einen Traum. Auf dem Nachttisch lag ein aufgeschlagenes Buch, und stirnrunzelnd fuhr Susannah den Titel mit dem Finger nach. Sie hatte Julia nie freiwillig lesen sehen, sie war immer zu rastlos und ungeduldig gewesen, um sich konzentrieren zu können. Und doch lag hier der neueste Roman von Walter Scott, halb gelesen.

An der Wand standen riesige Schränke. Susannah straffte den Rücken und betrachtete die entzückenden Kleider, deren prächtige Stoffe und leuchtende Farben ihr viel besser gefielen, als ihr lieb war. Das waren die Kleider einer Märchenprinzessin.

Mit angehaltenem Atem zog sie ein schwarzes Samtkleid vom Bügel und trat an den Spiegel, um es sich vorzuhalten. Das Kleid war schlicht, aber mit dem Besatz kleiner Perlen an Ausschnitt und Ärmeln hochelegant.

Sie drehte sich hin und her und stellte sich vor, wie sie in dem Kleid aussähe. Natürlich würde es ihr nicht passen, denn Julia war etwas kräftiger und nicht so groß gewesen, aber ein paar Stiche würden es passend machen.

Dann zögerte sie. Bei aller Sehnsucht, dieses Kleid zu tragen, spürte Susannah ihren Stolz widersprechen. Sie hatte ihre

Freundin gern gehabt, und sie liebte deren Kind wie ihr eigenes, doch es widerstrebte ihr, die abgelegten Sachen der anderen Frau zu tragen, wie schön sie auch sein mochten.

Aber sie hatte keine Wahl. Das Baby hatte bereits ihr Herz erobert, und um seinetwillen musste sie ihre Gefühle zurückstellen.

Jasper und die Kleine gingen nach einem frühen Abendessen ins Bett, und Susannah zog das schwarze Kleid an, um es von Maisie abstecken zu lassen. Brust und Taille mussten abgenommen werden, der Saum verlängert, aber Susannah hatte in St. Mary's gelernt zu nähen, und sah darin kein Problem. Als sie das Kleid nach einem warmen Bad anzog, sah es aus, als wäre es für sie gemacht worden. Mit aufgesteckten Haaren und geröteten Wangen ging sie ermutigt in Julias Zimmer und holte sich ein Paar zierliche Perlohrringe.

Als sie die Treppe hinunterstieg, traf sie auf Aubrey, der gerade aus seinem Arbeitszimmer kam. Bei ihrem Anblick blieb er stehen, und sie bemerkte ein Glitzern in seinen Augen, konnte aber nicht sagen, ob es Verbitterung oder Bewunderung war.

»Nun«, bemerkte er heiser und rührte sich nicht vom Fleck. »Nun«, wiederholte er.

Susannah freute sich insgeheim, dass sie ihn so aus der Fassung gebracht hatte. »Sie haben mir erlaubt, eines von Julias Kleidern zu tragen«, erinnerte sie ihn.

Er nickte und schluckte. »Ja.«

»Ich habe über das Kind nachgedacht …«

Aubrey schaffte es schließlich, sich von dem Bann zu lösen, der ihn gefangen hatte. Er runzelte die Stirn. »Und zu welchem Schluss sind Sie gekommen?«

»Sie muss einen Namen haben. Wir können sie nicht immer nur sie, das Baby oder das Kind nennen. Sie sollte auf jeden Fall getauft werden. Ich habe mit Reverend Johnstone gesprochen und …«

Wütend sah er sie an. »Machen Sie, was Sie wollen«, fauchte er und ging an ihr vorbei zum Esszimmer, wo Maisie den Tisch mit Silberleuchtern, Besteck und Chinaporzellan festlich gedeckt hatte.

»Sie sind der Vater«, beharrte Susannah und folgte ihm. »Sie sind derjenige, der entscheiden sollte …«

»Nennen Sie sie, wie Sie wollen. Nur nicht Julia, natürlich.«

Susannah spürte einen schmerzhaften Stich. »Hassen Sie sie so sehr?«, fragte sie ruhig.

»Ja«, erwiderte er ohne Zögern. »Ich habe sie gehasst. Und nehmen Sie doch bitte diese Ohrringe ab. Sie waren ein Geschenk eines Ihrer Liebhaber, und ich kann ihren Anblick nicht ertragen.«

»Wenn Sie Julia gehasst haben«, fragte Susannah und nahm die Ohrringe ab, »warum hat es Sie dann gestört, wenn sie Liebhaber hatte?«

»Weil ich sie einmal geliebt habe«, entgegnete er resigniert.

Das brachte Susannah zum Schweigen. Als es an der Tür klingelte, folgte sie Aubrey in die Halle. Einem kleinen Seitenhieb konnte sie nicht widerstehen, schließlich war er ja auch nicht gerade ein musterhafter Ehemann gewesen. »Vielleicht sollten wir Ihr Baby – Delphinia nennen?«, schlug sie zynisch vor.

»Ich warne Sie, quälen Sie mich nicht«, gab er in scharfem Flüsterton zurück. »Ich bin kein geduldiger Mann.« Damit riss er die Tür auf und verwandelte sich augenblicklich in einen charmanten, freundlichen Gastgeber.

Ein gut aussehender Mann mit kastanienbraunem Haar und gewachstem Schnurrbart stand vor der Tür, den Hut in der Hand. Susannah kam es vor, als kniffe der Besucher leicht die

Augen zusammen, als Aubrey sie vorstellte. John Hollister war eindeutig genauso neugierig auf sie wie die Nachbarn, deren Blicken sie am Nachmittag begegnet war, auch wenn Aubrey schon erklärt hatte, dass sie Julias beste Freundin aus Kindertagen sei, die aus Nantucket gekommen war, um sich um das Kind zu kümmern.

»Wir suchen gerade nach einem Namen«, verkündete Susannah fröhlich, als sie in den Salon gingen, um auf die anderen Gäste zu warten. »Für das Baby, meine ich. Ich habe Delphinia vorgeschlagen.«

Aubrey warf ihr einen warnenden Blick zu, und Mr. Hollister lächelte kaum wahrnehmbar. Er wusste anscheinend über Aubreys Affäre mit Mrs. Parker Bescheid – ohne Zweifel genoss die ganze Stadt den Skandal. Susannah empfand Wut, wenn sie an Julia dachte. Sie benahm sich schamlos, das wusste sie, und doch konnte sie nicht anders. Die Tatsache, dass Mr. Fairgrieve sich eine Mätresse hielt, brachte sie auf.

»Sagen Sie bloß, Sie haben dem armen kleinen Ding die ganze Zeit noch keinen Namen gegeben«, schalt Hollister Aubrey. Er hob sein Brandyglas. »Ich muss schon sagen, Fairgrieve, das ist ganz schön nachlässig von Ihnen. Ich habe immer Elisabeth sehr gemocht. Das war der Name meiner Mutter.«

Wieder klingelte es, und Aubrey ging, um aufzumachen. Als er zurückkam, wurde er von zwei Herren begleitet, beide mit spärlichem Haar, dicken Bäuchen und goldenen Uhrenketten. Susannah vermutete, noch ehe sie ihr vorgestellt wurden, dass sie Bankkaufleute waren. Ohne Zweifel hätten auch sie Namensvorschläge gehabt, aber das Gespräch hatte sich den Goldfeldern und dem »Chinesischen Problem« zugewandt, was immer das war.

Kurze Zeit später traf der letzte Gast ein. Er sah eher nach einem Cowboy als nach einem Geschäftsmann aus, und er gefiel Susannah auf den ersten Blick. Seine blauen Augen funkelten spitzbübisch, sein von der Sonne gebleichtes Haar war zerzaust und etwas zu lang, was ihn leicht verwegen aussehen ließ. Er stellte sich ihr vor, ohne auf Aubrey zu warten. »Ich bin Ethan Fairgrieve«, erklärte er, nahm ihre Hand und fuhr fort: »Mein Bruder hat mich wahrscheinlich noch nicht erwähnt.«

»Nein.« Susannah stammelte beinahe. Julia hatte ihn erwähnt – und natürlich Maisie –, aber jetzt schien nicht der richtige Moment, um das anzusprechen. In diesem Haus gab es viele Geheimnisse, viel zu viele für ihren Geschmack.

»Ich bin Susannah McKittrick – Julia und ich waren zusammen auf der Schule. Ich freue mich, Ihre Bekanntschaft zu machen.«

»Ganz meinerseits.« Er zwinkerte ihr fröhlich zu und weckte in Susannah den Wunsch, ihn näher kennen zu lernen. »Wenn ich nicht bereits vergeben wäre, käme ich, um Ihnen den Hof zu machen.« Er warf seinem Bruder einen herausfordernden Blick zu. Aubrey bekam jedes Wort ihrer Unterhaltung mit, wobei er so tat, als interessiere ihn das nicht. »Meine Rosa«, fuhr Ethan fort, »wiegt dreihundert Pfund und kann bestens mit einer Pistole umgehen. Wenn sie mich bei einem Seitensprung erwischen würde, hätte sie mich schneller an die Scheunentür genagelt, als ich Abschied nehmen könnte.«

Susannah lachte. »Und wo ist Rosa heute Abend? Ich würde sie gerne ebenfalls kennen lernen.«

»Sie hat zu tun. Ich bin hier, weil ich gehört habe, dass Julias beste Brieffreundin hier ist, und ich einen Blick auf Sie werfen wollte.«

»Würden Sie mir sagen, wie Ihre Mutter hieß?«, flüsterte Susannah und beugte sich vor.

Ethan zuckte nicht mit der Wimper, obwohl ihn die Frage eindeutig überraschte. »Jenny«, erwiderte er. »Warum?«

»Jenny«, wiederholte Susannah nachdenklich. »Das ist hübsch.«

In dem Moment klingelte Maisie die Essensglocke, und Aubrey kam auf Susannah zu. Doch ehe er bei ihr war, hatte Ethan ihr bereits seinen Arm geboten, um sie ins Esszimmer zu führen.

Maisie war eine begnadete Köchin. Susannah sagte nur wenig, hörte aber zu und versuchte, die Informationen zu ordnen. Schon bald wurde ihr klar, dass Ethan und Aubrey sich nicht allzu gut verstanden, obwohl sie Brüder waren. Wann immer Ethan Aubrey herausfordernd anlächelte, warf der ihm einen wütenden Blick zu, als wäre er beleidigt worden.

Die Bankbeamten waren eher Geschäftsfreunde als echte Freunde Aubreys, erkannte Susannah rasch, aber Mr. Hollister war schwer einzuordnen. Trotz seiner Bemerkung über den Namen des Babys – sicher ein Zeichen einer gewissen Verbundenheit zur Familie – erfüllte er kein Muster so ganz. Er aß schweigend sein Essen und beobachtete dabei Susannah, wenn er dachte, sie würde es nicht merken. Doch da er freundlich und bedacht wirkte, nahm sie ihm sein Verhalten nicht übel.

Nach dem Essen zogen sich die Herren in Aubreys Arbeitszimmer zurück, um eine Zigarre zu rauchen und einen Brandy zu trinken. Susannah war erleichtert, als Maisie hereinkam, um den Tisch abzudecken.

»Sie haben mir nicht gesagt, dass Aubrey und sein Bruder kaum miteinander reden«, sagte sie anklagend.

Maisie warf ihr einen gleichmütigen Blick zu. »Ich erzähle nicht alles, was ich weiß«, gab sie zurück. »Und lassen Sie die Teller stehen, Sie sind nicht für die Küchenarbeit angezogen.«

»Unsinn.« Susannah fuhr fort, das Geschirr zusammenzuräumen.

»Das würde Mr. Fairgrieve nicht gefallen, wenn er das sähe.«

»Er hat auch nichts dagegen, wenn ich Windeln wechsle. Ich denke, es würde ihn kaum stören, wenn er wüsste, dass ich Ihnen im Haushalt helfe. Schließlich bin ich nur das Kindermädchen.« Und ein vergessenes Mauerblümchen, setzte sie im Stillen hinzu, das nicht einmal eine Verwandte ist. »Offen gesagt weiß ich gar nicht, warum ich heute hier mitessen sollte. Er hat kein Wort mit mir gesprochen.«

Maisie lächelte. »Aber seine Gäste hatten jede Menge zu sagen, nicht wahr? Vor allem der junge Ethan Hat er Ihnen erzählt, dass seine Frau dreihundert Pfund wiegt und gut schießen kann?«

»Ja«, gab Susannah zu.

Maisie lachte laut. »Nun, er zumindest hat sich nicht verändert.«

»Was stimmt mit den beiden nicht?«, hakte Susannah auf dem Weg zur Küche nach. »Ethan war ja noch freundlich, aber Mr. Fairgrieve war höchst abweisend. Wenn er ihn nicht hier haben wollte, warum hat er ihn dann eingeladen?«

»Ich bezweifle, dass er das getan hat«, erwiderte Maisie. »Die beiden hatten ihre Differenzen«, fuhr sie fort, als sie nebeneinander an der Spüle standen. Maisie schob Susannah beiseite, füllte heißes Wasser ein und rollte die Ärmel auf. »Jetzt, wo es Mrs. Julia nicht mehr gibt, fangen sie vielleicht an, wieder Brücken zu bauen.«

Susannah sank müde auf einen Stuhl. »Was hat denn Julia damit zu tun?«

Maisie warf ihr über die Schulter einen Blick zu. »Wenn Sie das wissen wollen, müssen Sie entweder Mr. Fairgrieve oder seinen Bruder fragen. Es steht mir nicht zu, Ihnen das zu sagen.«

Susannah spürte ein ungutes Gefühl im Magen und dachte an das, was Julia ihr geschrieben hatte. Sie hatte Ethan als

Gentleman mit dem Herzen eines Poeten beschrieben. Sie hatte Ausfahrten mit der Kutsche am Fluss entlang und sonnige Picknicks erwähnt, auch wenn das alles unschuldig geklungen hatte. Julia hatte erwähnt, dass Aubrey mit dem Geschäft viel zu tun hatte – er verdiente sein Geld damit, dass er Goldgräbern auf dem Weg nach Norden Werkzeug und Arbeitsgerät verkaufte – und Ethan sich »ihrer erbarmt« hätte.

Sie seufzte.

Maisie stellte eine Tasse Tee vor sie hin. »Zerbrechen Sie sich nicht den Kopf über Dinge, die man nicht mehr ändern kann!«

4

»Ihr Bruder ist recht charmant«, bemerkte Susannah am nächsten Morgen Aubrey gegenüber, als sie zufällig in der Küche aufeinander stießen. Vielleicht sprach sie deshalb aus, was sie dachte, ohne vorher nachzudenken.

Sie saß mit dem schlafenden Kind auf dem Arm im Schaukelstuhl am Feuer und sah, wie sein Gesichtsausdruck sich verhärtete. Für einen Moment nahm sie Abscheu in seinem Blick wahr, ehe er wieder ausdruckslos wurde.

Aubrey trat mit einem Becher in der Hand an den Herd und füllte sich Kaffee ein. »Mein Bruder«, bemerkte er schließlich, »hat die Gewohnheit, sich in Dinge einzumischen, die ihn nichts angehen.«

Während er dastand, beobachtete Susannah ihn. Sie mochte seine breiten Schultern, seinen muskulösen Rücken, der sich zur Taille hin verjüngte. Die Kleidung, die er trug, stand ihm ausgesprochen gut: das weiße Hemd mit der passenden Krawatte, die Tweedhosen mit den Hosenträgern und die glänzend geputzten Stiefel. Zweifelsohne gehörte auch noch ein eleganter Mantel dazu, den er anzog, bevor er das Haus verließ.

Plötzlich wurde Susannah von Schuldgefühlen erfasst. Egal, was für Probleme sie gehabt haben mochten, Aubrey war der Mann ihrer besten Freundin gewesen. Was war nur in sie gefahren, dass sie ihn so ansah?

Sie bemühte sich um eine unbefangene Unterhaltung. »Haben Sie eine große Familie?«

Zögernd wandte Aubrey sich um und betrachtete sie über den Rand seines Bechers hinweg. Sein Gesicht und seine Stimme blieben ausdruckslos. »Sie sind eine schwierige Person«, stellte er fest, und sie nahm plötzlich ein Leuchten in seinen Augen wahr, ehe er lächelte. »Was kümmert es Sie, ob ich einen Verwandten oder einen ganzen Haufen davon habe?«

»Ich habe nur versucht, nett zu sein«, erklärte Susannah peinlich berührt. Seine Zurückweisung schmerzte sie, obwohl er sie humorvoll verpackt hatte, und sie konnte nur hoffen, dass er ihr Erröten nicht sah. »Sie brauchen nicht gleich so unhöflich zu werden, Mr. Fairgrieve.«

Gespielt höflich hob er den Becher, und Susannah fragte sich, wie Julia ihn ertragen hatte. »Nicht unhöflich, Miss McKittrick«, wehrte er ab, »nur offen. Das ist ein Unterschied.«

»Wenn Sie meinen.« Sie seufzte und streichelte den kleinen warmen Rücken des Kindes, das langsam unruhig wurde. Es schien ihr klug, das Thema zu wechseln. »Ich brauche ein paar Dinge für die kleine Victoria«, begann sie. »Wenn es Ihnen passt, würde ich später gerne in Ihrem Laden vorbeischauen.«

»Nichts in meinem Leben passt mir zurzeit«, gab er zurück, »aber ich werde Ihnen gegen zehn die Kutsche schicken. Sie können natürlich alles bekommen, was Sie für die *kleine Victoria* zu brauchen meinen.«

»Danke«, erwiderte Susannah unwillig. Sie hasste es, Dankbarkeit zeigen zu müssen, und sie hatte den Verdacht, dass Aubrey das wusste, aber es hatte keinen Sinn, dass sie sich dauernd zankten. Was sie brauchten, war eine Art Abkommen. »Ich denke, wir könnten einander … tolerieren, Mr. Fairgrieve, wenn wir eine zivilisierte Anstrengung in die Richtung unternehmen würden.«

Wieder meinte sie, ein Lächeln in seinen Augen zu sehen. »Eine zivilisierte Anstrengung, ja?« Er rückte seine Krawatte zurecht. »Ich muss zugeben, dass ich im Glauben war, guten Willen zu zeigen, indem ich Sie nicht auf die Straße gesetzt habe.« Er stellte seinen leeren Becher in die Spüle und ging zur Tür. »Einen schönen Tag, Miss McKittrick, ich werde den Verkäufern Bescheid sagen, dass Sie nachher in den Laden kommen.«

Eine halbe Stunde später erschien Maisie mit roten Wangen von der frischen Herbstluft. Sie hatte Jasper zur Schule gebracht und dann am Hafen frischen Fisch gekauft. Mit einem Fuß trat sie die Tür ins Schloss und setzte ihren Einkaufskorb auf dem Tisch ab.

Susannah hatte gelesen – oder es zumindest versucht –, aber sie konnte sich nicht richtig konzentrieren. Immer wieder wanderten ihre Gedanken zu Aubrey Fairgrieve und seinem widersprüchlichen Verhalten. Wenn er sprach, dann nur kurz angebunden, doch Victoria gegenüber zeigte er eine gewisse Zärtlichkeit. Er mochte seinen Bruder nicht, duldete aber eine vollkommen Fremde in seinem Haus, eine Frau, die er nicht eingeladen hatte und die er ohne weiteres wieder hätte nach Hause schicken können.

»Um zehn Uhr kommt eine Kutsche für mich«, erzählte sie Maisie. »Können Sie, solange ich weg bin, auf Victoria aufpassen?«

»Sicher.« Maisie strahlte, bückte sich und streichelte das Baby, das jetzt gurgelnd und strampelnd in einem Körbchen neben Susannahs Stuhl lag. »Wir sind doch allerbeste Freundinnen, nicht wahr, Kleines?«

»Erzählen Sie mir von Ethan«, drängte Susannah. Sie wollte sich noch umziehen, ehe sie mit der Kutsche in die Stadt fuhr – aber ihre Neugier hielt sie zurück.

Maisie beschäftigte sich bereits in der Küche. Susannah hatte den Eindruck, dass sie es schaffte, immer zwei Dinge gleichzeitig zu tun. »Er ist Mr. Fairgrieves jüngerer Bruder, aber das wissen Sie ja schon. Er lebt außerhalb von Seattle, wo er ein Stück Land besitzt.«

»Und seine Frau? Wie sieht sie wirklich aus?«

Maisie lachte leise. »Er hat gar keine. Es gefällt ihm nur, ab und zu ein bisschen Unruhe zu verbreiten. Jasper und ich haben ihn schon vermisst.« Ihr Gesicht wurde ernst. »Aber Mr. Fairgrieve anscheinend nicht. Ich glaube nicht, dass sie seit Mrs. Fairgrieves Beerdigung auch nur ein Wort miteinander gewechselt haben. Selbst am Tag der Beerdigung gab es Auseinandersetzungen.«

Die Türklingel unterbrach sie, ehe Susannah noch mehr erfahren konnte. »Ich gehe!«, rief sie Maisie zu.

Susannah hatte erwartet, dass der Kutscher draußen stünde, aber als sie durch das Glas der Tür spähte, stand Mr. Hollister dort in Hut und Anzug und mit einem höflichen Lächeln auf den Lippen.

Susannah öffnete die Tür. »Guten Morgen, Mr. Hollister«, grüßte sie. »Ich fürchte, Mr. Fairgrieve ist nicht mehr da ...«

Mr. Hollister trat ein, schloss die Tür hinter sich und nahm mit einer fließenden Bewegung den Hut dabei ab. »Ich bin nicht hier, um Mr. Fairgrieve zu sehen«, erklärte er ihr. Die Leute im Westen, kam Susannah spontan in den Sinn, können sehr frei heraus sein, trotz ihres Rufes, immer auf ihre Privatsphäre bedacht zu sein. »Verzeihen Sie, Miss McKittrick, ich hätte nicht so unangemeldet hereinplatzen sollen.«

Susannah berührte tröstend seinen Arm, denn die Verlegenheit des Mannes tat ihr Leid. Das Ziffernblatt der großen Standuhr hinter ihm zeigte ihr, wie die Zeit verging, die sie hatte nutzen wollen, um sich etwas anderes anzuziehen und ihre Haare aufzustecken.

»Kommen Sie doch herein«, bot sie an, denn etwas anderes blieb ihr nicht übrig. Außerdem mochte sie Mr. Hollister, auch wenn sie so gut wie nichts über ihn wusste.

Hollister brachte sein Anliegen gleich vor. »Oh, nein, ich kann nicht bleiben«, wehrte er ab. Er errötete tief. »Ich hatte gehofft, dass wir ... nun ... dass Sie vielleicht einmal mit mir zu Abend essen würden. Wie wäre es mit morgen?«

Susannah war verblüfft, fühlte aber eine freudige Erregung in sich aufsteigen. Bislang hatte sie ihr Leben sehr zurückhaltend verbracht und war nicht einmal zum Tanz eingeladen worden, von einem Abendessen ganz zu schweigen. »Oh, Mr. Hollister, ich weiß nicht, was ich sagen soll«, stammelte sie und legte eine Hand auf die Brust.

Verlegen trat er von einem Fuß auf den andern. »Es sei denn, ich habe mich in meiner Annahme geirrt, dass Sie ... ungebunden sind?«

Susannah hielt den Atem an. »Nein ... ja ... aber ich kenne Sie nicht einmal.«

»Das versuche ich ja gerade zu ändern.« Sein Lächeln war wohlwollend und recht anziehend. Er war zwar nicht so attraktiv wie Aubrey, aber das war vielleicht auch gut so. Wie Ethan besaß Mr. Hollister seinen ganz eigenen Charme.

Sie lächelte. Julia war immer die Umschwärmte gewesen. Es war ein gutes Gefühl, sich begehrt zu fühlen. »Ja«, sagte sie, »ich meine, ja, ich würde gerne mit Ihnen essen gehen.«

Er sah sie erfreut an. »Wunderbar«, entgegnete er, »dann hole ich Sie gegen sieben Uhr ab.«

Susannah nickte ein wenig benommen. Ihr Leben hatte sich so schnell verändert. Von dumpfer Langeweile, die ihren Alltag bestimmt hatte, war sie jetzt auf dem Weg zu neuen Abenteuern, und sie brauchte eine Weile, um sich daran zu gewöhnen. »Sieben Uhr«, bestätigte sie, und dann ging Mr. Hollister wieder. Erst als er weg war, ging ihr auf, dass sie nicht einmal wusste, womit er sein Geld verdiente.

Susannah blieb so lange gedankenverloren in der Halle stehen, dass sie nur mit Mühe fertig wurde, bis die Kutsche kam, die einladend in der Sonne dastand.

Sie hatte über eines ihrer Kleider ein hellblaues Wollcape von Julia gezogen, trug die Haare zu einem Zopf geflochten und hochgesteckt und genoss es, sich in die Kutsche helfen zu lassen. Außer dem Geruch von Zigarren und Leder nahm sie einen blumigen Duft wahr, und ihr kam plötzlich in den Sinn, dass es vielleicht Mrs. Parkers Kutsche war, die nur ausnahmsweise für den Transport eines selbst ernannten Kindermädchens benutzt wurde.

Susannah straffte den Rücken, als die Kutsche über die Straße zu holpern begann, und spürte Trotz in sich aufsteigen. Nach kurzer Fahrt hielt das Gefährt vor einem imposanten Gebäude mit eleganter Ziegelfassade, auf der *A. Fairgrieve, Besitzer und Gründer* in großen Bronzelettern stand.

Ohne auf den Kutscher zu warten, stieg sie aus. Sie war nicht wichtiger als jeder andere Angestellte Aubreys, und es war gut, wenn sie das gleich deutlich machte.

Als sie die Holzstufen zum Gehsteig erklomm, kam sie nicht umhin, die Blicke der Passanten zu bemerken. Sie stieß die Tür des Ladens auf und blieb dann kurz auf der Schwelle stehen, um sich zu orientieren, ehe sie den kühlen Wind vom Fluss her wieder aussperrte.

Das Geschäft war noch größer, als es von außen aussah, und es waren so viele Dinge ausgestellt, dass Susannah für einen Moment ganz benommen war. Neben dem Gerät für die Goldsucher, mit dem Aubrey sein Geld hauptsächlich verdiente, gab es eine ganze Wand mit Stoffballen und Bändern, daneben Bücher und Schreibwaren. Es gab Medizin aller Art, Farmgeräte, fertige Kleider, Stiefel, Schuhe und eine überraschend große Auswahl an Spielwaren. Die Aromen von Kaffee, Tabak, Bohnen, Tee und Gewürzen füllten die Luft, dazu kam der Rauch aus einem großen Ofen in der Ecke.

Sofort trat ein Verkäufer lächelnd auf sie zu. »Wir haben Sie schon erwartet. Bitte, kommen Sie doch näher.«

Das brach den Bann, und Susannah lächelte schwach. Sie wollte unbedingt selbstbewusst wirken, aber so etwas hatte sie noch nie gesehen. In St. Mary's hatte es keinen Grund für Einkäufe und auch keine Mittel gegeben. Nantucket besaß nur ein paar kleine Läden, die Insulaner aßen das Gemüse, das sie anbauten, und frischen Fisch aus der See. Was sie nicht verbrauchten, tauschten sie gegen Waren, die sie nicht selbst anbauen oder herstellen konnten.

»Ich würde mir gerne ein paar Babysachen ansehen«, erklärte sie, straffte die Schultern und hob das Kinn.

Der Verkäufer lächelte. »Mr. Fairgrieve sagte, dass Sie möglicherweise auch für sich selber ein paar Sachen benötigen. Suchen Sie sich aus, was Sie brauchen – Bücher, Wäsche, Toilettensachen – ohne Rücksicht auf die Kosten.«

Susannah senkte den Blick, um ihren Schock darüber zu verbergen, dass Aubrey sie scheinbar als bedürftig beschrieben hatte, dann sah sie den freundlichen Mann wieder an. »Danke«, erwiderte sie. »Die Babysachen?«

Er führte sie in eine Abteilung mit Kinderkleidung – Hauben, Schühchen und Decken – und ließ sie dann allein. Susannah nahm sich Zeit und wählte eine große Garderobe für das Kind inklusive einem schneeweißen Taufkleid mit irischer Spitze aus. Wenn es um Julias – und Aubreys – Kind ging, wollte sie nicht sparen.

Als das Kleine angemessen ausgestattet war, suchte Susannah noch ein paar Dinge für Jasper heraus, ehe sie drei Unterröcke für sich selber, passende Hosen und einen Petticoat dazulegte. Dann bewunderte sie die Bücher, wagte es aber nicht, sich eines vom Regal zu holen, als ein Schwall kalter Luft hereinströmte, begleitet vom ärgerlichen Klingeln des Türglöckchens.

»Wo ist er?«, verlangte eine Frauenstimme herrisch zu wissen.

Susannah wandte sich wie alle anderen um und entdeckte eine schlanke, dunkelhaarige Frau, die von Kopf bis Fuß in prächtigen grünen Samt gekleidet war, der ihrer guten Figur schmeichelte. Ihre Augen waren so grün wie der Stoff. Sie war ohne Zweifel das entzückendste Geschöpf, das Susannah je gesehen hatte, wenn man von ihrem Auftreten einmal absah.

Niemand brauchte ihr zu sagen, dass das Aubreys Mätresse Delphinia war – seine Geliebte. Sie war so beeindruckt, dass sie nicht anders konnte, als die Frau anzustarren.

»Ich habe gefragt, wo er ist!«, rief Mrs. Parker. Bis auf die Holzscheite im Ofen und ein paar Geräusche von der Straße war es vollkommen still im Geschäft.

Dann erklangen Schritte auf der Treppe, und Aubrey erschien. Er sah wütend aus, sein Gesicht war wie aus Granit gemeißelt. Mit klopfendem Herzen fragte sich Susannah, ob er Julia wohl je so angesehen hatte.

»Delphinia.« Er senkte seine Stimme. »Ich denke, es ist alles besprochen, und ich nehme an, das ist jetzt nicht der Zeitpunkt und der rechte Ort, um mir eine Szene zu machen!«

Das atemberaubende Geschöpf schoss wütend auf ihn zu. Die Luft um die beiden herum schien zu knistern, fasziniert sah Susannah vom einen zum anderen. Während eine Art Mitleid mit der Frau in ihr aufkam, spürte sie gleichzeitig etwas anderes, etwas, was sie im Moment noch nicht näher benennen konnte.

»Wie kannst du es wagen?«, fauchte Delphinia, blieb am Fuße der Treppe stehen und funkelte ihren Liebhaber an. Sie schien ihre Wut kaum bändigen zu können, aber seine Kälte reichte, um alle im Raum erstarren zu lassen, inklusive Susannah, die bewegungslos dastand und nicht einmal vorgab, nicht zuzuhören.

»Wir werden allein darüber sprechen«, stieß Aubrey aus. Damit ergriff er Delphinias Arm und führte sie entschieden nach oben in den zweiten Stock. Erst als eine Tür zufiel, kam wieder Leben in den Raum. Unter verlegenem Räuspern wandten sich die Verkäufer ihren Kunden zu, die alten Männer versammelten sich um den Ofen, um mit leiser Stimme Klatsch auszutauschen. Von oben hörte man gedämpft hitziges Geschrei und Gepolter.

Susannah beendete ihre Einkäufe und beeilte sich, zur Kutsche zu kommen, die vor dem Geschäft wartete. Sicherlich war Delphinia auf sie aufmerksam geworden, und sie wollte vermeiden, dass sich der Zorn der Frau gegen sie wandte.

Als sie in das Fairgrieve-Haus zurückkam, hatte sie nichts anderes zu tun, als die Sachen, die sie gekauft hatte, einzuräumen, denn das Baby schlief tief und fest. Später ging sie nach unten, um sich eine Tasse Tee zu kochen, die stürmische Szene vom Vormittag war schon wieder vergessen.

Weil Maisie die Zeit nutzte, in der Jasper noch in der Schule war, und im Schaukelstuhl döste, ging sie so leise wie möglich ins Wohnzimmer. Mit einem Mal wurde die Haustür geöffnet, und Aubrey kam mit einer Windbö hereingestürmt. Knallend fiel die Tür hinter ihm ins Schloss.

»Pscht«, bat Susannah, »Die Kleine schläft.«

Aubrey fuhr sich mit der Hand durch die Haare und seufzte tief. Zu Susannahs Überraschung sah er tatsächlich reumütig aus. »Es tut mir Leid«, entschuldigte er sich und überraschte sie damit noch mehr. Seine Augen blickten traurig und weckten eine Zärtlichkeit in ihr, die sie nicht empfinden wollte – nicht empfinden durfte. »Sie waren da?«, fragte er brüsk. Es war klar, dass er auf die Szene vom Vormittag anspielte und dass er die Antwort schon wusste.

Susannah umklammerte mit beiden Händen ihre Teetasse, damit sie nicht zitterten. »Ja«, gab sie zu.

»Es war nicht so, wie sie es dargestellt hat.«

Susannah, die in ihrem ganzen Leben kaum Alkohol getrunken hatte, wünschte sich plötzlich, ihre Tasse würde Whisky statt Tee enthalten. »Sie brauchen mir nichts zu erklären, Mr. Fairgrieve.«

»Aubrey, verdammt«, knurrte er. »Wenn Sie mich immerzu Mr. Fairgrieve nennen, fühle ich mich wie mein eigener Großvater.«

Susannah war verwirrt – spürte aber auch eine leise Freude in sich aufkommen. Es gefiel ihr zu wissen, dass sie diesen Mann dazu bringen konnte, etwas zu fühlen.

»Wenn Sie mich jetzt entschuldigen wollen …« Sie machte sich auf den Weg zur Treppe. Ehe das Baby aufwachte, wollte sie noch die Füße hochlegen und ein paar Seiten lesen.

Sein fester Griff um ihren Arm hielt sie auf. »Susannah, was Hollister angeht …«

Sie brachte ein scheues Lächeln zustande. »Er ist ein sehr netter Mann«, erklärte sie. »Er hat mich für morgen Abend zum Essen eingeladen, und ich habe natürlich angenommen.«

Aubrey runzelte die Stirn. »Natürlich«, wiederholte er abwesend. »Was wissen Sie von ihm?«

Am liebsten hätte Susannah gelacht, auch wenn sie nicht genau wusste, warum. »Nichts, außer dass er gute Manieren hat und ein netter Unterhalter ist. Ich nahm an, dass er ein Freund von Ihnen ist, weil Sie ihn zum Essen eingeladen hatten.«

Aubrey rieb sich das Kinn. »Ach, ja«, erwiderte er und ging dann ohne weitere Erklärung in sein Arbeitszimmer, wo er die Tür hinter sich schloss.

»Verdammt«, grollte Aubrey und musterte Hollister scharf über den grünen Filz in einem von Seattles besten Spielsalons hinweg. »Ich habe Ihnen gesagt, dass Sie die Vergangenheit von Miss McKittrick untersuchen, nicht dass Sie sie erobern sollen.«

Hollister hatte den ganzen Abend schon gewonnen, und die unbewegte Art, mit der er die Karten hielt, verriet, dass er wieder ein gutes Blatt hatte. »Ich dachte, es wäre eine gute Idee, sie besser kennen zu lernen«, erklärte er. Mit humorvollem Blinzeln sah er Aubrey an. »Das ist keine unangenehme Arbeit, ganz und gar nicht.«

Aubrey beugte sich vor. »Hollister, ich warne Sie, lassen Sie es besser nicht *zu* angenehm werden!«

Der Pinkerton-Detektiv lachte und schob einen Stapel Münzen in die Mitte des Tisches. »Ah, Sie sind wohl sehr von ihr eingenommen, was? Das ist ja interessant, wenn auch nicht überraschend, wie ich zugeben muss. Erhöhen Sie, oder zeigen Sie Ihr Blatt.«

Aubrey warf wütend ein weiteres schlechtes Blatt auf den Tisch. »Ich bin von niemandem eingenommen«, erklärte er heftig. »Ich will nur wissen, ob Susannah McKittrick eine geeignete Kinderfrau für das Baby ist oder nicht.«

»Warum nennen Sie das Baby nicht beim Namen?«, fragte Hollister besänftigend. »Oder sind Sie der armen kleinen Kreatur so böse?«

Kurze Zeit herrschte Schweigen, und Aubrey spürte Zorn und Scham in sich aufsteigen. Es stimmte, dass er sich von Julias Tochter von Anfang an distanziert hatte – es nicht gewagt hatte, sie in sein Herz zu schließen –, aber es gab nur wenig, was er ihr vorenthielt. War sie nicht der einzige Grund, dass er sich mit dieser Susannah McKittrick abfand? Dieser Frau, die ihm nur Ärger bereitete, und die Schuld daran hatte, dass sein Arrangement mit Delphinia nur von so kurzer Dauer gewesen war.

»Das Kind wird gut versorgt«, erklärte er schließlich. »Sie brauchen sich um sein Wohlergehen keine Gedanken zu machen.«

Hollister räusperte sich, beugte sich vor und zog einen beträchtlichen Stapel Münzen zu sich heran. Dann zündete er sich eine Zigarre an und zählte seinen Gewinn. »Was genau soll ich Miss McKittrick über mich erzählen? Sie wird sicher wissen wollen, wie ich mein Geld verdiene, und ich möchte sie nicht gerne anlügen.«

»Erzählen Sie ihr so wenig wie möglich«, warnte ihn Aubrey. Am anderen Ende des Zimmers gab es Unruhe, und ärgerlich bemerkte er, dass Ethan gerade eingetroffen war.

»Unsere Susannah ist eine hübsche Frau«, sann Hollister, »aber im Umgang mit Männern nicht allzu erfahren.« Sein Blick war Aubreys dahin gefolgt, wo Ethan sich jetzt einen Weg durch die Tische zu ihnen hin bahnte. »Sie wird meine Geschichte hören wollen.«

Es sah ganz so aus, als müsste Aubrey sich nach der Szene mit Delphinia und dem Pech beim Kartenspielen nun auch noch mit seinem jüngeren Bruder auseinander setzen. An manchen Tagen bliebe man besser zu Hause, dachte er.

Ethan blieb unbefangen an ihrem Tisch stehen. »Du verlierst, hoffe ich?«, fragte er grinsend.

Hollister hatte die letzten Münzen zusammengerafft. »Meine Schwester Ruby ist von der Schule zurück. Kommen Sie doch mal vorbei«, schlug er vor.

Ethan grinste. »Wie geht's der kleinen Ruby?«, fragte er.

Hollister grinste zurück. »Sie ist nicht mehr so klein«, korrigierte er. »Wie alt war sie, als Sie sie zuletzt gesehen haben? Zwölf oder dreizehn?«

Ethan nickte und hielt eine seiner Hände auf Brusthöhe. »Etwa so groß, nur Augen, Knie und Sommersprossen.«

Hollister lachte. »Die Zeiten ändern sich.« Er nickte Aubrey zu, stand auf und ging in einer Wolke Zigarrenrauch davon. Ethan ließ sich auf seinem Platz nieder, griff sich die Karten und mischte sie durch. Obwohl noch nicht dreißig, hatte er schon viel Zeit in Spielhallen und Saloons verbracht.

»Was willst du?«, fragte Aubrey rundheraus. Es machte keinen Sinn, brüderliche Zuneigung vorzuspiegeln, wenn er sie nicht empfand.

Ethan teilte aus, sortierte seine Karten und sah ihn an.

»Eine Antwort«, gab er zurück und erwiderte Aubreys Blick. »Wenn du offen reden willst, gut. Ganz Seattle spricht davon, dass du und Delphinia euch getrennt habt. Ich denke, ich will wissen: Was hast du mit Susannah vor?«

Aubrey nahm seine Karten, schaute hinein und warf eine Münze auf den Tisch. Wann immer Ethan und er versucht hatten, miteinander zu reden – was selten genug war –, mussten sie dabei etwas anderes tun, Karten spielen Pferde satteln oder kämpfen.

»Wenn du etwas über Susannahs Pläne wissen willst«, entgegnete er, »warum fragst du sie dann nicht selber?«

»Das brauche ich nicht«, gab Ethan lässig zurück und betrachtete stirnrunzelnd sein Blatt. Das hieß, dass es wahrscheinlich herausragend war. »Es ist ganz klar, dass sie sich um das Kind kümmern will. Ich habe nach *deinen* Absichten gefragt, Aubrey, nicht nach *ihren*.«

Aubrey beugte sich vor. »Meine Absichten gehen dich, verdammt noch mal, nichts an!«

»Susannah ist eine Dame, Aubrey. Behandle sie nicht wie Delphinia und die anderen.«

»Die anderen?«, wiederholte Aubrey wütend. Er lehnte die Anspielung, dass er ein Frauenheld war, ab. Er war Julia ein treuer Ehemann gewesen, bis sie ihn monatelang aus ihrem Bett verbannt hatte.

Ethan seufzte und schloss erschöpft die Augen. »Okay, lass uns unsere Differenzen für den Moment vergessen und wie erwachsene Männer miteinander reden. Ich kenne dich, Aubrey. Wenn du dich von Delphinia trennst, bedeutet das, dass du ein Auge auf jemand anderen geworfen hast. Man muss nicht besonders klug sein, um zu merken, dass es Susannah ist, die du willst.«

Aubrey wollte nicht leugnen, dass er sich für Susannah interessierte, war aber auch noch nicht so weit, es zuzugeben, nicht einmal vor sich selbst. Es erzürnte ihn, dass Ethan ihm zutraute, seinen unschuldigen Hausgast zu verführen. Angenommen, sie war wirklich unschuldig, natürlich – er hatte sich ja schon einmal geirrt.

»Wenn du hier bist, um mir Moralunterricht zu geben«, erwiderte er wütend, »rate ich dir zu verschwinden, ehe ich dir die Zähne einschlage.«

Ethan warf die Karten hin und funkelte seinen Bruder an. Er versuchte, sich zu beherrschen, aber sie zogen die Aufmerksamkeit schon auf sich. Ihre Fehde war in Seattle gut bekannt, das trotz allem eine Kleinstadt geblieben war.

»Du verdammter …« Ethan unterbrach sich, ehe er erneut begann. »Ich habe nicht mit deiner Frau geschlafen. Ich habe auch nicht vor, mit Susannah ins Bett zu gehen. Himmel, *ich bin dein Bruder!*«

Aubrey spürte einen Sturm von Gefühlen in sich aufwallen – Wut, Trauer und so etwas wie Hoffnung. Dann fielen ihm Julias Neckereien wieder ein, ihr verächtliches Lachen. Er dachte an das blonde Haar und die blauen Augen des Babys – wie die Ethans.

»Genau«, fauchte er. »Ich habe dir vertraut, und ich habe ihr vertraut. Was war ich nur für ein Narr!« Damit sprang er auf und ging davon. Er musste an die frische Luft.

Ethan folgte ihm nicht.

Als er sein Heim erreichte, sah Aubrey eine Weile im Dunkeln zum zweiten Stock empor. Er stellte sich Susannah in ihrem kleinen Zimmer vor, wie sie sich die Haare bürstete oder las oder das Baby auf dem Arm hatte.

Plötzlich ergriff ihn ein Gefühl tiefster Einsamkeit, und er ballte die Fäuste. Fluchend stieß er das Tor auf und ging auf das Haus zu.

Susannah hörte Schritte im Flur, die vor ihrer Tür stehen blieben.

Ihr Herz klopfte, aber nicht aus Angst, sondern in einer Art süßer Erwartung. Sie hielt inne, die Haarbürste in der Hand, nur in ein Nachthemd gekleidet. Dann hörte sie, wie die Schritte sich entfernten.

Tränen stiegen ihr in die Augen, und sie blinzelte sie fort, nicht sicher, ob sie enttäuscht oder erleichtert war. Hätte sie Aubrey willkommen geheißen oder ihn fortgeschickt? Susannah hatte das Gefühl, sich selbst fremd zu sein. Was war mit Julia? Sie war ihr eine loyale Freundin gewesen und würde auch ihrem Andenken loyal gegenüberstehen.

Julias Kind weinte leise auf, und Susannah eilte zu ihm, froh über die Ablenkung. Victoria sah sie an, und die Ähnlichkeit mit Aubrey wurde ihr in dem Moment so bewusst, dass sie die Luft anhielt.

Wie konnte er sich von seinem Kind dermaßen distanzieren? Wie nur?

Susannah streckte einen Finger zu der Kleinen aus, sie griff danach und krähte zufrieden.

»Was auch immer passiert«, versprach sie Victoria flüsternd, »ich werde auf dich aufpassen.«

Das Baby lachte und strampelte mit den kleinen Füßen.

Susannah lachte auch und begann dann zu summen, bis Julias Tochter wieder einschlief.

»Gute Nacht, Kleine«, wisperte sie, aber ihre Gedanken waren bei Aubrey.

5

Am folgenden Abend traf Mr. Hollister pünktlich um sieben Uhr ein, in einer hübschen Kutsche, die von zwei Grauen gezogen wurde und elegant vor dem Haus zum Stehen kam. Susannah, die ihren Verehrer durch die Spitzengardinen vom Haus aus beobachtete, spürte echte Aufregung, und das nicht das erste Mal, seit sie seine Einladung zum Essen angenommen hatte. Sie hatte keine Vorstellung, was für eine Art Mann er war, er konnte sehr gut ein Frauenheld und Schuft sein oder schon jemandem versprochen, wenn nicht gar *verheiratet*.

Verwirrt drückte sie die Hand auf die Brust.

»Oh, hören sie auf, sich dauernd Sorgen zu machen«, schalt Maisie. Sie stand neben ihr und schien aus dem Abend genauso viel Vergnügen zu ziehen wie Susannah selbst. In diesem Moment wünschte Susannah, dass sie an ihrer Stelle wäre. Sie wäre mehr als zufrieden damit, gemütlich zu Hause zu bleiben und Maisie das Ausgehen zu überlassen. »Er ist ein netter Mann, und ein Mädchen hat nicht jeden Tag die Gelegenheit, essen zu gehen. Lächeln Sie einfach zu allem, was er sagt, egal wie dumm es ist, und stellen Sie klar, dass er Ihnen hinterher keinen Kuss abnötigen darf.«

»Es ist mein erstes Rendezvous«, lamentierte Susannah flüsternd, »ich habe keinen blassen Schimmer, was ich sagen oder tun soll.«

»Ich habe es Ihnen doch gerade gesagt«, meinte Maisie und unterstrich diesen Umstand mit einem aufmunternden Klaps auf Susannahs Wange. »Sie hören einfach zu, als wäre er klüger als Salomo, dann wird er sich schon in Sie verlieben. Falls er das nicht bereits getan hat.«

Susannah war entsetzt. »Aber ich will nicht, dass er sich in mich verliebt«, protestierte sie verstört.

Mittlerweile war Mr. Hollister an der Tür angelangt und läutete die Glocke. Nach einem spitzbübischen Blick auf Susannah ging Maisie zur Tür und öffnete sie mit der Würde einer englischen Haushälterin, die über ein ganzes Herrenhaus gebietet.

»Guten Abend, Mr. Hollister«, begrüßte sie ihn, und ihre Stimme verriet Susannah, dass sie diesen Besucher auf Anhieb mochte, obwohl sie ihn noch nicht kennen gelernt hatte. »Miss Susannah ist schon fertig und sieht sehr hübsch aus. Niemand würde ahnen, dass das ihr erstes Rendezvous ist.«

Susannah, die hinter der Tür stand, schloss die Augen und errötete heftig. Sosehr sie Mr. Hollister mochte, jetzt hätte sie alles darum gegeben, den Abend zu Hause verbringen zu dürfen, vielleicht am Kamin, während Aubrey seine Zeitung las …

»Heraus mit Ihnen!«, rief Maisie jetzt. »Der Mann hat nicht die ganze Nacht Zeit, und es hat keinen Sinn, sich zu verstecken.«

Zitternd vor Verlegenheit, aber dennoch mit einem Lächeln und so würdevoll wie möglich, kam Susannah aus ihrem Versteck und hielt Mr. Hollister die Hand hin, die er zur Begrüßung küsste. Seine blauen Augen zwinkerten vergnügt. Keine Angst, schienen sie zu sagen, bei mir sind Sie sicher.

»Sie werden einen warmen Umhang brauchen«, sagte er, als er ihre Hand losließ. »Es ist kalt draußen.«

»Der Winter kommt«, warf Maisie ein, die ihren Teil an der Unterhaltung genoss.

Susannah griff nach dem Cape, das sie am Tag zuvor schon getragen hatte und das immer noch am Haken neben der Tür hing. Mr. Hollister nahm es ihr – ganz Gentleman – ab und legte es ihr um die Schultern.

»Wir werden gegen neun zurück sein«, erklärte er Maisie, öffnete die Tür und ließ Susannah den Vortritt. Obwohl es noch früh war, war es schon dunkel und der Geruch von Kaminfeuern lag in der kalten Luft.

Susannahs Instinkt, was Mr. Hollister anging, erwies sich im Verlauf des Abends als richtig. Sein Vorname, sagte er, sei John, und es würde ihm gefallen, wenn sie ihn so anreden könne. Er sei in Missoula in Montana geboren und aufgewachsen und verheiratet gewesen, aber seine Frau sei schon lange tot. Sie war bei einem Wagenunfall gemeinsam mit ihrem ungeborenen Kind umgekommen, als sie den Missouri überquert hatten. Er sprach von seiner jüngeren Schwester Ruby, die gerade die Schule in San Francisco beendet hatte, und strahlte vor Stolz.

»Erzählen Sie mir etwas über sich«, drängte John dann, als sie beim Hauptgericht angekommen waren.

Susannah hatte sofort gespürt, dass sie sich niemals in diesen Mann verlieben würde, was immer Maisie auch hoffen mochte, aber sie fand ihn sympathisch und vertraute ihm. Gefühle wie die, die sie für Aubrey zu entwickeln begann, beispielsweise, waren eine ganz andere Sache.

Sie erzählte John von ihrer Kindheit in St. Mary's und von ihrer Stelle als Gesellschafterin bei einer alten Dame, wo sie ein angenehmes, aber eintöniges Leben geführt hatte. Dann sprach sie von ihrer Freundschaft mit Julia und bekräftigte die Hoffnung, dass Mr. Fairgrieve sie das Kind würde aufziehen lassen.

John betrachtete sie, sein Weinglas in der Hand. »Waren Sie denn nie verlobt? Eine entzückende, intelligente Frau wie Sie?«

Susannah seufzte innerlich auf. Wenn Liebe doch etwas wäre, das man je nach den Umständen abrufen könnte. »Ich hatte viele Pflichten«, erwiderte sie mit einem Achselzucken. »Meine Dienstherrin Mrs. Butterfield war nicht besonders gesund, und in der wenigen freien Zeit, die mir blieb, habe ich Klavierunterricht gegeben.« Betrübt dachte sie an ihre mageren Ersparnisse, die sie für die Fahrkarte nach Seattle ausgegeben hatte.

»Hmmm«, machte John nachdenklich. »Und wer hat Ihnen beigebracht, Klavier zu spielen?«

Susannah seufzte. »Eine der Nonnen in St. Mary's.« Plötzlich sehnte sie sich danach, auf dem verstaubten Flügel zu spielen, den sie in Aubreys Haus entdeckt hatte. Sie musste so bald wie möglich wieder unterrichten. Vielleicht war schon am kommenden Tag, nachdem sie mit Pfarrer Johnstone über Victorias Taufe gesprochen hatte, Zeit, das Instrument auszuprobieren und sich um Schüler zu kümmern.

»Ruby hat früher ein bisschen gespielt. Vielleicht könnten Sie sie unterrichten.«

Seine Aufmerksamkeit erfüllte sie mit Wärme und machte sie ein wenig benommen, wie sie es sich immer von Champagner vorgestellt hatte. »Das würde ich sehr gerne tun«, sagte sie dankbar. Dann setzte sie sich etwas aufrechter hin. »Womit verdienen Sie Ihren Lebensunterhalt, Mr. Hollister, wenn ich das fragen darf?«

Er räusperte sich und schien eine Antwort hinauszögern zu wollen. »Ich habe ein Privateinkommen«, erwiderte er dann, aber obwohl Susannah meinte zu wissen, dass er nicht log, klang es auch nicht ganz wahr.

Vorsichtig zog sie sich ein wenig in sich zurück.

John lächelte sie beruhigend an, und sie spürte erneut, dass sie ihn wirklich mochte. »Ich habe gehört, dass es vor der Küste von Nantucket guten Hummer gibt«, bemerkte er. »Vermissen Sie solche Köstlichkeiten?«

Susannah sah auf das Essen hinunter, das Mr. Hollister bestellt hatte – ein Diktat der Höflichkeit –, und das Wasser lief ihr im Mund zusammen, als sie an den Geschmack dampfenden Hummers dachte, frisch vom Pier und voller zerlaufender Butter. »Oh, ja«, seufzte sie und fragte sich, ob sie Nantucket je wiedersehen würde. Mrs. Butterfield vermisste sie nicht, aber sie dachte gern an ihre seltenen Strandspaziergänge zurück. Sie erzählte John von den Segelbooten, den Sanddünen, dem Strandgras.

Der Rest des Abends verging wie im Flug, und schon bald saßen sie wieder in Johns Buggy, der sie zurück zu dem großen, nüchternen Haus fuhr, in dem ihre Freundin gelebt hatte und gestorben war.

»Haben Sie Julia gekannt?«, wagte sie zu fragen, als sie den Kiesweg vor dem Haus erreichten. »Mrs. Fairgrieve«, setzte sie hinzu, falls er sie nicht verstanden hatte.

John schüttelte den Kopf, zog die Zügel an und bremste den Wagen ab. »Nein.« Er seufzte und sah sie an, sein Gesicht im Schatten des Hutes verborgen, sodass sie seinen Gesichtsausdruck nicht erkennen konnte.

Am liebsten hätte sie geweint, als sie an Julia und das Baby und den Mann dachte, der nicht glauben konnte, dass das Kind von ihm war. »Aber Sie kennen offenbar Mr. Fairgrieve.«

»Wir hatten gelegentlich geschäftlich miteinander zu tun«, bemerkte er so beiläufig, dass Susannah den Eindruck bekam, er habe etwas zu verbergen. »Ich würde Sie gern wiedersehen, Susannah«, setzte er kurz darauf hinzu, als er ihr vom Wagen half. »Hätten Sie vielleicht Lust, am Sonntag mit mir zur Kirche zu gehen? Wenn das Wetter es zulässt, könnten wir hinterher am Fluss ein Picknick machen.«

Weil sie John mochte und glaubte, dass sie von ihm noch einiges erfahren konnte, nickte Susannah. »Das wäre schön.«

Er versuchte nicht, sie an der Haustür zu küssen, sondern zog nur kurz seinen Hut, ehe er ging.

Maisie stand hinter der Tür und wartete, das schlafende Baby auf der Schulter und Jasper wie ein kleines Äffchen an ihren Röcken hängend. »Mr. Fairgrieve war völlig außer sich, als er zurückkam und hörte, dass Sie mit Mr. Hollister essen waren«, flüsterte sie entzückt.

Susannah verspürte Genugtuung, empfand aber gleich darauf Gewissensbisse. Aubrey war der Witwer ihrer Freundin, an der er nichts Gutes ließ. Es spielte keine Rolle, dass er so großartig aussah, dass es ihr den Atem verschlug, wenn sie in seine Nähe kam, und dass nur ein Blick von ihm ihr Herz schneller schlagen ließ. Von allen Menschen der Welt war er der Letzte, in den sie sich verlieben durfte.

»Ich wüsste nicht, warum er sich darüber aufregen sollte«, erklärte sie, während sie ihren Mantel auszog. »Schließlich bin ich eine erwachsene Frau und kann gut auf mich selbst aufpassen.« Sie wollte gerade Victoria auf den Arm nehmen, als sich die Tür zum Arbeitszimmer öffnete und Aubrey heraustrat.

»Darf ich Sie einen Moment unter vier Augen sprechen, Miss McKittrick?«, fragte er. Seine Augen funkelten herausfordernd.

»Ich werde das Baby für Sie ins Bett bringen«, bot Maisie an und ließ die beiden im Flur stehen. Susannah schluckte, hielt aber den Kopf hoch erhoben. »Es ist schon spät«, bemerkte sie, »und ich bin recht müde.«

Aubrey trat zurück und bedeutete ihr einzutreten. Susannah

eilte an ihm vorbei und ihr wurde bewusst, dass er ihr das Gefühl gab, etwas Verbotenes getan zu haben.

»Setzen Sie sich«, befahl Aubrey.

Susannah hätte sich am liebsten widersetzt, aber das hätte das Gespräch nur in die Länge gezogen. Also setzte sie sich und verschränkte die Hände im Schoß.

»Was wissen Sie über Hollister?« Aubrey nahm in dem lederbezogenen Stuhl hinter seinem Schreibtisch Platz.

»Dass ich ihn sehr mag«, gab Susannah ehrlich zurück. »Wir gehen am Sonntag zusammen zur Kirche und bei gutem Wetter anschließend zu einem Picknick.«

Aubrey machte ein Gesicht, als hätte sie soeben gestanden, mit Hollister durchbrennen zu wollen. »Ich hatte den Eindruck, dass Sie hier sind, um auf mein – Julias Kind aufzupassen. Vielleicht sind Sie in Wirklichkeit auf der Suche nach einem Mann?«

Susannah spürte, wie eine nie gekannte Wut in ihr hochstieg. Sie wollte etwas erwidern, aber die Worte blieben ihr in der Kehle stecken.

Aubrey lehnte sich zurück und verschränkte die Hände hinter dem Kopf. Das sanfte Licht seiner Schreibtischlampe betonte seine Männlichkeit. Sein dunkles, zerzaustes Haar schimmerte, und Susannah konnte nicht verhindern, dass sein Charme sie verwirrte. »Wenn Sie wirklich einen Mann wollen«, erklärte er, »hätten Sie sich natürlich keinen besseren Ort als Seattle dafür aussuchen können. Es herrscht hier immer noch ein Mangel an Frauen – Sie könnten schon morgen verlobt sein.«

Sein verändertes Verhalten traf Susannah unvorbereitet. Eben noch hatte er ernstlich verärgert gewirkt, jetzt war er ruhig und sachlich. »Lassen Sie mich Ihnen versichern«, erklärte sie, als ihre Stimme ihr wieder gehorchte, »dass ich keineswegs so eine Absicht habe. Ich habe meine Meinung wegen des Kindes auch nicht geändert – egal, wie groß die Möglichkeiten hier sein mögen.«

Er lächelte schwach und stützte den Kopf in die Hände. Susannah wusste nicht, ob er ihr glaubte. »Warum«, fragte er dann, »sollten Sie wünschen, Ihr Leben lang unverheiratet zu bleiben?«

Es war eindeutig eine Frage, die ihr Privatleben verletzte, und doch schwand ihr Ärger. Sie setzte sich etwas gerader hin. »Das ist doch wohl offensichtlich«, gab sie zurück.

»Das ist es nicht.« Wie störrisch er war!

»Niemand hat mich gefragt«, sagte sie.

»Hätten Sie angenommen, wenn jemand es getan hätte?«

Sie schwieg und dachte nach. »Das kommt darauf an. Wenn ich den Mann sehr geliebt hätte, ja.«

Er beugte sich vor und sah sie intensiv an. »Liebe ist ein unzuverlässiger Maßstab, wenn es um die Ehe geht, Susannah. Es ist viel besser, aus Vernunftgründen zu heiraten.«

»Vernunftgründe, Mr. Fairgrieve? Und welche sollten das sein?«

Er zuckte die Achseln. »Geld, Besitz, Erben, Gesellschaft im Alter.«

Susannahs Hände verkrampften sich. »Julia hat Ihnen weder Geld noch Besitz anbieten können, Ihre Erbin lehnen Sie ab, und Alter wird Julia nie erleben. Warum also haben Sie sie geheiratet?«

Aubrey runzelte die Stirn, und als er sie wieder ansah, stand Traurigkeit in seinen Augen. »Da sind wir wieder am Anfang. Ich habe Julia geheiratet, weil ich sie liebte – und ich dachte, sie würde meine Liebe erwidern. Wie sich dann herausstellte, hatte ich mich geirrt. Ich habe einen hohen Preis für meine Dummheit gezahlt.«

»Julia auch.« Aubrey zuckte bei ihren Worten zusammen, und sofort tat es Susannah Leid, dass sie ihm Schmerz bereitet hatte.

»Glauben Sie, dass ich das je vergessen könnte?«, fragte er. »Ich gebe zu, dass ich sie am Ende verabscheut habe. Aber ich habe ihr nie den Tod gewünscht.«

Susannah wusste, dass er die Wahrheit sagte. »Es tut mir Leid«, erklärte sie und rieb sich die Schläfen. »Ich bin sehr müde.«

Aubrey erhob sich und wies auf die Tür. »Natürlich, gehen Sie zu Bett. Ich wollte Ihnen eigentlich nur sagen, dass ich morgen nach San Francisco reise. Ich werde eine Woche fort sein. Wenn Sie etwas brauchen, wenden Sie sich bitte an Hawkins, meinen Sekretär, er wird sich um alles kümmern.«

Sie hätte erleichtert sein sollen, weil sie sich von der überwältigenden Gegenwart Aubreys würde erholen können, stattdessen stimmte sie die Nachricht seiner Abreise seltsam traurig. Sie würde ihn vermissen, sich sogar Sorgen um ihn machen, bis er sicher wieder zurück in Seattle wäre. Aber das würde sie ihm natürlich nicht sagen können.

Sie erhob sich und nickte kühl. »Gute Reise, Mr. Fairgrieve, und seien Sie versichert, dass ich während Ihrer Abwesenheit gut für Ihre Tochter sorgen werde.«

Er schob die Hände in die Hosentaschen. »Wann bin ich wieder Mr. Fairgrieve geworden?«, erkundigte er sich.

Susannah blieb an der Tür stehen, eine Hand an der Klinke. »Gute Nacht, Aubrey«, sagte sie dann und ging.

Am nächsten Morgen, als Susannah mit Victoria herunterkam, wusste sie, dass Aubrey bereits abgereist war. Das große Haus hallte vor Leere.

»Guten Morgen«, grüßte Maisie, nahm ihr das Kind ab und

ging mit ihm zum Schaukelstuhl neben dem Herd, um ihm das Fläschchen zu geben. Jasper war offenbar schon in der Schule.

Susannah machte sich daran, eine Kanne Tee zu kochen und dicke Brotscheiben am Herd zu rösten. »Guten Morgen«, murmelte sie und erschauderte angesichts der frostweißen Scheiben. Es würde zu kalt für einen Spaziergang mit Victoria sein, so viel war sicher, und die Vorstellung, den Tag drinnen zu verbringen, war mehr, als sie ertragen konnte. Sie sehnte sich nach frischer Luft, blauem Himmel und umgegrabener Gartenerde, die auf Blumen wartete. Sie sehnte sich nach dem Frühjahr, aber bis dahin würde es noch Monate dauern.

»Er wird bald wiederkommen«, unterbrach Maisie ihr Schweigen.

Susannah versteifte sich. »Wer?«, fragte sie, obwohl sie sehr gut wusste, dass die Köchin von Aubrey sprach.

Maisie lächelte und streichelte das Köpfchen des Babys, während sie hin und her schaukelte. Das Kind saugte hungrig am Fläschchen. »Mir brauchen Sie nichts vorzumachen, Miss«, erklärte sie, »ich bekomme einiges mit. Bis gestern Abend dachte ich, Mr. Hollister wäre der Richtige für Sie. Doch jetzt fange ich an, die Dinge ein wenig anders zu sehen.«

Susannah errötete. Sie knallte die Teedose ganz anders, als es ihre Art war, mit Wucht auf den Tisch. »Und wie, wenn ich fragen darf?«, hakte sie, etwas schärfer als beabsichtigt, nach.

Maisie beeindruckte das nicht. Im Gegenteil, sie sah regelrecht zufrieden aus. »Ich denke, Sie sind der Grund, warum der Boss seine Mätresse hat laufen lassen. Sie könnten es schlechter treffen als mit Aubrey Fairgrieve, das sollten Sie wissen.«

Entsetzt sah Susannah die Freundin an. »Das ist nicht Ihr Ernst! Wir reden hier über den Witwer meiner besten Freundin – aber das – das wäre ja …«

»Das wäre was?«, drängte Maisie. »Mrs. Fairgrieve war Ihre

Freundin, aber sie ist tot und begraben, und Sie sind am Leben. Sie wollte, dass Sie herkommen, hat mich angefleht, nach Ihnen zu schicken. Vielleicht wusste sie …«

»Hören Sie sofort auf«, bat Susannah.

»Wie ich schon sagte, Mr. Fairgrieve wäre eine gute Partie. In Seattle würden viele Frauen etwas darum geben, wenn er sie haben wollte.«

Susannah bemühte sich um Fassung, auch wenn Maisies Bemerkungen ein Durcheinander an Gefühlen in ihr auslösten. »Sie können ihn gerne haben«, warf sie – vielleicht zu hastig – ein.

Maisie lachte nur.

Später am Tag war das Wetter noch immer nicht besser. Victoria schlief tief und fest in ihrem Körbchen, und Susannah lief rastlos in der Küche hin und her.

»Nun gehen Sie schon!«, rief Maisie, die Gemüse klein schnitt. »Ich kümmere mich um die Kleine, bis Sie wieder zurück sind.«

Susannah warf der Frau einen dankbaren Blick zu und eilte aus dem Haus. Die Sonne kam gerade hinter den Wolken hervor, und es war sehr kalt. Susannah war froh, draußen zu sein.

Sie ging eine Weile mit schnellen Schritten spazieren, um sich aufzuwärmen, ehe sie wieder den Weg zum Friedhof und zu Julias Grab einschlug. Reverend Johnstone war nirgends zu sehen, aber Susannah war es recht so.

Sie setzte sich auf eine Steinbank und hielt mit einer Hand den Mantel vor der Brust zusammen. Der Wind hatte zugenommen und schlug ihr ins Gesicht, ihre Kleidung vermochte sie nicht vor der Kälte zu schützen. Susannah hatte viele Tränen für Julia vergossen, jetzt empfand sie nur noch Leere. Sie versuchte, sich die Züge der Freundin in Erinnerung zu rufen. Wieder und wieder beschwor sie ihr Antlitz herauf, wie sie ihren Klavierschülern beibrachte, sich durch Wiederholung ihre Noten einzuprägen.

»Ich bin gekommen, um mich um dein Baby zu kümmern, Julia«, sagte sie leise, obwohl sie wusste, dass ihre Freundin sie nicht mehr hören konnte. »Ich muss aber zugeben, dass ich nicht verstehe, warum du deinen bewundernswerten Ehemann so hassenswert dargestellt hast.«

Natürlich bekam sie keine Antwort – nur das Rauschen des Windes war zu hören, der die trockenen Herbstblätter vor sich hertrieb.

»Ich werde deiner Tochter einen Namen geben«, fuhr Susannah fort, »Victoria. Ich habe ihr ein Taufkleid und viele neue Sachen gekauft. Sie wächst so schnell, Julia! Maisie hat mir erzählt, dass sie jetzt schon um so viel größer ist als bei der Geburt. Nicht mehr lange, dann spricht sie, läuft und geht zur Schule.« Tränen stiegen ihr in die Augen, und sie hielt einen Augenblick inne. »Es tut mir so Leid, dass du nicht hier sein kannst, um das alles zu erleben. Es ist nicht fair, dass du …«

Hinter Susannah hüstelte jemand, und sie wusste, dass sie nicht mehr allein war. Als sie erschrocken herumfuhr, sah sie Ethan dastehen, den Hut in der Hand, die Wangen vor Kälte gerötet. Er sah von Kopf bis Fuß wie ein Cowboy aus.

»Ich wollte Sie nicht stören«, entschuldigte er sich.

Susannah war erleichtert. Sie hatte angefangen, sentimental zu werden, und das hatte noch nie etwas genutzt. »Das tun Sie nicht«, lächelte sie und klopfte neben sich auf die Bank. »Setzen Sie sich doch.«

Er grinste. »Da kann ich ja genauso gut zum Eishaus gehen und mich auf einen großen Block vom letzten Jahr hocken.« Dann wurde er ernst. »Sind Sie in Ordnung, Miss Susannah? Sie sehen ein wenig verstört aus.«

Sie lächelte und erhob sich. »Ich vermisse Julia so sehr«, gestand sie mit einem Blick auf das Monument. Sie betrachtete Aubreys jüngeren Bruder eine Weile und fragte dann: »Haben Sie Julia gut gekannt?«

Er wandte den Blick ab und setzte so abrupt seinen Hut auf, dass es fast brüsk wirkte. »Nicht so gut, wie ich dachte.« Dann sah er sie an, ohne mit der Wimper zu zucken. »Ich habe *Sie* gesucht, Susannah, von Julia habe ich mich schon verabschiedet.«

Susannah war ehrlich verwirrt. »Was wollen Sie denn mit mir?«

»Ich dachte, wir könnten uns ein bisschen unterhalten. Ich kam gerade vorbei, um Aubrey seinen Wagen zu bringen, den ich mir ausgeliehen hatte, und da sah ich Sie und bin gekommen. Ich denke, ich hätte Sie nicht stören sollen – es tut mir Leid.« Er wandte sich zum Gehen, aber Susannah lief ihm nach und ergriff seinen Arm.

»Warten Sie«, bat sie. »Gehen Sie nicht. Bitte. Es gibt da ein paar Dinge, die ich wissen will – wissen muss. Über Julia ... und ihren Tod.«

Ethan seufzte und reichte ihr dann den Arm. »Ich erzähle Ihnen, was ich weiß«, versprach er, »aber ich würde mich lieber an einem Ort unterhalten, wo es wärmer ist. Wie wäre es mit dem Hotelrestaurant? Wir könnten eine kleine Erfrischung nehmen und uns zugleich etwas aufwärmen.«

Susannah spürte Freude in sich aufkommen. Sie wurde noch zu einer begehrten Frau! Erst das Essen mit Mr. Hollister und nun Tee mit Ethan Fairgrieve. »Das klingt gut«, stimmte sie zu und hoffte, dass Maisie sich keine Sorgen machen würde.

Ethan half ihr auf den Wagen und stieg dann neben sie, um zu kutschieren. Er grinste unternehmungslustig und verriet damit, dass er viel jünger war als sein Bruder und längst nicht so unnahbar. Nach wenigen Minuten erreichten sie das Washington Hotel.

Ethan nahm ihre Hüte und Mäntel und gab sie an der Garderobe ab.

Der Esssaal, in dem Susannah erst gestern mit Mr. Hollister gespeist hatte, war groß und geräumig und mit einem Perserteppich und vielen Grünpflanzen geschmückt. Ethan wirkte in seiner Arbeitskleidung ein wenig fehl am Platz, aber das machte ihm offenbar nichts aus. Er trat so selbstbewusst auf, als ob er in seinem eigenen Wohnzimmer wäre.

Sie bekamen einen Platz vor dem Kamin, in dem ein großes Feuer prasselte, und ein Asiate trat zu ihnen, um sie zu begrüßen. Ethan bestellte heiße Schokolade, Kuchen und Sandwiches.

»Aubrey ist nicht zu Hause, wissen Sie«, erzählte Susannah, die daran dachte, dass Ethan zu Aubrey gewollt hatte.

Ethan lächelte, und obwohl Susannah ihn nicht in romantischem Licht sah, konnte sie sich vorstellen, dass er die Frauenherzen reihenweise brach. »Deshalb konnte ich mir den Wagen überhaupt nur nehmen«, erwiderte er, »denn Aubrey müsste auf dem Weg nach San Francisco sein.«

Susannah wusste nicht, ob er sie neckte oder nicht. »Es hätte ihm sicher nichts ausgemacht, Ihnen den Wagen zu leihen.«

Ethan lehnte sich zurück und seufzte schwer. »Mein Bruder hat in letzter Zeit etwas gegen mich«, gab er zu. »Aber es ist meine Nichte, um die ich mir Gedanken mache. Das arme Kind hat noch nicht einmal einen Namen, nicht wahr?«

In dem Moment erschien der Kellner, und sie wartete, bis die Tassen und Platten vor ihnen arrangiert waren, ehe sie antwortete. »Ich nenne sie Victoria.« Dann beschloss sie, nach einem tiefen Atemzug ins kalte Wasser zu springen. »Ich nehme an, Sie wissen, dass Aubrey glaubt, Julia hätte ihn betrogen«, sagte sie leise.

Ethan wirkte plötzlich unbehaglich und beschäftigte sich damit, ihnen den Kakao einzugießen. Angesichts seiner Aufmachung tat er das erstaunlich anmutig.

»Ethan?«, drängte Susannah, als das Schweigen anhielt, und ein seltsames Gefühl bildete sich in ihrem Magen.

»Julia war – nicht glücklich«, antwortete Ethan endlich.

»Sie wollen doch nicht sagen, dass sie tatsächlich einen Liebhaber hatte?«

Er räusperte sich. »Doch«, gab er zu. »Genau das will ich sagen. Leider hat sie Aubrey erzählt, ich wäre der andere Mann. Er hat ihr geglaubt.«

Susannahs Herz stoppte einen Schlag und begann dann wild zu hämmern. Alle Farbe wich aus ihrem Gesicht, ihr wurde so übel, dass sie an Essen nicht einmal mehr denken konnte.

»Hatte er Recht?«, fragte sie dann.

Ethan sah sie wütend an, und jäh bemerkte sie die Ähnlichkeit zwischen Aubrey und seinem Bruder. Er klang genau wie er, als er wütend fauchte: »Was glauben Sie?«

6

Susannah sah Ethan geradeheraus an, auch wenn ihre Stimme ein wenig zitterte. »Ich weiß nicht, was ich denken soll«, gab sie zu und sprach leise, damit niemand sie hörte. »Deshalb frage ich Sie ja. Haben Julia und Sie einander – unschicklich nahe gestanden?«

Eine Weile herrschte Schweigen. Ethans Tasse klapperte gefährlich, als er sie auf den Tisch setzte. »In meinem ganzen Leben habe ich nur eine Frau geliebt«, begann er dann mit ruhiger Stimme. Seine Ähnlichkeit mit Aubrey war jetzt noch deutlicher zu sehen. »Sie hieß Su Lin. Ehe wir heiraten konnten, hat ihr Vater sie zurück nach China geschickt und dort mit einem entfernten Cousin verheiratet.«

Susannah hielt den Atem an. Ethans Traurigkeit war deutlich zu spüren, und Tränen stiegen ihr in die Augen. »Ich weiß nicht, was ich sagen soll.«

»Das wusste ich auch nicht«, fuhr Ethan heiser fort. »Auf Wiedersehen schien einfach unpassend.« Wieder schwieg er, dann entspannte er sich und fuhr sich mit der Hand durch die Haare. »Es tut mir Leid, Susannah. Das alles spielte keine Rolle, wenn es nicht um das Baby ginge.«

Susannah war noch immer unruhig, denn tief in ihrem Inneren wusste sie, dass Julia durchaus zu Betrug und Untreue fähig gewesen war, wenn es ihren eigenen Zielen diente. Ein

Bruch zwischen den Brüdern hätte ihr nichts ausgemacht, wäre ihr wahrscheinlich sogar völlig gleichgültig gewesen. Julia war eine vielseitige Frau – witzig, intelligent, hübsch und voller Abenteuerlust war sie zuweilen auch rücksichtslos und recht egoistisch gewesen. Susannah kannte ihre Eitelkeit, hatte sie auch schon boshaft erlebt, doch sie hatte Julia um ihrer selbst willen gemocht.

»Das Baby.« Sie seufzte und brachte die Unterhaltung zum Hauptthema zurück. »Aubrey hat mir erlaubt, sie taufen zu lassen. Ich möchte das gerne vor seiner Rückkehr aus San Francisco tun, denn er wird ohnehin nicht daran teilnehmen wollen. Würden Sie zustimmen, ihr Taufpate zu werden?«

Ethan saß so lange stumm da, dass Susannah zu fürchten begann, ihn mit ihrer Frage verletzt zu haben. »Ist Ihnen klar, dass Aubrey das als eine Art Bekenntnis meinerseits auslegen könnte?«

Susannah biss sich auf die Unterlippe – eine Gewohnheit, die sie schon vor Jahren hatte ablegen wollen. Die Nonnen hatten sie deswegen immer wieder zurechtgewiesen, und Mrs. Butterfield hatte es »gewöhnlich« genannt.

»Aubrey«, begann sie dann gemessen, »hat keinen Zweifel daran gelassen, dass er nichts damit zu tun haben möchte. Außerdem scheint er längst die schlimmstmögliche Folgerung gezogen zu haben.«

»Ja«, stimmte Ethan vorsichtig zu. »Aber er hat Ihnen doch die Erlaubnis zur Taufe gegeben, nicht wahr? Er mag es nicht besonders, wenn man sich in seine Angelegenheiten mischt, also sollten Sie sich Ihrer Sache sicher sein.«

Aubrey hatte ihren Vorschlag nicht direkt gutgeheißen, sondern nur eine Bemerkung der Art zu dem Thema gemacht, dass sie es hinter sich bringen sollten, was Susannah als Zustimmung ausgelegt hatte. Schließlich konnte ein Kind nicht namenlos groß werden. »Er hat zu erkennen gegeben, dass es ihm egal ist«, bekannte sie ehrlich, »Also liegt es an mir, die Initiative zu ergreifen, denn ich bin diejenige, auf die Julia sich verlassen hat.«

Ethan sah zweifelnd drein. »Wenn Sie meinen. Doch lassen Sie sich eines gesagt sein – nennen Sie das Kind nicht nach Julia. Wenn Sie das tun, wird Aubrey sie nie akzeptieren.«

Susannah hatte die Hoffnung, dass Aubrey mit der Zeit würde vergessen können, aber man musste ihm diese Zeit geben, sie hatte deshalb den Namen Julia von sich aus schon gestrichen. »Ich möchte die Kleine Victoria nennen«, erklärte sie. Nach einer kurzen Pause fragte sie: »Wollen Sie nun ihr Taufpate werden?«

Ethan zögerte und nickte dann. »In Ordnung. Wann ist die Taufe?«

Jetzt erst fiel Susannah ein, dass sie ganz vergessen hatte, mit Reverend Johnstone über die Taufe zu sprechen. Das musste sie sofort erledigen. »Sonntag, falls das möglich ist.« Sie suchte noch einmal seine Bestätigung. »Werden Sie auch da sein?«

»Ja«, versprach er wenig begeistert, dann grinste er verwegen. »Aber vielleicht sollten Sie besser im Türrahmen stehen bleiben, falls der Blitz einschlägt und die Decke herunterfällt.«

Sie lachte. »Sind Sie so ein Sünder?«

»Ja, Miss«, grinste er.

Danach unterhielten sie sich über den Goldrausch in Alaska und die Mühen beim Überqueren des Chilchootpasses, bei dem man alles dabeihaben musste, was die kanadische Regierung vorschrieb. Von Julia, Aubrey und ihrem schönen, unschuldigen Kind war keine Rede mehr.

Getreu ihres Vorsatzes bat Susannah Ethan, sie auf dem Rückweg an der Kirche abzusetzen, damit sie noch mit Reverend Johnstone sprechen konnte. Der Termin für die Taufe wurde auf Sonntag nach dem Gottesdienst festgesetzt. Dadurch blieb ihr keine Zeit für das Picknick mit Mr. Hollister, aber Susannah war sich sicher, dass er Verständnis haben würde. Schließlich war er – anders als Aubrey Fairgrieve – ein vernünftiger Mann.

In den Tagen bis Sonntag war viel zu tun. Susannah hatte Victoria fast immer bei sich, auch wenn sie Maisie beim Kochen oder bei der Hausarbeit half, wenn sie Annoncen entwarf, um sich als Klavierlehrerin anzubieten, oder wenn sie auf dem Klavier im Wohnzimmer spielte. Die Kleine lauschte der Musik – dem verspielten Mozart, dem dröhnenden Beethoven –, friedlich in ihrem Körbchen strampelnd und zufriedene Babylaute von sich gebend.

Susannah liebte das Kind längst so heiß und innig, als ob sie es selbst zur Welt gebracht hätte. Immer wieder, wenn sie die kleine Victoria in den Armen hielt, musste sie an Aubrey denken. Es gelang ihr nicht, ihn aus ihren Gedanken zu vertreiben.

Am Sonntag fiel Eisregen. Das hätte Mr. Hollisters Picknickplänen sowieso einen Riegel vorgeschoben, dachte Susannah nicht allzu enttäuscht, doch er erschien pünktlich mit einem Wagen und fuhr Victoria und sie zur Kirche. Maisie folgte mit Jasper an der Hand zu Fuß, beide im Sonntagsstaat.

Der Gottesdienst war lang, die Kirche kalt und Victoria in ihrem schönen Taufkleid unruhig, aber schließlich war es so weit. Susannah trug das Kind nach vorn und stellte sich vor den Altar. Ethan, der hinten gesessen hatte, kam ebenfalls vor, als er aufgerufen wurde. Er genoss eindeutig die geflüsterten Vermutungen, die rundherum ausgetauscht wurden.

Susannah hatte für das Kind den Namen Victoria Elisabeth

ausgesucht, der den Versammelten ein Murmeln der Zustimmung abnötigte. Viele waren dageblieben, um zuzusehen. Die meisten hatten offenbar eine Hochzeit und keine Taufe erwartet und waren ein wenig enttäuscht.

Nach der Zeremonie wirkte Mr. Hollister seltsam niedergeschlagen. Sie mussten das Picknick natürlich ausfallen lassen, und er bot keine Alternative an. Auch Susannah nicht, die mit Victoria möglichst schnell nach Hause wollte.

Hollister brachte sie zurück und wartete, bis sie sicher im Haus waren. Auch Ethan kam und kutschierte die stolze Maisie zurück, die Jasper auf dem Schoß hatte, alle drei offenbar unbeeindruckt von dem eiskalten Regen.

»Jetzt heißt sie also Victoria?«, strahlte sie, als sie alle in der Küche waren. Jasper war zum Spielen verschwunden, und Maisie hatte eine große Kanne Kaffee aufgesetzt. »An einem Tag wie heute«, verkündete sie, »ist Tee einfach nicht genug.«

Susannah lächelte. Sie war glücklich, nur ein Platz tief in ihrem Herzen war leer.

»Victoria«, wiederholte Ethan bedächtig und nahm sich einen Stuhl, um sich an den Tisch zu setzen. »Das ist ein hübscher Name. Klingt nach Rückgrat.«

Susannah nickte, ein wenig entspannter jetzt, wo die wichtige Aufgabe hinter ihr lag. »Julia mochte den Namen. Einmal haben wir zu Weihnachten Puppen bekommen – in St. Mary's, meine ich –, und Julia hat ihre nach der englischen Königin benannt.«

Maisie und Ethan tauschten einen unsicheren Blick, aber keiner von ihnen sprach.

»Was ist?«, fragte Susannah.

Maisie erhob sich, nahm Victoria auf den Arm und verschwand unter dem Vorwand nach oben, dass sie ihre Windeln wechseln müsste. Ethan blieb gedankenversunken sitzen.

»Ethan?«, wandte Susannah sich an ihn und stellte sich vor ihn hin.

Er hob den Blick und sah sie amüsiert an. »Aubrey wird wütend sein«, bemerkte er.

Susannah ließ sich mit klopfendem Herzen auf ihren Stuhl sinken. Sie brauchte nicht weiter zu fragen, Ethan erzählte ihr nur zu gern alles.

»Mein Bruder kann recht ungerecht sein. Egal, wie Sie das Kind nennen, er würde immer einen Fehler finden.« Sein Gesicht wurde hart. »Unser Vater war auch so. Nichts konnte ihn glücklich machen, vor allem, wenn es ihn vor vollendete Tatsachen stellte.«

»Aber ich habe erwähnt …«

»Er wird es vergessen«, fiel Ethan ihr ins Wort.

Susannah sah ihn ängstlich und beunruhigt an. »Was für ein Mann …?«

»Vergisst? Oder was für ein Mann war unser Vater?«

Susannah wartete.

»Unsere Mutter ist gegangen, als wir noch klein waren«, begann Ethan, »und wir sind in den Holzfällercamps groß geworden – alle zwei Monate ein anderes. Dad war ein strenger Mann mit Hang zum Alkohol, und er war keinen Tag im Leben richtig glücklich. Manchmal hat er das an uns ausgelassen.«

Obwohl Ethan sich bemühte, die Geschichte wenig pathetisch zu erzählen, stellte Susannah sich unwillkürlich zwei kleine, ängstliche Jungen vor, die die Mutter verlassen hatte und die vom Vater misshandelt wurden. Kein Wunder, dass Aubrey Mühe damit hatte, jemandem zu vertrauen. Ihr Herz zog sich schmerzhaft zusammen. »Das ist ja schrecklich.«

Ethan legte nachdenklich einen Finger an die Nasenwurzel. »Vielen Leuten ging es noch schlechter als uns«, wehrte er ab.

»Vielleicht könnte Reverend Johnstone die Zeremonie wiederholen – wenn Aubrey aus San Francisco zurück ist …«

Ethan sah skeptisch aus. »Klingt mir nach einer Menge Mühe für etwas, das schon erledigt ist.«

»Warum haben Sie mir das nicht vorher erzählt, Ethan?«

»Ich hatte den Eindruck, dass Sie sich das fest in den Kopf gesetzt hatten«, erwiderte er, als ob das alles erklären würde.

Der Kaffee kochte jetzt zischend über, Ethan sprang auf, eilte zum Herd und verbrannte sich bei dem Versuch, die Kanne von der Flamme zu nehmen, die Hand.

Rasch füllte Susannah ein Gefäß mit kaltem Wasser und rannte zu Ethan, der mit einem erlösten Seufzer die Hand hineintauchte. »Das war sehr dumm von Ihnen«, erklärte sie.

Ethan lachte. »Danke für das Mitgefühl«, gab er zurück.

»Was würde Mitgefühl hier helfen?«, konterte Susannah schlagfertig. Ihre Gedanken schweiften zu ihrem Gespräch zurück. Victorias Name war bereits mit denen anderer getaufter Kinder der Gemeinde in das Kirchenbuch eingetragen worden. Jetzt noch Unruhe zu machen, würde nichts nützen, wie Ethan gesagt hatte, dafür war es zu spät. Dennoch war Susannah ein wenig aufgebracht.

Ethan legte ihr seine unverletzte Hand tröstend unter das Kinn und hob es an. »Hören Sie, Susannah, die Sache ist erledigt, das mit dem Namen, meine ich. Wenn Aubrey Einwände hat, soll er sich selber darum kümmern.« Lächelnd ließ er sie los. »Außerdem ist Victoria ein sehr hübscher Name. Wer weiß, was das kleine Mädchen mal daraus machen wird.«

Susannah spürte, wie ihr Kopf zu schmerzen begann. »Wer weiß«, seufzte sie, »jetzt wird uns eine Tasse Kaffee sicherlich gut tun.«

Aubrey war zehn Tage weg gewesen, ehe er an einem düsteren Novembernachmittag nach Seattle zurückkam. Die Dinge in San Francisco waren nicht zum Besten gelaufen, und die Reise zurück war anstrengend gewesen. Er hatte nur eins, auf das er sich freute: die Aussicht auf ein kleines Wortgefecht mit Miss Susannah McKittrick. Während seiner Abwesenheit war er sich darüber klar geworden, dass er sehr viel mehr von ihr wollte, als er sich eingestand, was zum Teil für seine schlechte Laune verantwortlich war. Sie war nicht die Art Frau, die man wie eine Mätresse behandelte, und die man ansonsten vergaß, sie war eine Dame, die jeden Mann heiraten konnte, der sich um sie bemühte.

Nicht dass sie *ihn* heiraten würde, wenn er sie darum bäte. Abgesehen davon hatte er das auch nicht vor.

Vielleicht hätte er, als er mit windzerzaustem Haar und durchgefroren nach Hause kam, die Tür hinter sich zugeschlagen, wenn da nicht die sanften Klänge des Klaviers gewesen wären. Für einen Moment stand er bewegungslos da.

Etwas in seinem Inneren wollte ihn zurückhalten, doch die Musik zog ihn magisch an. Langsam schloss er die Tür hinter sich, zog den Mantel aus und fand sich auf der Schwelle zum Wohnzimmer wieder. Er hatte nicht dorthin gehen wollen, aber entzückt und voller Schmerz schloss er jetzt die Augen und lauschte den Tönen.

»Halt.« Er hatte das Wort nur geflüstert, sodass sie ihn unmöglich hatte hören können, und doch kam die Musik zum Ende. Mit großen Augen wandte sich Susannah zu ihm um und betrachtete ihn verwundert.

»Sie sind zurück«, stellte sie fest. Das brach seinen Bann.

»Offenbar«, entgegnete er, in dem Glauben, dass Sarkasmus der einzige Schutz war, der sich ihm in diesem Augenblick bot. Noch immer spürte er den Schmerz, auch wenn er langsam abebbte, noch war er sehr verletzlich.

Sie ließ die Hand leicht über die Klaviertasten gleiten, und seufzte. Ein tapferes Lächeln umspielte kurz ihre Lippen, verschwand dann aber wieder. »Ich sehe, dass Ihre Stimmung sich nicht gebessert hat«, stellte sie leichthin fest.

Er durchquerte den Raum und goss sich, um etwas zu tun zu haben, einen Brandy ein. Julias Porträt, das er gleich nach ihrer vorschnellen Hochzeit in Boston in Auftrag gegeben hatte, hing in seiner ganzen Pracht vor ihm, und er fragte sich, warum er es nicht auf den Dachboden verbannt hatte. Wenn er das Bild jetzt betrachtete, empfand er nichts mehr von jener verzehrenden Leidenschaft, die ihn verbrannt hatte, als er Julia umworben hatte – nichts war davon übrig geblieben, nicht mal ein Nachgeschmack.

Er nahm einen Schluck Brandy. Nun, das stimmte nicht ganz. Er verspürte Bedauern und Mitleid und einen Schmerz, der mit dem Gefühl des Verrats einherging, mit nichts sonst.

»Sie war sehr schön, nicht wahr?« Susannah war neben ihn getreten und sah traurig zu dem Bild empor. Er hatte sie gar nicht kommen hören.

»Ja, aber das soll Luzifer auch gewesen sein, ehe sie ihn aus dem Himmel verbannt haben.«

»Sie sind zu streng mit ihr. Sie hatte sicherlich ihre Fehler, aber sie war kein Ungeheuer.«

Aubrey sah in Susannahs Augen und wünschte sich plötzlich, sie zu küssen. Er ermahnte sich, dass er von ihr noch weniger wusste als damals von Julia, und wohin ihn das bringen konnte. »Vielleicht haben Sie Ihre Freundin nicht so gut gekannt, wie Sie dachten.« Er hob sein Glas.

Ihr entging sein Toast nicht, Wut stieg in ihr auf, und wenn sie es gewagt hätte, hätte sie ihn geschlagen. Stattdessen schlang sie die Arme um ihren Leib und ballte die Fäuste. »Niemand kannte sie besser als ich«, widersprach sie. Sie wies mit einer Kopfbewegung auf das Bild. »Wenn Sie es nicht haben wollen, hätte ich dieses Bild gerne für Victoria.«

Es war, als träfe ihn der Schlag in den Magen, und für ein paar Sekunden konnte er nicht sprechen. Er knallte das Glas mit Wucht auf den Tisch. »Wer zum Teufel ist Victoria?«, fragte er heiser, obwohl er die Antwort natürlich kannte.

»Ihre Tochter.«

Als er verstand, sah er buchstäblich rot. Wenn sie Ethan wäre, der einzige Mensch, der ihn normalerweise in diesen Zustand versetzen konnte, hätte er sie niedergeschlagen. »Sie haben das Kind einfach taufen lassen, während ich weg war?«

»Sie haben gesagt, ich könnte machen, was ich will ...«

Er wich zurück, aber sie besaß die Kühnheit, ihm zu folgen und sogar seinen Arm zu ergreifen, obwohl er vor Wut bebte.

»Sie ist ein Kind, Aubrey, ein unschuldiges kleines Baby. Sie war schon lange genug namenlos.«

Erschöpft rieb er sich die Augen. »Sie haben Recht«, stieß er hervor, »Sie haben Recht, Susannah. Ich weiß nicht, was ...«

Voller Mitleid sah sie ihn an, und er musste sich zugestehen, dass ihm Hohn lieber gewesen wäre, sogar Verachtung. »Sie waren so wütend auf Julia«, fuhr sie sanft fort. »Haben Sie sich je erlaubt, um die Frau zu trauern, für die Sie sie gehalten haben?«

Aubrey wandte sich ab und sah in den herbstlichen Garten hinaus, den Julia so sehr gemocht hatte, ein Dickicht aus Rosen, Büschen und kleinen Bäumen. Schon bald würde er Hollisters Bericht über Susannah vorliegen haben. Dann wusste er, ob er ihr das Baby für immer geben und sie beide wegschicken konnte, außer Sicht, nur mit einem monatlichen Scheck als ihre einzige Verbindung. Endlich würde ihm niemand mehr unangenehme Fragen stellen, nichts würde ihn an Julia erinnern.

»Ich habe genug getrauert, bevor sie starb«, stieß er hervor.

Lange Zeit ging jeder von ihnen seinen Gedanken nach.

»Warum hassen Sie die Klaviermusik so sehr?«, fragte sie plötzlich in die Stille hinein. Hatten ihre quälenden Fragen denn kein Ende? Er wünschte sich, sie würde gehen, und gleichzeitig vermittelte ihre Anwesenheit ihm eine Art hitzigen Trost. »Julia konnte nicht Klavier spielen, zumindest nicht gut, also …«

»Sie irren sich, Miss McKittrick, Julia hat in ihren einsamen Stunden sehr gut gespielt. Sie hat gespielt, bis ich fast verrückt geworden bin. Gespielt und geweint und sich nach ihrem Liebhaber verzehrt.«

»Vielleicht hat sie sich nach Ihnen verzehrt«, wandte Susannah ein. Das Mädchen hatte Mut, das musste er ihr lassen, und keinen Schimmer, wann es besser war, den Mund zu halten. »Julia hat Sie angebetet – am Anfang zumindest. Ich habe Briefe von ihr, in denen sie Seite um Seite von Ihren liebenswerten Eigenschaften schreibt.«

»Und später?«

Ihre Augen wurden dunkel. »Sie wurde mit der Zeit immer unglücklicher. Sie hat gewünscht, dass sie Sie nie geheiratet hätte.«

»Himmel, das beruhte sicher auf Gegenseitigkeit. Hat sie meinen Bruder je erwähnt?«

»Nein«, leugnete Susannah sofort. Er sah in ihren Augen, dass das nicht stimmte.

»Ich nehme an, er hat Ihnen erzählt, dass alles gelogen war und Julia ihn nur aus Bosheit bezichtigt hätte.« Er konnte seine Verbitterung nicht verbergen, dafür war er zu sehr in seinen Gefühlen gefangen. »Und wenn Sie das glauben, sind Sie ein Dummkopf.«

»Ich glaube es aber. Ich traue Julia zu, einen solchen Betrug begangen zu haben, wenn sie ärgerlich oder wütend war. Aber das wäre nur eine ihrer vielen Launen gewesen und wieder vorübergegangen.«

Oben begann das Baby zu schreien. Aubrey verspürte plötzlich Neid. Was für ein Luxus es wäre, immer wieder weinen zu können, bis der Schmerz weg war, bis Susannah McKittrick herbeieilte, um Trost zu spenden.

»Entschuldigen Sie mich«, sagte Susannah geziert, und im gleichen Augenblick war sie durch die Tür verschwunden. Er lief ihr nach und sah, wie sie dem Ruf folgend die Treppe hocheilte. Oh, ja, er war neidisch.

Miss Victoria Fairgrieve konnte sich glücklich schätzen.

Selbst in der kurzen Abwesenheit Aubreys hatte Victoria sich sichtlich verändert. Froh über die Möglichkeit, dem unangenehmen Gespräch entfliehen zu können, nahm Susannah das dicke, warme Bündel aus der Wiege und wechselte ihm die Windeln. Sie klopfte Victoria beruhigend auf den Rücken und murmelte Koseworte, während sie mit ihr die Treppe hinunterstieg. »Dein Papa ist sicher und gesund zurück.« Was für ein Trost, dachte sie frustriert. Er hält dich für das Kind seines Bruders.

In der Küche machte sie mit Victoria auf dem Arm das Fläschchen fertig. Das Baby zappelte und riss an ihren Kämmen, sodass sich Susannahs Frisur fast löste. Es beruhigte sich erst, als die Milch fertig war. Als Susannah sich mit dem Baby in Maisies Schaukelstuhl niederließ, überkam sie trotz der Konfrontation mit Aubrey eine tiefe Ruhe.

Summend lehnte sie die Wange an das weiche Babyköpfchen und schlief ein. So fand Aubrey sie eine Weile später.

»Susannah.« Sanft berührte er ihre Schulter. »Susannah, wachen Sie auf.«

Sie fuhr hoch und sah sich panisch nach dem Kind um, das nicht mehr in ihren Armen lag.

»Alles in Ordnung«, versicherte Aubrey ruhig. »Ich habe … Victoria ins Bett gebracht.«

Sie war erleichtert, gleichzeitig aber verwirrt. »Wirklich?«, fragte sie ungläubig.

Er lächelte, und wie immer wühlte sie das zutiefst auf.

»Sehen Sie zu, dass Sie noch etwas Schlaf bekommen, Miss McKittrick«, sagte er. »Sie sind völlig erschöpft.«

Sie nickte und ergriff die Hand, die er ihr bot. Als sie sich erhob und seine Handfläche an der ihren spürte, durchfuhr sie eine plötzliche Glut. Warum musste sie auf Aubrey Fairgrieve so reagieren, wenn es bei Mr. Hollister viel passender gewesen wäre?

Susannah dachte noch darüber nach, als sie über ihr Kleid stolperte. Sie prallte gegen seine Brust, und ehe sie sich wieder fangen konnte, zog Aubrey sie nahe zu sich heran, senkte den Kopf und küsste sie auf den Mund.

Wenn die Berührung ihrer Hände sie schon entflammt hatte, war Susannah jetzt gänzlich verloren. Es war gut, dass er sehr erfahren war, denn sie hätte nicht gewusst, was sie in einem solchen Augenblick hätte machen sollen.

Aubrey zog sich schließlich zurück. »Bist du schon einmal geküsst worden?«, fragte er amüsiert. Sie errötete, beschämt, dass sich ihre Unerfahrenheit sofort verriet, und versuchte, sich loszureißen, aber Aubrey hielt sie fest. »Susannah?«, blieb er beharrlich.

»Nein«, flüsterte sie ärgerlich. »Nein. Sind Sie jetzt zufrieden?«

Er warf den Kopf zurück und lachte leise, was umwerfend männlich klang. »Noch lange nicht«, erwiderte er, und seine Augen glänzten vor Belustigung. »Ich glaube, wir haben ein Problem, Miss McKittrick«, fügte er, jetzt etwas ernster, hinzu.

Sie trat zurück, und er ließ sie los, aber sein Blick hielt sie weiter gefangen. »Und welches, Mr. Fairgrieve?«, fragte sie herausfordernd.

»Ich glaube, ich habe die Schwierigkeit gerade demonstriert.«

Susannah straffte die Schultern. »Sie haben mich geküsst«, erklärte sie. »Ich verzeihe Ihnen.«

Wieder lachte er. »Ah«, parierte er, »das ist großmütig von dir. Aber ich habe dich nicht um Verzeihung gebeten, oder?«

Sie empörte sich scheinbar ärgerlich – aber insgeheim erregt – über seine Einstellung. »Ich glaube, Sir, Sie sind betrunken«, stieß sie hervor, auch wenn sie das nicht wirklich annahm. Er hatte zwar zuvor einen Brandy getrunken, aber dass ihm das nicht die Sinne geraubt hatte, erkannte sie sehr wohl.

»Ich bin nie betrunken«, erwiderte er selbstzufrieden. »Glaub mir, ich habe es oft genug versucht, aber noch so viel Alkohol reicht nicht, um mir den Verstand zu vernebeln. Ich bin zu einem Leben in schmerzvoller Nüchternheit verdammt.«

Susannah wusste nicht, was sie sagen sollte. Sie strich ihr Kleid glatt und richtete ihr Haar, bis ihr bewusst wurde, dass sie ihren Körper dabei provozierend in Positur setzte.

»Gute Nacht«, wünschte sie völlig verwirrt, aber diesmal unternahm er keinen Versuch, sie aufzuhalten.

Als Susannah am nächsten Morgen mit einer gebadeten und ausgeschlafenen Victoria auf dem Arm herunterkam, war der Tisch für sie schon gedeckt. Neben ihrem Teller lag ein ledergebundenes Büchlein.

Sie runzelte die Stirn. »Was ist das?«

Maisie nahm Victoria und legte sie auf eine Decke auf den Boden neben Jasper, der wegen einer Erkältung nicht in die Schule gegangen war. Mit großen Augen sahen die Kinder einander an. »Das hat Mr. Fairgrieve für Sie dagelassen«, erklärte Maisie mit einem Achselzucken und wandte sich wieder dem Topf Haferbrei auf dem Herd zu. »Wollen Sie Toast?«

»Ja, bitte«, antwortete Susannah gedankenverloren und griff nach dem Buch. Auf der Innenseite stand der Name Ethan Fairgrieve. Susannah sah, dass es ein Gedichtband war. Sofort wurde sie von der lebendigen Sprache gefangen genommen. Die Verse zeugten von einer so tiefen Liebe, dass sie das Gefühl hatte, an der Seele des Dichters zu lauschen.

Maisie brachte ihr Kaffee und machte dann Toast, aber sie las weiter, ohne ihr Frühstück zu beachten, eine Hand ans Herz gepresst und Tränen in den Augen. Sie hatte das Buch zu drei Vierteln durch, als Victoria ihre Aufmerksamkeit verlangte. Widerstrebend legte sie den kleinen Gedichtband weg und trug die Kleine nach oben, um sie zu wickeln und wärmer anzuziehen. Ein Spaziergang würde ihnen beiden jetzt gut tun.

Sie kamen gerade von ihrer dritten Runde um den Block zurück, als Aubrey auf einem schwarzen Hengst vorritt.

»Meinst du nicht, es ist ein wenig zu kalt für einen Spaziergang?«, wollte er wissen, stieg vom Pferd und warf die Zügel einem wartenden Reitknecht zu.

»Sie ist eingepackt wie ein Eskimobaby«, wehrte Susannah sich unbeeindruckt. Sie glaubte fest an den Nutzen frischer Luft. »Warum sollte ich Ethans Gedichte lesen?«, wechselte sie unverzüglich das Thema. Sein Blick schweifte in die Ferne. »Weil er sie für Julia geschrieben hat.«

Susannah fühlte sich mit einem Mal sehr unwohl in ihrer Haut. Wenn Ethan sich doch als Schurke entpuppte, würde sie furchtbar enttäuscht sein. Wenn man sie fragte, würde sie sagen, nach dem, was sie jetzt über ihn wusste, dass die Verse für Su Lin geschrieben waren. »Ich habe fast alles gelesen, nie wurde ein Name erwähnt.«

»Sie hat das Buch in ihrem Nachttisch aufgehoben«, erläuterte Aubrey, als wenn sie nichts gesagt hätte »An ihrem Todestag hat sie mich gebeten, ihr laut daraus vorzulesen. Romantisch, nicht wahr?«

»Aubrey …«

Er trat zurück und sah ihr fest in die Augen. »Nein, Susannah, das sind Ethans Verse, und er hat sie für Julia geschrieben. Nichts, was du sagst, kann daran etwas ändern.« Damit wandte er sich um und ging ins Haus. Susannah sah ihm verzweifelt nach. Erst als Victoria zu weinen begann, schob sie den Wagen weiter, um ebenfalls hineinzugehen.

Mr. Hollister kam gerade rechtzeitig, um ihr zu helfen, die Stufen zum Eingang hochzukommen. Sie war erleichtert, als er nach Aubrey fragte, statt sie erneut einzuladen.

Sie nahm Victoria auf den Arm, um Zuflucht in Maisies beruhigender Nähe zu suchen.

7

Am nächsten Morgen erschien in einem großen Pulk eine Abordnung der Kirchenfrauen. Sie erinnerten an eine Eisenbahnwagenkette, die entschlossen der Lok folgt.

»Oh, Himmel«, hauchte Maisie, die beobachtete, wie sie durch den Schnee angestapft kamen. »Kommen Sie schnell«, zischte sie Susannah zu, die gerade am Klavier saß.

Noch ehe Maisie die Damen vorstellen konnte, wusste Susannah, wer sie waren. Ihre schwarzen Kleider, schwarzen Hauben und düsteren Gesichter verrieten alles. Jede trug eine Bibel unter dem Arm, und sie hatten ihre ernstesten Kirchengesichter aufgesetzt, ehe sie sich in das Haus der Sünde wagten.

»Ein Haufen prüder alter Krähen«, murmelte Maisie.

Susannah strich ihre Röcke glatt und fuhr sich über die Haare. »Lassen Sie sie bitte herein«, bat sie. »Ich werde sie im Wohnzimmer empfangen. Und machen Sie doch Tee, wenn es Ihnen nichts ausmacht.«

»Und wie mir das was ausmacht«, gab Maisie zurück, »aber für Sie mache ich es trotzdem. Auch wenn ich nicht verstehe, warum. Die alten Weiber sind sicher nicht gekommen, um Sie in der Stadt willkommen zu heißen. Sie wollen herausfinden, ob Sie die neue Mätresse vom Boss sind.«

Susannah seufzte, als es an der Tür klingelte. »Ich weiß.«

Dann machte sie sich so würdevoll wie möglich auf, um ihre grimmigen Gäste in Empfang zu nehmen. Wären die Umstände andere gewesen, hätte ihr der Verdacht der Damen sogar geschmeichelt. Sie war nicht allzu welterfahren, doch sie wusste, dass nicht einmal eine Frau wie Delphinia Parker es gewagt hätte, öffentlich mit einem Mann zusammenzuleben, mit dem sie nicht verheiratet war. Die guten Frauen verstanden sich als Hüterinnen der Moral in Seattle, zumindest in dem Teil, den sie überblickten.

Sie waren zu sechst, und nicht eine lächelte, als Susannah sie freundlich willkommen hieß und das Feuer im Kamin des Wohnzimmers schürte.

»Ich«, begann ihre Anführerin, »bin Mrs. Charles Fielding Shimclad, Präsidentin des christlichen Wohltätigkeitsverbandes. Ich glaube, Sie haben unseren Pastor, Reverend Johnstone, schon kennen gelernt und sogar am Gottesdienst teilgenommen.« Ein leichter Unterton von Kritik schwang in der Stimme der Dame mit, als wenn sie glaubte, dass Susannah damit schon die Grenzen des Anstandes überschritten hätte.

Susannah erinnerte sich an die Frauen, sie waren allesamt bei Victorias Taufe anwesend gewesen, sagte aber nichts. »Susannah McKittrick«, stellte sie sich mit einem leichten Nicken vor. »Julia – Mrs. Fairgrieve – war meine Schulkameradin und Freundin. Wollen Sie sich nicht setzen? Maisie wird in ein paar Minuten den Tee servieren.«

Die Damen des Wohltätigkeitskomitees, die durch die eisige Morgenluft marschiert waren, brachten nicht die Kraft auf, bei der Aussicht auf Tee und einen Platz am Kamin Nein zu sagen, auch wenn sie durch ihr Auftreten deutlich machten, dass sie lieber gesagt hätten, was zu sagen sie gekommen waren, um dann in einer Wolke christlicher Rechtschaffenheit wieder zu gehen.

»Danke«, presste Mrs. Shimclad widerwillig hervor. Auf ihr Zeichen hin setzten sich die Damen, während Susannah stehen blieb, um einen besseren Überblick zu behalten.

»Ich nehme an, Sie wissen, warum wir hier sind«, begann eine der Frauen, die ein pockennarbiges Gesicht und vorstehende Zähne hatte.

»Ich habe keine Vorstellung«, log Susannah fröhlich. Sie lebte als unverheiratete Frau im Haus eines unverheirateten Mannes, was Mrs. Shimclad und ihresgleichen nicht gerne sahen. Selbst in Seattle nicht.

Die eindrucksvolle Wortführerin räusperte sich. Ihr Doppelkinn zitterte, was Susannah an den Hals eines Truthahns erinnerte. »Wir sind hier, um einen Gang für Gott zu tun«, eröffnete Mrs. Shimclad.

Susannah hätte fast gelacht, beherrschte sich aber im letzten Augenblick. »Oh?«, fragte sie so unschuldig wie möglich.

»Es ist sündig«, presste Mrs. Shimclad hervor, »ohne Anstandsdame in diesem Haus zu leben.«

Unglücklicherweise betrat gerade in diesem Moment Maisie das Zimmer, ein Tablett mit Tee und Keksen in den Händen. »Warum sind Sie nicht draußen und kümmern sich um die armen Frauen, die von ihren Männern mit den Kindern sitzen gelassen worden sind?«, murrte sie laut genug, dass alle sie hörten.

Susannah unterdrückte ein Lächeln, und unter den Damen machte sich Unruhe breit.

»Es ist unsere Pflicht, zum Wohl der Gemeinschaft die Einhaltung gewisser Regeln zu kontrollieren«, fuhr Mrs. Shimclad nach einem Blick auf Maisie fort, der Leder hätte gerben können. Sie würde dem Herrn dienen, so viel war klar. »Wenn Sie ein Mitglied unserer Gemeinde werden möchten, müssen Sie etwas gegen die skandalösen Umstände tun, Miss McKittrick.«

Maisie stapfte erbost davon. Susannah merkte, dass sie nicht mehr belustigt war. »Skandalös?«, wiederholte sie. »Ich habe nichts Unrechtes getan, und Mr. Fairgrieve auch nicht.«

Das Komitee wechselte vielsagende Blicke und bediente sich dann mit Tee und Keksen.

»Wir müssen an den Eindruck denken«, mahnte Mrs. Shimclad leichthin.

»An welchen Eindruck?«, fragte Susannah.

Mrs. Shimclad setzte mit entschlossenem Geklapper ihre Teetasse ab. »Ich habe Ihnen meine Stellung in der Gemeinschaft bereits erklärt, Miss McKittrick.«

»Mrs. Shimclad«, wandte sich Susannah geduldig an die Frau. »Ich bin das Kindermädchen für das Baby und sonst gar nichts.«

Mrs. Shimclad hätte genauso gut taub sein können, so wenig Reaktion zeigte sie auf Susannahs Bemerkung. »Wir müssen darauf bestehen, dass Sie Mr. Fairgrieve entweder heiraten, oder hier ausziehen, oder Sie müssen damit rechnen, von der Gemeinde ausgeschlossen zu werden.«

»Das ist eine gute Idee«, erklang Aubreys fröhliche Stimme an der Tür und erschreckte alle, Susannah eingeschlossen. Sie hatte gedacht, er sei noch im Laden. »Willst du mich heiraten Susannah? Dann können wir die Freuden des Lasters genießen, ohne den Zorn dieser rechtschaffenen Damen auf uns zu ziehen.«

Susannahs Herz begann heftig zu klopfen, während sie sich gleichzeitig am liebsten wütend auf Aubrey gestürzt hätte. Diese Damen hatten kein bisschen Humor und erkannten nicht, dass seine Bemerkungen scherzhaft gemeint waren.

Sie begannen untereinander zu tuscheln.

»Nun?«, strahlte Aubrey und breitete fragend die Hände aus.

Susannah errötete bis an die Haarspitzen. »Das ist weder die Zeit noch der Ort ...«, wandte sie ein.

»Gibt es einen besseren Zeitpunkt?«, fragte Aubrey unschuldig und wandte sich Mrs. Shimclad zu, als ob er die Antwort von ihr hören wollte. »Einen besseren Ort?«, wandte er sich an die anderen Frauen.

»Also, ich finde den Einfall höchst romantisch«, hauchte Mrs. Shimclad.

Verblüfft starrte Susannah sie an und spürte, wie sie schwankte. »Ich dagegen halte es für verrückt«, erklärte sie dann entschlossen. »Mr. Fairgrieve und ich kennen einander kaum, und der Anfang unserer Beziehung war nicht gerade ermutigend.«

Aubrey machte ein Gesicht wie der tragische Held auf der Bühne. Er presste eine Hand aufs Herz und deklamierte an die Damen gewandt: »Sehen Sie das? Wie heftig ich ihr auch meine Leidenschaft erkläre, so wird sie entgegengenommen.«

Die Frauen seufzten auf.

»Das reicht«, knirschte Susannah, »und das ist mein Ernst, Aubrey.«

Er durchquerte den Raum und riss sie an seine Brust. »Du machst mich verrückt vor Verlangen«, verkündete er theatralisch, und die Damen, denen eben noch so kalt gewesen war, fächelten sich Luft zu. »Ich kann es nicht mehr ertragen. Willige ein, meine Frau zu werden, ehe ich dich wie eine Gefangene über der Schulter davontragen muss.«

Susannah war sprachlos vor Beschämung, während Aubrey sie spitzbübisch anlächelte.

»Ich sollte Eintritt nehmen«, warf Maisie, deren Eintreten niemand bemerkt hatte, trocken ein. »Das ist noch besser als der Gaukler, der auf der Säge spielen konnte. Erinnern Sie sich, Mr. Fairgrieve? Er hatte einen mottenzerfressenen Bären dabei, der zu der Melodie getanzt hat.«

Aubreys Blick ließ Susannah nicht los. Es war, als wären sie in einem kleinen Willenskampf verbunden, von dem niemand sonst etwas ahnte.

»Ich erinnere mich«, erwiderte er.

Susannah schluckte. Mit Aubrey würde sie sich später auseinander setzen, wenn sie allein waren. Jetzt musste sie sich auf das Wohltätigkeitskomitee konzentrieren und sah eine Dame nach der anderen an.

»Sie haben bestimmt noch zu tun«, erklärte sie leichthin. »Es muss schwer sein, Torhüter der Moral in einer solchen Stadt zu sein. Ich bin mir sicher, dass Sie sich heute noch um vieles kümmern müssen, gute Christinnen, die Sie sind.«

Ein paar der Damen erröteten. Hastig tranken sie den Tee aus, aßen ihre Kekse und beeilten sich dann zu gehen.

Maisie brachte sie zur Tür. Susannah und Aubrey blieben im Wohnzimmer zurück und starrten einander an.

»Bist du verrückt geworden?«, flüsterte Susannah wütend. »Ich will dich nicht heiraten und du mich nicht. Warum schlägst du nur so etwas vor?«

Zum ersten Mal, seit er eingetreten war, machte Aubrey ein ernstes Gesicht. »Bin ich das? Verrückt?«, fragte er ruhig. »Ich brauche eine Frau, und wenn nur als Gastgeberin für meine Geschäftsfreunde, als Haushälterin in meinem Heim und als Gesellschafterin für mich, wenn ich nach einem langen Tag nach Hause komme. Du brauchst einen Mann, der dich unterstützt, damit du das Kind aufziehen kannst, was du ja unbedingt willst.«

Susannah stützte die Hände in die Seiten. »Das Kind«, fauchte sie, »hat einen Namen. Sie heißt Victoria und ist deine Tochter.«

»Wie du meinst«, gab er zurück. »Wenn du mich heiratest, werde ich sie als meine Tochter akzeptieren.«

Ihre Augen wurden groß, um alles in der Welt hätte sie nicht einmal sich selbst dieses seltsame Hoffen eingestanden, das in ihr zu keimen schien. »Das ist sehr edel von Ihnen, Mr. Fairgrieve, wenn man bedenkt, dass sie in der Tat Ihre Tochter ist.«

»Hör auf, Zeit zu schinden«, unterbrach er sie, »ich will eine Antwort.«

»Du bist nach Hause gekommen, um mich zu fragen, ob ich dich heiraten will?« Fassungslos sah Susannah ihn an.

»Nein«, antwortete er aufrichtig, »ich bin nach Hause gekommen, weil ich heute Morgen ein paar wichtige Papiere vergessen hatte. Als ich dich diesen christlichen Kämpferinnen ausgeliefert sah, habe ich mich entschlossen, dir zu Hilfe zu eilen. Also, entscheide dich.«

»Und wenn ich Nein sage?«

»Dann kannst du das Baby – Victoria – verlassen. Die guten Damen, die uns gerade mit ihrer Anwesenheit beehrt haben, würden dir und mir das Leben zur Hölle machen, wenn du nach ihrem Besuch nichts ändertest. Schlimmer noch, sie würden auch Victoria schneiden.« Er schwieg einen Moment. »In den Augen des Gesetzes, wenn auch nicht in denen des Herrn, gilt Victoria als meine Tochter. Ich werde sie hier behalten, bis sie fünf Jahre alt ist, und dann auf ein Internat schicken.«

»So etwas würdest du nie tun!«, rief Susannah aus. Aber sie wusste, dass er dazu fähig wäre. Er verspürte keinen Hass auf Victoria, aber lieben tat er sie auch nicht. Materiell würde es ihr nie an etwas fehlen, aber Fremde würden sie großziehen und ihr kaum Zärtlichkeit schenken.

»Heirate mich«, verlangte er.

Susannah fehlten die Worte. Dann fragte sie: »Würdest du … würde ich mit dir …«

»Wir würden«, bestätigte Aubrey.

Sie errötete und fürchtete einen Moment lang, ohnmächtig

zu werden. Seltsamerweise war die Vorstellung aber nicht wirklich erschreckend. »Und … und Mr. Hollister?«, wandte sie ein. Auch wenn er sich ihr gegenüber nicht erklärt hatte, hatte er doch angedeutet, dass er ernste Absichten in Bezug auf sie hatte.

»Er würde nicht«, grinste Aubrey, »zumindest nicht mit dir.«

Sie sank in den Stuhl, den Mrs. Shimclad gerade frei gemacht hatte und der noch warm war von ihrem ausladenden Hinterteil. Ich sollte gehen, dachte Susannah, meine Sachen packen und gehen, ehe ich einen nicht wieder gutzumachenden Fehler begehe, aber Aubrey würde nie erlauben, dass ich Victoria mitnähme, und zurücklassen kann ich sie nicht.

»Das ist nur eine Laune von dir«, bezichtigte sie ihn.

Aubrey trat vor ihren Stuhl, beugte sich vor, ergriff die Armlehnen und sah ihr fest in die Augen. Er duftete nach Seife und salziger Luft, und allein seine Nähe ließ Hitze in ihr aufwallen. »Das ist keine Laune, Susannah«, widersprach er. »Glaub mir, ich bin die halbe Nacht im Arbeitszimmer auf und ab gegangen und habe darüber nachgedacht.«

»Aber es wäre eine Ehe ohne Liebe.«

»Ich habe dir doch gesagt, was ich von Liebe halte«, antwortete Aubrey. »Das ist ein Hirngespinst für Narren, die darüber kaputtgehen. Unsere Verbindung wäre rein zweckgebunden und würde uns beiden nutzen. Denk doch mal nach, Susannah. Du wärest die Herrin des Hauses und hättest so viel Geld, wie du dir immer gewünscht hast. Wenn du mir ein oder zwei Söhne geboren hast, bist du frei zu tun, was du willst. Du könntest eine Weltreise machen, dir einen Zweitwohnsitz in New York, London oder San Francisco nehmen, könntest tun, was du willst.«

Er stand noch immer vor ihr, und seine Nähe lähmte Susannah, obwohl sie zu ihrer eigenen Überraschung keine Spur von

Furcht empfand. »Wärest du mir treu?«, fragte sie. Damit verriet sie das erste Loch in ihrem Panzer, und er lächelte, als ihm das klar wurde.

»Wenn du es auch wärest«, gab er zurück. »Aber Gott helfe dir, wenn du mich so zum Hahnrei machst, wie Julia es getan hat.«

Nervös fuhr sich Susannah mit der Zunge über die Unterlippe. Es erschreckte sie, wie gerne sie zustimmen wollte, gleichzeitig war sie beschämt. Aubrey war schließlich Julias Mann gewesen. »Würdest du schwören, dir keine Geliebte zu nehmen?«

Er hob die Hand, ragte groß und kräftig über ihr auf, und sie konnte sehen, wie die Muskeln seiner Schulter unter dem gestärkten Hemd spielten. »Ich schwöre«, sagte er.

»Julia war … war meine Freundin …«

»Du warst ihre. Sie war niemandes Freundin. Siehst du das denn nicht, Susannah? Wenn du Julias Tochter ein schönes Leben bietest, begleichst du jede Schuld, ob real oder eingebildet.«

Sie zögerte. »Ich muss darüber nachdenken«, wich sie schließlich aus und verließ abrupt den Raum.

Aubrey versuchte mit aller Macht, sich zu betrinken, aber je mehr Whisky er trank, desto klarer wurde sein Kopf. Das Zeug wirkte bei ihm wie starker Kaffee, brannte im Magen und machte ihn hellwach.

Nicht dass er klar im Kopf sein wollte. Das war er nicht mehr gewesen, seit er Susannah McKittrick am ersten Tag unerwartet im Flur seines Hauses gegenübergestanden hatte – als sie ihn angesehen hatte, als ob *er* der Eindringling gewesen wäre. Wann genau hatte sie ihn infiziert mit ihrer Nähe? Ihm kam es so vor, als kannte er sie schon länger als Julia, sogar länger als Ethan …

Was für ein Unsinn.

Er knallte das Glas auf den Tisch, und das Geräusch bewog Maisie, ihren Kopf durch die Tür zu stecken.

»Herzlichen Glückwunsch«, sagte sie.

Aubrey warf ihr einen wütenden Blick zu. »Dazu besteht kein Anlass.«

Sie kam herein, unbeeindruckt von seiner Laune. Ihre Augen gingen von der halb leeren Flasche zu dem Glas in seiner Hand, und sie schüttelte den Kopf. »Das ist nicht normal. Sie könnten eine Woche lang in dem Zeug baden, ohne dass Ihre Haut schrumpelt.«

Trotz seiner düsteren Stimmung musste Aubrey lachen. »Ich nehme an, Sie haben einen Grund für Ihr Kommen?«

Maisie zog sich einen Stuhl heran und setzte sich. »Sie täten gut daran, wenn Sie sich mit Susannah verbänden. Sie ist ein wahrer Schatz – vielleicht ist sie Ihre Rettung, wenn Sie Ihre Karten richtig ausspielen.«

Aubrey lehnte sich zurück. »Meine Rettung, ja? Sind Sie etwa in das Wohltätigkeitskomitee eingetreten, Maisie?« Insgeheim hielt er sie für die christlichste Frau, die er kannte, aber das behielt er für sich.

Maisie kicherte. »Die würden den Teufel verehren, bevor sie mich aufnähmen.«

Sie glaubte ein flüchtiges Lächeln auf seinem Gesicht zu erkennen.

»Ich nehme nicht an, dass Sie Lust hätten, mit mir zu trinken? Natürlich nur zur Feier des Tages.«

»Sie wissen genau, dass ich keinen Alkohol trinke«, erklärte Maisie überlegen. »Was meinen Sie wohl, womit das Höllenfeuer so gut in Gang gehalten wird?«

Er zog ein Zigarillo aus der Westentasche, schob es sich zwischen die Zähne und zündete es an. Während er Maisie durch den Qualm hindurch musterte, legte er erst einen, dann den zweiten Fuß auf den Schreibtisch. »Was führt Sie zu dieser Tageszeit her?«, fragte er, ohne auf ihre rhetorische Frage einzugehen. Er zog seine Taschenuhr hervor, warf einen Blick darauf und runzelte die Stirn. »Es ist schon nach Mitternacht. Denken Sie an Ihren Ruf.«

»Jedermann weiß, dass ich mich nie mit einem wie Sie einlassen würde«, schoss Maisie zurück, aber sie grinste dabei spitzbübisch. »Nun, was Miss Susannah angeht, so hat sie, denke ich, eine Schwäche für Sie. Sie würde Ihnen eine gute Frau sein.«

Aubrey sagte nichts. Er betrachtete seine Haushälterin nur durch den immer dicker werdenden Rauch.

»Ich denke, dass ich Folgendes sagen will«, fuhr Maisie fort, wie er es erwartet hatte. »Sie sind mächtig verbittert. Wenn diese Ehe für Sie nur ein Spiel wäre, lassen Sie besser die Finger von der jungen Frau. Es gibt genug andere Männer, die sie umwerben, die etwas dafür geben würden, nur einen Blick auf sie werfen zu können. Sie verdient ein bisschen Glück, und wenn Sie ihr die Chance dazu nehmen, ist die Freundschaft zwischen Ihnen und mir zu Ende.«

Das war keine leere Drohung. Maisie sagte genau das, was sie dachte, und es war ihr gleichgültig, was das für Folgen haben könnte. Aubrey gab es einen Stich, als er sich vorstellte, ihre Achtung zu verlieren. »Sie haben nicht gerade viel Zutrauen zu mir, nicht wahr?«, hielt er dagegen.

Sie runzelte die Stirn. »Um die Wahrheit zu sagen, ich weiß nicht mehr, was ich denken soll. Als Sie Miss Susannah hier begegneten, waren Sie zwar höflich, haben aber nur wenig freundliche Worte für sie gehabt. Und jetzt plötzlich, nur weil ein Haufen Kirchenfrauen hier war und mit der Bibel gewedelt hat, bitten Sie sie, Sie zu heiraten! Das klingt mir zu sehr nach einer Laune.«

Maisies Ergebenheit für Susannah rührte Aubrey und weckte seinen Neid. »Wenn Miss McKittrick sich an ihren Teil der Abmachung hält, werde ich auch meinen halten. War ich denn Julia ein so schlechter Ehemann?«

Maisie seufzte. »Sie war problematisch, das gebe ich zu, aber Sie waren sehr streng. Seien Sie ehrlich, Sie fühlen sich von jedem so schnell angegriffen wie von Ihrem Pa und Mrs. Julia.«

Aubrey fuhr auf. »Was wissen Sie von meiner Familie?«

»Das, was Ethan mir erzählt hat«, gab Maisie tapfer zurück. »Dass Ihr Pa ein gemeiner Mensch war und Ihre Mutter Sie hat sitzen lassen, als Sie kaum älter waren als mein kleiner Jasper.«

Aubrey war insgeheim wütend, dass Ethan dieses Familiengeheimnis ausgeplaudert hatte, aber es überraschte ihn nicht. Sein Bruder war nun mal indiskret. »Gehen Sie jetzt besser ins Bett«, beendete er das Gespräch und erhob sich. »Es ist schon bald wieder Morgen.«

Maisie stand auf. »Tun Sie Miss Susannah nicht weh, nur das wollte ich sagen. Verletzen Sie dieses Mädchen nicht. Sie hat in ihrem Leben genug mitgemacht und es dennoch nicht aufgegeben, freundlich zu sein, und ich will nicht, dass Sie sie für die Sünden einer anderen Frau bestrafen.« Sie stieß ihm den Zeigefinger gegen die Brust. »Haben Sie mich verstanden?«

»Sehr deutlich«, erwiderte Aubrey. Er beschloss, sich zurückzuziehen, denn das Trinken machte ihn nur immer nüchterner. »Und die Nachbarn sicher auch.«

Maisie schnaubte und verließ das Arbeitszimmer.

Als Aubrey in die Küche ging, um sich dort ein Glas Wasser zu holen, das er mit hochnehmen wollte, stand Maisie zögernd auf der Schwelle zu ihrem Zimmer, in dem Jasper schon schlief.

»Sie sind ein anständiger Mensch«, erklärte sie, als er sie abwartend ansah, »aber Ihre Dämonen quälen Sie. Sie sollten aufhören, vor ihnen davonzurennen, und sich ihnen stellen.«

Damit drehte sie sich um und schloss die Tür.

Aubrey blieb noch lange nachdenklich in der Küche stehen. Schließlich stieg er die Hintertreppe hoch und sah zu Susannahs Tür hinüber. Er wollte nichts lieber, als sich mit ihr auszusprechen und ihr zu versichern, dass er sie wirklich gern heiraten würde und sich eine gute Ehe wünschte, aber jedes Mal, wenn er den Mund öffnete, schien er die Dinge nur schlimmer zu machen.

In dieser Nacht schlief er nicht gut. Gleich am nächsten Morgen schickte er nach Hollister.

Hawkins, sein Sekretär, machte sich sofort auf den Weg. Aubrey schätzte ihn sehr und dachte, dass man nur noch selten Menschen wie ihn fand.

Er hatte sich gerade hingesetzt, um einen Vertrag mit einem Kaufmann aus San Francisco durchzugehen – die Verhandlungen waren der Anlass für seine Reise dorthin gewesen –, als Hollister ohne Ankündigung hereingeplatzt kam.

»Ich gebe den Fall ab«, erklärte er.

Aubrey legte seinen Federhalter hin und betrachtete den Mann, der erregt atmete. Er wirkte sehr angespannt. »Was?«

»Ich möchte Susannah McKittrick umwerben«, erklärte Hollister. Er machte keine Anstalten, sich hinzusetzen, und Aubrey bot ihm auch keinen Platz an. »Das kann ich nicht guten Gewissens tun, wenn ich gleichzeitig in ihrer Vergangenheit herumschnüffele.«

»Wie bitte?«

»Ich glaube, Sie haben mich sehr gut verstanden«, schnaubte Hollister. »Es ist mir egal, welchen Verdacht Sie hegen. Für mich ist Susannah eine ganz besondere Frau.«

»Das ist nur zu wahr«, stimmte Aubrey ihm zu. »Was meinen

Sie, wird sie von Ihnen denken, wenn sie erfährt, dass Sie ein Pinkerton-Mann sind, dazu angeheuert, ihre Vergangenheit auszuspionieren?«

Hollister wollte etwas sagen, beherrschte sich aber. »Sie wird ohne Zweifel verstört sein. Aber ihre Reaktion auf die Tatsache, dass Sie derjenige sind, der mich für meine Aufgabe angeheuert hat, wird sie nicht minder erschüttern.«

Aubrey hatte bereits darüber nachgedacht. Er war die halbe Nacht wach gewesen und hatte so gut wie alles durchdacht. »Susannah weiß, dass ich der Schurke bin. Was Sie angeht, hat sie Sie bisher für einen Gentleman gehalten.«

»Verdammt«, murmelte Hollister. Fast tat er Aubrey Leid. Aber nur fast. Der Pinkerton-Mann riss sich zusammen und hob den Kopf. »Ich muss zu ihr gehen und reinen Tisch machen«, verkündete er. Dann errötete er tief.

Hätten sie über eine andere Frau gesprochen, hätte Aubrey jetzt gelacht. Aber so, wie die Dinge standen, war ihm nicht danach zumute. Endlich erhob er sich. »Sie sind entlassen«, stellte er lässig fest.

»Ich kündige«, korrigierte Hollister ihn.

»Ich habe Susannah gebeten, mich zu heiraten.«

Das saß. Hollisters Augen wurden groß, sein Gesicht war plötzlich voller hektischer roter Flecken. Aubrey fragte sich, ob er vielleicht einen Arzt holen sollte.

»Und was hat sie geantwortet?«, fragte der Detektiv äußerlich scheinbar ruhig. Man musste es ihm lassen, er hielt sich mit Würde.

»Gar nichts«, seufzte Aubrey. Plötzlich erschöpft, ließ er sich wieder in seinen Stuhl sinken. »Aber sie wird zustimmen, Hollister, und wenn es nur ist, um das Kind zu behalten. Setzen Sie sich, Sie sehen aus, als ob Sie gleich einen Schlaganfall bekämen.«

Hollister zögerte kurz und nahm sich dann einen Stuhl. Erst jetzt dachte er daran, seinen Hut abzunehmen, den er dann nervös in den Händen drehte. »Sie sind in der Tat ein Schurke«, bemerkte er, »wenn Sie das kleine Baby dazu benutzen, die Frau zu bekommen, die Sie haben wollen.«

»Ich bekomme gewöhnlich immer, was ich will«, gab Aubrey zurück, aber er klang reumütig. Seltsamerweise war ihm noch nie etwas so ernst gewesen wie der Umstand, dass er Susannah zur Frau haben wollte. »Ich sollte Ihnen sagen, dass ich das Wohltätigkeitskomitee auf meiner Seite habe.«

Endlich lachte Hollister, auch wenn seine Augen ernst blickten. Er war verletzt – Susannah bedeutete ihm wirklich etwas – und Aubrey bedauerte, dass es so weit gekommen war. Andererseits war es nicht seine Schuld, dass der Mann zärtliche Gefühle für die Frau entwickelt hatte, die er eigentlich aushorchen sollte. Wenn man darüber nachdachte, war das sogar höchst unprofessionell.

»Wenn sie noch nicht Ja gesagt hat«, dachte Hollister laut, »bedeutet das, dass ich noch eine Chance habe. Ich gebe nicht eher auf, als bis die Dame mir selber sagt, dass es keine Hoffnung mehr gibt.«

Aubrey breitete die Hände aus und bemühte sich um ein gleichgültiges Gesicht, aber tief innerlich war er sich nicht sicher, ob Susannah ihm wirklich vor Hollister den Vorzug gab. Sie musste doch wissen, dass er sie nicht davon abhalten würde, die kleine Victoria zu sehen – nicht wahr? Das war nur ein Bluff. Er faltete die Hände und ließ sein Kinn darauf ruhen. »Das ist fair«, stimmte er zu.

»Lieben Sie sie?« Es war eine sehr persönliche Frage, und Aubrey war entrüstet.

»Ich halte Liebe für eine fatale Regung. Susannah ist sich meiner Auffassung durchaus bewusst.«

Hollister erhob sich und gab Aubrey die Hand wie ein Duellpartner seinem Gegner vor dem Schuss, dann ging er.

Sofort sprang Aubrey auf. »Hawkins!«, brüllte er und nestelte an seinem Schlips herum.

Der junge Sekretär kam sofort. Er war ein schmächtiger Mann, zu zart für die Holzfäller-Camps und zu klug, um zu den Goldfeldern davonzurennen. »Ja, Sir?«

»Wir werden ein Fest feiern. Fangen Sie mit der Planung an.«

Hawkins schluckte. »Ein Fest, Sir?«

»Sie wissen schon«, führte Aubrey ungeduldig aus, »wo man tanzt und ausgefallene Dinge isst.«

»Wo soll das Fest abgehalten werden, Sir?«

»Hören Sie mit dem Sir auf. Bei mir natürlich, in diesem Haus. Was glauben Sie, wozu ich es gebaut habe?«

»Ich weiß nicht genau, warum Sie es gebaut haben, S… Mr. Fairgrieve. Sie erwarten doch nicht wirklich, dass ich …?«

»Vergessen Sie es!«, fauchte Aubrey. »Maisie wird sich darum kümmern. Sie kümmern sich um die Rechnungen und sorgen dafür, dass jeder eine Einladung bekommt, der eine kriegen sollte. Schaffen Sie das?«

»Ja … äh … ja.« Hawkins machte ein ernstes Gesicht. »Habe ich richtig verstanden, dass Geld keine Rolle spielt?«

»Das«, sagte Aubrey im Gehen, »ist genau das, was ich gesagt habe.«

8

Susannah saß mit einem Kissen im Rücken im Bett und las, während Victoria neben ihr in der Wiege lag und schlief. Vor dem Fenster schwebten lautlos Schneeflocken zu Boden, aber Susannah, die Schnee liebte, hatte kaum einen Blick dafür übrig. Sie war ganz in Ethans Dichtung versunken. Bei manchen Stellen errötete sie, andere ließen ihr Herz schneller klopfen sie schaffte es einfach nicht, das Buch beiseite zu legen und zu schlafen.

Wie es wohl war, so sehr geliebt zu werden?

Sie seufzte. Die Verse sprachen von großer Intimität und ihre Ehrlichkeit verlieh ihnen einen besonderen Zauber. Wenn ein Mann sie mit solchen Worten umwerben würde, wäre sie dann vielleicht unfähig, der Versuchung zu widerstehen? War das Julias Dilemma gewesen? Eine leere, zerfallene Ehe zu halten oder der unverstellten Anbetung eines Liebhabers nachzugeben?

Aber Ethan hatte ihr doch selber gesagt, dass er eine Frau namens Su Lin geliebt hatte. Noch mehr, er hatte gesagt, dass Su Lin die einzige Frau war, die er je geliebt hatte.

Ein Klopfen an der Tür unterbrach ihre Überlegungen.

»Ja?«, brachte sie mit Mühe heraus und wünschte, sie hätte sich erst geräuspert.

Eine strahlende Maisie steckte den Kopf herein. »Es wird

ein Fest stattfinden!«, rief sie so aufgeregt, als ob sie die Ankunft eines Prinzen ankündigen würde. »Hier im Haus, am kommenden Samstag!«

»Hier?«, fragte Susannah.

»Natürlich nicht in Ihrem Zimmer, Sie Dummerchen«, erklärte Maisie mit gutmütigem Spott. »Unten, in dem Teil des Hauses, der abgeschlossen ist, seit die Missus gestorben ist. Ich darf so viel Geld ich will für Essen und alles andere ausgeben. Hawkins sagt, ich hätte freie Hand.«

Susannah unterdrückte ein Lächeln, legte Ethans Buch weg und erhob sich. »Ich helfe natürlich gern.«

Maisie sah den Gang hinunter und kam dann ins Zimmer, dessen Tür sie hinter sich schloss. »Ich verwette meine Strumpfhalter darauf, dass Mr. Fairgrieve Ihnen an diesem Abend einen Verlobungsring überreichen will. Er lässt den armen Hawkins schon den ganzen Tag herumrennen und Botengänge machen. Der Mann ist fast am Ende.«

Susannah hatte gehofft, dass Aubrey das Thema Ehe vergessen hätte, aber gleichzeitig war sie insgeheim erfreut zu hören, dass dem nicht so war. »Aber ich habe Mr. Fairgrieves Antrag gar nicht angenommen«, wandte sie ein.

»Sie wären eine Närrin, wenn Sie so ein Angebot ablehnten«, wies Maisie sie zurecht. »Sie sind eine hübsche Frau, worauf wollen sie warten? Es wird wieder Anträge geben, bestimmt, aber mit jedem Tag, der vergeht, werden die Männer hässlicher und älter werden.«

Susannah musste lachen. »Sehr diplomatisch sind Sie nicht, Maisie«, schalt sie.

»Wie auch immer«, erklärte Maisie, »wo ich Recht habe, habe ich Recht.« Damit verließ sie das Zimmer.

Eine Zeit lang saß Susannah nur bewegungslos wie im Schock da. Maisies Theorie, was die Qualität ihrer Freier anging, waren sicher richtig, aber es fiel ihr schwer, sich attraktiv zu finden. Sie trat an die Kommode und betrachtete sich in dem Spiegel darüber.

Sie war groß für eine Frau, und ihre Haare hatten einen hübschen Blondton. Ihre grauen Augen waren ausdrucksstark, und sie hielt sich gerade. Sie runzelte die Stirn. Aber schön war sie entschieden nicht – ihr Mund war zu groß, die Wangenknochen zu hoch. Außerdem hatte sie Sommersprossen, weil sie in St. Mary's im Sommer viel draußen gespielt hatte.

Julia war immer die Schönheit gewesen. Doch das hatte sie am Ende zerstört.

Susannah trat ans Fenster und sah in den dichten Schnee hinaus, während es langsam dunkel wurde. Ein kleiner alter Mann ging über die Straße und zündete die Gaslaternen an. Es quietschte, wenn er die Scheiben öffnete und schloss.

Sie stand noch immer dort, als Maisie den Gong zum Abendessen schlug. Victoria regte sich, gurrte und schlief dann mit einem leisen Seufzer weiter, der Susannah rührte.

Nachdem sie sich davon überzeugt hatte, dass das Baby trocken war und gut zugedeckt, wusch Susannah sich die Hände und das Gesicht in dem eleganten Badezimmer, steckte die Haare hoch und machte sich auf den Weg nach unten. Die Tür ließ sie offen, damit sie Victoria hörte, wenn sie erwachte.

Maisie war geschäftig und deckte den Tisch. Susannah sah sofort, dass für zwei gedeckt wurde. Ein Platz war für sie, der zweite für einen Besucher, denn Aubrey aß grundsätzlich im Esszimmer.

Susannah warf Maisie, die gerade Kartoffeln zerstampfte, einen fragenden Blick zu. Sie stellte den Topf zu gebackenem Hühnchen und Salat auf den Tisch.

»Ethan ist hier«, sagte Maisie. »Mr. Fairgrieve lässt ausrichten, dass er heute länger arbeitet.«

Susannah verspürte plötzlich so etwas wie Eifersucht. War Aubrey wirklich noch im Laden, oder hatte er sein Verhältnis mit Delphinia Parker wieder aufgenommen?

»Machen Sie nicht so ein Gesicht«, mahnte Maisie, die sich mit Menschen offenbar genauso gut auskannte wie mit der Hausarbeit. »Es ist nicht nur der Laden, wissen Sie. Er hat Aktien und Wertpapiere und ist Teilhaber einer der Goldminen im Norden.«

Susannah gab Jasper, der an den Tisch gekommen war, eine Hühnchenkeule, nachdem sie sich davon überzeugt hatte, dass sie nicht mehr zu heiß war. Ehe sie antworten konnte, schlenderte Ethan herein. Sein Haar war sauber zurückgekämmt, er trug Tweedhosen und polierte Stiefel.

»Guten Abend, Susannah«, grüßte er.

Maisie griff nach Jasper. »Machen Sie sich keine Mühe«, erklärte sie. »Lassen Sie das Geschirr einfach stehen, Susannah, ich wasche es morgen früh ab.«

Und schon zog sie sich mit dem widerstrebenden Jasper in ihr Zimmer zurück.

Als sie mit Ethan allein zurückblieb, konnte Susannah nicht anders, als an die Gefühle denken, die er in seinem Buch offenbart hatte, und sie fühlte sich wie eine heimliche Mitwisserin. Es lag ihr nicht, so zu tun, als wüsste sie nichts.

»Ich habe etwas, das Ihnen gehört«, begann sie und ging zurück in ihr Zimmer. Victoria schlief noch. Mit den handgeschriebenen Gedichten kehrte Susannah in die Küche zurück.

Ethan hatte noch nicht Platz genommen, obwohl das Essen schon kalt wurde, sondern lehnte höflich mit verschränkten Armen an der Spüle. Als er das Buch erkannte, wurden seine Augen schmal, und seine Freundlichkeit machte kühler Reserviertheit Platz.

»Woher haben Sie das?«

Sie gab ihm das Buch. »Aubrey hat es mir gegeben.«

Ethan hielt das Buch mit beiden Händen fest, als ob es ein kostbarer Schatz wäre. »Aubrey?«, fragte er völlig verblüfft.

Susannah hatte nicht vorgehabt, die Probleme zwischen den Brüdern noch zu verstärken, aber die Gedichte gehörten Ethan – er hatte jedes Wort mit seinem Herzblut geschrieben – und sie würde sie ihm nicht vorenthalten. Als sie jetzt seine Reaktion sah, war sie froh, ihm den Band zurückgegeben zu haben, was für Folgen das auch haben sollte. »Setzen Sie sich«, bot sie sanft an. »Maisie hat hart gearbeitet, um ein wunderbares Essen zuzubereiten, und bis eben noch haben Sie sehr hungrig ausgesehen.«

Er zog ihr den Stuhl zurück, wartete, bis sie sich gesetzt hatte, und ging dann an seinen eigenen Platz. Den Band legte er neben seinen Teller und betrachtete ihn mit gerunzelter Stirn. »Woher hat Aubrey das Buch?«

Susannah seufzte und wünschte sich, dass sie die richtigen Dinge sagen würde, ohne allzu viel zu verraten. »Julia hat es ihm gegeben.«

Ethan hörte auf zu essen und starrte Susannah an. »Julia?«, wiederholte er.

»Er glaubt, Sie hätten die Gedichte für sie geschrieben.« Sie nahm sich Huhn, Salat und Kartoffeln, rührte aber keinen Bissen davon an.

Ethan schloss die Augen und lehnte sich zurück. Als er Susannah dann wieder ansah, war er gefasster. »Diese kleine …«

Susannah räusperte sich schnell. Was immer Julia getan haben mochte, man durfte nicht schlecht über Tote reden.

»Das ist eine Lüge«, erklärte Ethan traurig.

»Ich weiß«, stimmte Susannah zu. »Sie haben die Verse für Su Lin geschrieben, nicht wahr?«

Er nickte kurz. »Haben Sie sie gelesen? Natürlich. Und

Aubrey auch, weil er überzeugt davon ist, dass sie für seine Frau waren.«

Susannah wagte es, seine Hand zu nehmen. »Sie sind wundervoll, Ethan«, beteuerte sie. »Ich habe noch nie so etwas gelesen.«

Er schob den Teller weg, stützte die Arme auf und vergrub seinen Kopf in den Händen. »Himmel«, stöhnte er leise, fast gebrochen. »Wie konnte sie das tun?«

Susannah schwieg, sie wusste, dass er keine Antwort erwartete. Sie hätte auch keine zu geben gewusst.

Nach langer Zeit sah Ethan Susannah wieder an. Sie wollte den Blick abwenden, aber sie hatte in seiner Privatsphäre herumgestöbert und würde vor der Verantwortung, die damit verbunden war, nicht davonlaufen.

»Ich habe die Gedichte geschrieben, nachdem Su Lin nach China zurückgegangen war«, erzählte er. »Das hat mich davor bewahrt, den Verstand zu verlieren. Ich brauchte einen Platz, wo ich all das festhalten konnte, was ich ihr nie gesagt hatte.«

Susannah stiegen die Tränen in die Augen, und sie ergriff erneut Ethans Hand. Im Herzen war sie eine Romatikerin, und so tragisch die Geschichte auch war, sie war auch spannend. »Sie muss doch gewusst haben, wie Sie für sie empfunden haben …«

»Nein, wie intim.« Aubreys kühle Worte unterbrachen sie. Er stand noch im Mantel auf der Schwelle, Schneeflocken im Haar und auf den breiten Schultern. Er zog sich langsam die Lederhandschuhe aus und steckte sie in die Tasche. »Einmal reicht dir wohl nicht, Ethan?«

Ethan sprang auf, aber nicht etwa, weil er Angst gehabt hätte. Nein, er war noch wütender als Aubrey. Sein Stuhl fiel mit einem Krachen zu Boden, und oben begann Victoria zu weinen.

»Ihr solltet euch schämen«, schimpfte Susannah, raffte ihre Röcke und sprang auf. »Ihr habt das Baby erschreckt.« Damit lief sie nach oben, um Victoria aufzunehmen und zu trösten. In der Küche hörte sie die Stimmen von Aubrey und Ethan jetzt gedämpfter, aber das ganze Haus schien vor ihrer Wut zu vibrieren.

»Dazu hattest du kein Recht!«, fauchte Ethan und drückte Aubrey sein Buch gegen die Brust.

»Ich hatte kein Recht?«, fragte Aubrey spöttisch. Es fiel ihm schwer, die Stimme zu senken, schwerer war noch, seinen jüngeren Bruder nicht einfach zu Boden zu schlagen. »Julia war meine Frau!«

»Ja«, knurrte Ethan, »armer Kerl!« Er wollte gehen, aber Aubrey hielt seinen Arm fest. Ethan riss sich los. »Ich sage dir jetzt etwas und nur jetzt, Bruder. Deine kostbare Julia war ein egoistisches, gemeines, intrigantes Miststück. Ich hätte sie nicht einmal bei einer Wette gewinnen mögen.« Wie zum Beweis hob er das schmale Bändchen. »Sieht ganz so aus, als wäre sie auch noch eine Diebin gewesen.«

In Aubreys Magengrube regte sich ein seltsames Gefühl, wie immer bei den seltenen Gelegenheiten, da er entdeckte, dass er im Unrecht war. Er hasste es, im Unrecht zu sein. »Ethan …«

Sein Bruder sagte etwas, was besser in einen Saloon gepasst hätte, aber Aubrey konnte es ihm nicht übel nehmen. Am liebsten hätte er dasselbe gesagt, aber er hielt sich zurück, weil er nicht wollte, dass Susannah ihn hörte. Schweigend sah er Ethan nach, wie er die Küche verließ.

Dann fiel die Haustür knallend ins Schloss. Aubrey zuckte zusammen.

Er stand immer noch mitten im Raum, als Susannah mit

einem Fläschchen in der Hand erschien, scheinbar wieder versöhnt.

»Ich hoffe, du bist jetzt stolz auf dich«, bemerkte sie, als sie das Fläschchen auswusch und Milch zu erhitzen begann.

Aubrey erwiderte nichts. Ausnahmsweise war er um eine Antwort verlegen.

Susannah legte Holz nach, rührte die Milch, wandte sich um und verschränkte die Arme vor der Brust. »Nun?«

»Nun was?«

»Hast du ihn jetzt endgültig aus dem Haus getrieben? Deinen einzigen Bruder?«

Aubrey fuhr sich mit der Hand durchs Haar. Was hatte er getan? »Ich weiß es nicht«, gab er zu und fühlte sich plötzlich vollkommen erschöpft. »Ich weiß es nicht.«

»Setz dich«, wies Susannah ihn an.

Er gehorchte. Alle Kraft zur Gegenwehr hatte er bei Ethan verbraucht.

Susannah trat an den Tisch und begann abzuräumen, als Aubrey nach einem Stück Huhn griff, er war aber nicht schnell genug.

»Wenn du noch ein bisschen Verstand im Kopf hättest, würdest du ihm nachgehen«, fauchte sie. »Dich entschuldigen, mit ihm reden und die Sache ein für alle Mal aus der Welt räumen.«

Er weigerte sich zu antworten, weil ihm nichts einfiel. Sein Stolz verschloss ihm den Mund.

Susannah hatte die Milch anbrennen lassen und musste noch einmal von vorn anfangen. Victorias Schreien wurde immer lauter, und in dem Moment erkannte Aubrey, dass er das Kind liebte, ob es nun seins war oder nicht.

»Hol sie runter«, befahl Susannah.

Er war schon halb die Treppe hoch, als ihm klar wurde, dass

er eben einem Befehl gehorcht hatte. Er konnte sich nicht erinnern, wann er das zuletzt getan hatte.

Als Aubrey in Susannahs Zimmer trat, war er sofort von ihrer persönlichen Atmosphäre gefangen. Ihr Petticoat lag am Fußende des Bettes, überall stapelten sich Bücher, die sie sich aus seiner Bibliothek geliehen haben musste. Ihr zarter Duft verwirrte ihn.

Victoria brüllte noch immer und zog so seine Aufmerksamkeit auf sich. Er trat an die Wiege und nahm das Kind auf den Arm. Er hatte sie oft so gehalten, aber immer nur dem Zweck gehorchend und ohne das Bewusstsein, dass sie seine Tochter war, blutsverwandt oder nicht.

»Psst«, beruhigte er sie ungeschickt, »unten wartet dein Fläschchen.« Sie waren schon halb die Treppe hinunter, als er bemerkte, dass sie völlig durchnässt war. »Susannah!«, rief er.

»Was?«, fragte sie kurz.

Er kam in die Küche. »Sie ist nass.«

»Dann wickele sie.«

»Wie bitte?«

»Du weißt schon, bring sie wieder hoch und leg ihr eine frische Windel an. Wenn du wieder unten bist, füttere ich sie im Schaukelstuhl.«

»Könntest nicht du …?«

»Du«, schnitt sie ihm das Wort ab und prüfte die Temperatur der Flasche am Unterarm. »Du bist ihr Vater.«

In diesem Moment hätte er sie gerne geküsst, aber er seufzte nur und tat wie befohlen. Nachdem er das Kind sauber und trocken bei Susannah abgeliefert hatte, ging Aubrey sich waschen und umziehen, denn die feuchte Angelegenheit war an seinem Hemd nicht spurlos vorbeigegangen. Als er wieder in die Küche kam, lag Victoria an Susannahs Schulter geschmiegt da.

»Schläfst du?«, fragte er voller Zärtlichkeit, als er die beiden in dieser Position, die seit Urzeiten so typisch für Mutter und Kind war, dasitzen sah. Es machte ihm Angst, wie viel er für sie empfand. Wie sollte das weitergehen?

Susannah schlug die Augen auf. »Nein.«

Aubrey lehnte sich an den Ofen und gab vor, seine Hände wärmen zu müssen. In Wirklichkeit wollte er nur eine Weile in der Nähe Susannahs und seiner Tochter sein. »Wie hast du dich entschieden?«, fragte er ruhig.

»Wobei?«, gab sie leise zurück, um Victoria nicht zu stören.

»Bei der Frage, ob wir heiraten«, erklärte er überrascht. Hatte sie es vergessen? Er wusste, dass Maisie Recht hatte, es gab eine ganze Reihe Männer in der Stadt, die viel dafür gäben, Susannah heiraten zu können, Hollister eingeschlossen.

Sie klopfte dem Kind auf den Rücken, und das Baby hickste. »Ich werde deinen Bluff auffliegen lassen«, fuhr Susannah fort. »Ich werde dich nicht heiraten. Ich setze darauf, dass du Victoria und mich nicht trennen wirst, denn sie braucht mich.«

Er starrte sie an. »Ist dir klar …?«

»Wie viele Frauen dich gerne heiraten würden? Oh, ja, Maisie hat es mir erzählt, aber ich habe es mir auch schon selber gedacht. Immerhin bist du sehr attraktiv, und du bist ganz eindeutig wohlhabend. Aber ich sehe keine Poesie in deinem Herzen und deiner Seele, denn jetzt, nachdem ich Ethans Verse gelesen habe, weiß ich, was ich von dem Mann erwarte, den ich heiraten will. Romantik, Leidenschaft, Treue.«

»Du willst Ethan?« Welche Ironie war das.

Susannah lächelte müde. »Natürlich nicht. Er liebt doch immer noch Su Lin.«

Aubrey runzelte die Stirn. *Wen?*, dachte er und verschob die Frage auf später. »Ist es Hollister?«

Sie schüttelte den Kopf. »John Hollister ist nicht romantischer als du, fürchte ich, so nett er ist. Wie auch immer, er verdient eine Frau, die ihn wirklich liebt, und obwohl ich ihn für einen wunderbaren Mann halte …«

»Du brauchst nicht gleich ins Schwärmen zu geraten«, unterbrach Aubrey sie. »Und was macht dich so ver…, so sicher, dass ich keiner tieferen Gefühle fähig bin?«

Susannah schaukelte hin und her und musterte ihn abschätzend. »Wenn du mich heiraten willst, Aubrey Fairgrieve«, stellte sie kühn klar, »musst du mir den Hof machen. Und von jetzt an werde ich männliche Besucher empfangen.«

»Nicht in meinem Haus!«

Das beeindruckte sie nicht. »Außerdem«, fuhr sie fort, als hätte er nichts gesagt, »habe ich vor, Klavierunterricht zu geben. Wir haben bereits darüber gesprochen, falls du dich erinnerst. Du bist sehr großzügig, aber ich muss mein eigenes Geld verdienen, egal, wie wenig es sein wird.«

Niemand, nicht einmal Julia, hatte es je gewagt, seine Autorität dermaßen anzuzweifeln. Noch dazu unter seinem eigenen Dach. »Ich könnte dich auf der Stelle auf die Straße setzen«, drohte er, nicht sehr überzeugt von dem, was er sagte.

»Ja«, gestand sie zu und erhob sich langsam, um das Baby nicht zu wecken, das auf ihrem Arm eingeschlafen war. »Das könntest du. Aber Ethan würde mich sicher aufnehmen. Oder Mr. Hollister. Natürlich ist da auch immer noch Reverend Johnstone.«

Er rieb sich die rechte Schläfe. »Schon gut, schon gut, du kannst ja bleiben. Erst mal zumindest. Aber diese andere Geschichte ist noch nicht entschieden.«

Sie lächelte süß. »Wie du meinst.« Und damit war sie verschwunden.

Aubrey lief unruhig auf und ab. Er fühlte sich wie ein Rennpferd, das im Stall eingeschlossen ist. Dann holte er seinen

Mantel und ging hinaus. Es war kalt, und der Stallbursche war schon nach Hause gegangen. Aubrey sattelte sein Pferd selbst, stieg auf und machte sich auf den Weg zu Ethan.

Er brauchte eine Stunde bis zu der kleinen Farm in den Bergen Seattles, aber als er ankam, brannte noch Licht.

Aubrey brachte seinen Hengst in den Stall zu Ethans Pferd und ging dann zum Haus. »Lass mich rein, verdammt!«, brüllte er, nachdem er dreimal geklopft hatte. »Ich erfriere ja hier draußen!«

Die Tür schwang quietschend auf. Das alte Haus war noch nie ein Palast gewesen, aber als Aubrey das letzte Mal hier gewesen war, hatte es entschieden besser ausgesehen. »Geh zurück in dein vornehmes Herrenhaus«, fauchte Ethan und verstellte Aubrey den Weg. »Ich habe dir nichts zu sagen.«

»Nun, aber ich dir«, konterte Aubrey, schob sich an seinem Bruder vorbei und steuerte den Kamin an, in dem ein Feuer brannte. Er erinnerte sich daran, wie sie hier als Kinder Forellen gebraten hatten. Und wie sein Vater mit der Peitsche auf Ethan losgegangen war, bis Aubrey sie ihm aus der Hand gerissen und gedroht hatte, er würde ihn umbringen, wenn er ihn je wiedersähe. Seit diesem Tag hatte er Tom Fairgrieve tatsächlich nie wiedergesehen, und er bedauerte es nicht.

Aus dem Augenwinkel sah er den Gedichtband auf dem Tisch liegen.

»Es tut mir Leid«, entschuldigte er sich. Das war der höchste Preis, den er seinem Bruder je gezahlt hatte.

Ethan kam näher, und seine Augen blitzten. »Wie bitte?«, fragte er. »Ich habe dich nicht verstanden, großer Bruder.«

Aubrey schloss die Augen und hoffte auf Geduld. Die Situation verlangte nach Demut, und er war dazu bereit, doch er besaß auch eine Menge Stolz. Ohne ihn hätte er nie überlebt, wäre nicht zu dem geworden, der er jetzt war, aber im Moment musste er seinen Stolz vergessen. »Ich sagte, es tut mir Leid«, wiederholte er laut. »Julia hat mir erzählt, du hättest ihr das Buch geschenkt, und ich habe ihr geglaubt.«

Ethan wandte ihm den Rücken zu. Seine Schultern strafften sich. »Weißt du was, Aubrey«, sagte er, »angesichts der Frau, die sie war, macht das überhaupt keinen Sinn.«

Aubrey seufzte, zog seinen Mantel aus, holte sich einen Stuhl und setzte sich an den Tisch. »Erzähl!« Er verschränkte die Arme.

»Was denn?« Ethan sah ihn jetzt an, aber sein Gesicht lag im Schatten, sodass Aubrey nur seine Stimme hörte.

»Den Rest der traurigen Geschichte. Julia wollte dich haben, nicht wahr? Tatsächlich hat sie sich dir förmlich an den Hals geworfen, nicht wahr? Oder irre ich mich?«

Ethan fuhr sich mit der Hand durch die Haare und seufzte laut. »Du und dich irren? Das ist doch noch nie vorgekommen«, höhnte er.

»Erzähl es mir«, beharrte Aubrey.

Ethan sagte lange nichts. Er stand hinter seinem Stuhl und umfasste die Lehne, traf aber keinerlei Anstalten, sich hinzusetzen. »Sie ist ein paar Mal hier rausgekommen. Sie war nicht glücklich, Aubrey. Ich glaube nicht, dass das deine Schuld war oder ihre. Sie war krank vor Heimweh, und Seattle war nicht das, was sie sich erhofft hatte.«

»Ich wusste, dass es ihr nicht gefiel«, gab Aubrey ruhig zu. Das hatte sie oft genug deutlich gemacht. »Aber warum hast du mir von ihren … Besuchen nichts erzählt?«

»Was sollte ich denn sagen? Deine Frau will mit mir schlafen? Ich wusste nicht, was ich tun sollte, und außerdem war ich noch verzweifelt wegen …« Seine Stimme verklang.

»Setz dich«, wies Aubrey ihn an. »Mein Hals wird steif, wenn ich weiter zu dir hochsehen muss.«

»Du bist es nicht gewohnt, zu jemandem aufzusehen, nicht wahr, Aubrey?«

»Ich bin nicht gekommen, um mich mit dir zu streiten.«

Ethan drehte seinen Stuhl herum und setzte sich rittlings darauf. Wieder fuhr er sich durchs Haar und wandte den Blick ab. »Julia dachte, du hättest eine Geliebte. Wenn man sie reden hörte, konnte man glauben, du hättest von hier bis Mexiko in jeder Stadt eine Frau gehabt. Wahrscheinlich wollte sie sich rächen, indem sie mit mir ins Bett ging.« Er sah Aubrey mit Mühe an. »Ich schwöre, dass ich sie nicht angerührt habe. Das hätte ich dir – oder jemand anderem – nie angetan.«

»Ich weiß«, sagte Aubrey nach langem Schweigen.

»Warum dann das alles?«

Er deutete mit dem Kopf auf den Gedichtband. »Deshalb. Sie sagte, ich sei nicht dazu fähig, einer Frau solche Komplimente zu machen wie du. Sie hatte Recht. Ich werde es nie können.« Er dachte an Susannah, die sich Romantik und Leidenschaft wünschte, und Verzweiflung senkte sich auf seine Schultern. »Ich kann mit Worten nicht so gut umgehen, Ethan. Zahlen liegen mir mehr. Da gibt es Regeln, die greifen. Aber Worte?« Er hob hilflos die Hände.

Ethan lachte. Es war das erste Mal seit Julias Tod, dass sie sich unterhielten, ohne zu streiten. »Mit Zahlen kannst du tatsächlich sehr viel anfangen, sieh doch dein Bankkonto an.«

»Das ist Frauen egal.«

»Frauen?«, fragte Ethan. »Oder Susannah? Ich würde sagen, dass die meisten Frauen eine Schwäche für Geld haben, genau wie die Männer. Aber sie ist anders, nicht wahr?«

»Anders als alle anderen, die ich kenne«, gab Aubrey zu. »Hast du Whisky?«

»Nein«, gab Ethan ernst zurück. »Willst du unbedingt so enden wie Dad? Das Zeug bekommt dir nicht, genau wie die Zigarillos, die du dauernd rauchst.«

Aubrey entspannte sich mühsam. »Ich will über Dad nicht reden«, stieß er aus.

»Es gibt viele Dinge, über die du nicht reden willst«, merkte Ethan an. »Aber das hier ist ja schon mal ein Anfang. Hast du dich in Susannah verliebt?«

»Du lässt nicht locker, was?«

Ethan grinste. »Nicht so schnell«, gab er zurück.

9

Am nächsten Morgen war es eisig draußen, auch wenn es aufgehört hatte zu schneien. Susannah ließ Victoria bei Maisie zurück, zog sich warm an und machte sich auf den Weg zum Friedhof. Angesichts der Größe von Aubreys Haus und Grundstück war der Weg nicht so kurz, wie man hätte meinen können.

Susannah betrat das Friedhofsgelände, ging zu Julias Monument und trat dagegen. »Wie konntest du so was nur tun?«, zischte sie. »Wie konntest du zwischen zwei Brüdern einen solchen Bruch herbeiführen?«

Plötzlich wurde ihr bewusst, dass sie weinte. Sie schniefte und fuhr sich mit der Hand über die Nase. Obwohl sie nicht fest zugetreten hatte, schmerzten ihre Zehen in den Stiefeln.

»Ich dachte, ich kenne dich«, murmelte sie.

Julia konnte natürlich nicht antworten, und Susannah erkannte, dass es Unsinn war, sich mit der toten Freundin unterhalten zu wollen. Sie zögerte noch ein paar Minuten, dann eilte sie nach Hause, zog den Mantel aus und wärmte ihre Hände am Ofen in der Küche.

Maisie löffelte einen duftenden Brei in eine Schüssel und stellte sie hörbar auf den Tisch. »Essen Sie das besser«, befahl sie, »ich glaube, hier braucht ein Mensch Kraft.«

Susannah konnte nicht widersprechen. Sie setzte sich und

griff nach der Milch und dem braunen Zucker, der für sie immer noch eine Delikatesse war. Weder in St. Mary's noch bei Mrs. Butterfield war Geld für so etwas da gewesen. »Mr. Fairgrieve hat das Haus bereits verlassen, nehme ich an?«, fragte sie und nahm einen Löffel Brei. Noch nie in ihrem Leben hatte sie so viel zu essen gehabt, wie sie wollte. Sie hoffte nur, dass sie nicht dick wurde.

»Ich glaube nicht, dass er überhaupt zu Hause war«, sagte Maisie, ohne Susannah anzusehen. »Ich war vor einer Weile in seinem Zimmer – heute ist Waschtag für die Bettwäsche –, er hat nicht in seinem Bett geschlafen.«

Es sollte mir nichts ausmachen, dachte Susannah niedergeschlagen, aber das tut es doch. Sie hatte keine Ansprüche auf ihn, zumal sie seinen Antrag gestern abgelehnt hatte. Und doch hätte sie am liebsten ihr Frühstück beiseite geschoben, den Kopf auf die Arme sinken lassen und geweint. Doch sie gab dieser feigen Neigung nicht nach. Die Erfahrung hatte sie gelehrt, dass sie stark sein musste und sich nur auf sich selber verlassen durfte.

»Ich verstehe«, sagte sie.

Maisie war abgelenkt und sah beunruhigt aus. Immer wieder sah sie aus dem Fenster, das voller Eisblumen war. Jasper, der schon aus der Schule zurück war, wirkte müde und kränkelnd.

»Stimmt mit Jasper etwas nicht?«, fragte Susannah und schämte sich, so in ihren eigenen Problemen gefangen gewesen zu sein, dass sie Maisies Sorge gar nicht bemerkt hatte.

»Ich habe einen Stalljungen nach dem Arzt geschickt«, antwortete Maisie. »Ich mache mir Sorgen, weil es Jasper so schlecht geht. Er hat Fieber.«

Susannah erschrak. Sie sorgte sich nicht nur um Jasper, sondern hatte auch Angst, Victoria könnte sich anstecken. Sie versuchte ruhig zu bleiben und trug ihr Geschirr zur Spüle, um es abzuwaschen.

»Es ist ganz untypisch für Jasper, dass er so still ist«, sorgte sich Maisie.

»Vielleicht sollten Sie ihn besser ins Bett bringen«, schlug Susannah sanft vor. »Er braucht jetzt Ruhe. Ich kann nach dem Arzt Ausschau halten und ihn dann zu Ihnen schicken.«

»Aber da ist die Wäsche«, wandte Maisie ein, »und das Essen muss gekocht werden.«

»Machen Sie sich darum keine Sorgen«, beruhigte Susannah sie. »Ich mache, was getan werden muss. Sie kümmern sich jetzt nur um Ihren Sohn. Bitte.«

»Aber Sie müssen das Baby versorgen ...«

»Ich bin nicht hilflos«, unterbrach Susannah sie und betrachtete Jasper mit wachsender Sorge. Er hörte gar nicht, was sie sagten, sondern starrte einfach nur ins Leere. »Ich habe schon oft Wäsche gewaschen, und kochen kann ich auch ausreichend. Schließlich habe ich Mrs. Butterfield sieben Jahre lang den Haushalt geführt.«

Dankbar sah Maisie Susannah an, dann wurde ihr Blick ängstlich. »Und wenn es etwas Schlimmes ist?«, flüsterte sie heiser. »Hier war gerade Scharlach, vor einem Monat ...«

»Beruhigen Sie sich«, sagte Susannah und packte Maisie an den Schultern. »Sie sorgen sich zu früh. Kümmern wir uns jetzt erst einmal um das, was wir im Moment tun können, und warten auf den Arzt. Bis jetzt wissen wir nur, dass Jasper sich nicht wohl fühlt.«

Maisie nickte, ihre Unterlippe zitterte. »Danke«, flüsterte sie.

»Ich mache Ihnen einen Tee«, schlug Susannah vor, »und Sie bringen jetzt Jasper ins Bett.«

Sobald Maisie und der Junge in ihrem Zimmer waren, rannte Susannah nach oben und befühlte Victorias Stirn, aber sie war kühl. Sie seufzte auf, deckte die Kleine fest zu und ging zurück in die Küche.

Der Arzt, ein kräftiger Mann mit weißem Haar und intensiven dunklen Augen, kam, als der Tee gerade fertig war.

»Dr. Griffin Fletcher«, stellte er sich vor und streckte ihr die Hand hin. »Ich vertrete Dr. Martin. Er ist bei einem anderen Patienten.«

Susannah stellte sich vor und bat den Arzt herein. Es war kurz angebunden, wirkte aber kompetent, und seine Anwesenheit beruhigte sie. Sie führte ihn in Maisies Zimmer, wo er mit Erleichterung begrüßt wurde.

Wortlos brachte Susannah den Tee und ging dann wieder.

Dr. Fletcher und Maisie brauchten lange, bis sie in die Küche zurückkamen, Maisies Augen waren verdächtig gerötet.

»Lassen Sie mich holen, wenn Sie mich brauchen«, sagte Dr. Fletcher. »Meine Frau und ich sind die ganze Woche bei Dr. Martin zu Besuch.«

»Danke, Doktor«, sagte Susannah, da Maisie kein Wort hervorbrachte.

Er nickte, zog seinen Mantel an und verließ das Haus, die zerschlissene Arzttasche in der Hand.

»Maisie, was in aller Welt …«, begann Susannah.

Maisie schniefte. »Er hat Masern.«

Susannahs Knie gaben fast nach. Masern waren sehr ansteckend, und wenn man nicht daran starb, so wurde man oft taub oder blind davon.

»Es wird alles gut werden«, tröstete sie, obwohl sie sich da nicht so sicher war.

Als Erstes galt es, Jasper und Victoria getrennt zu halten, damit Jasper sie nicht ansteckte. Susannah ging hoch, um das Baby zu wickeln und zu füttern, das schon wieder nach ihr verlangte. Anschließend legte sie sie in ihr Körbchen und nahm sie mit ins Bad, wo sie zufrieden mit ihren Zehen spielte. Susannah ließ Wasser einlaufen und weichte Jaspers Bettzeug mit viel Seife darin ein. Maisie hatte seine Kleider bereits im Ofen verbrannt, zusammen mit ihrem eigenen Kleid, was ein herber Verlust für sie war.

Einige Zeit später fand Aubrey Susannah mit aufgelösten Haaren und bis zu den Ellbogen in Seifenschaum vor, als sie die Wäsche wusch.

Er grinste. »Fleißig, fleißig«, meinte er leicht sarkastisch. »Hat Maisie dir nicht gesagt, dass wir eine Waschmaschine haben?«

Susannah machte es verlegen, dass er sie auf dem Boden kniend überrascht hatte, in der einen Hand das Waschbrett, in der anderen ein Laken. »Nein«, erwiderte sie so würdevoll wie möglich, »das hat sie nicht. Sie war heute mit anderen Dingen beschäftigt.« Susannah hatte nicht vergessen, dass er in der Nacht nicht zu Hause gewesen war, aber im Moment war das ihre geringste Sorge.

Er sah nach Victoria, die jetzt wieder schlief, und lächelte dabei auf eine Weise, die Susannahs Herz erweichte. Dann schaute er sie an. »Ich muss schon sagen, Miss McKittrick, du bist ein außergewöhnlicher Anblick.« Er streckte ihr die Hand hin. »Steh auf. Wenn Maisie die Wäsche nicht erledigen kann, holen wir jemanden dafür oder geben sie weg.«

Sie zögerte, ergriff dann aber dankbar seine Hand, obwohl sie an harte Arbeit gewöhnt war und sich sogar oft dareingeflüchtet hatte. Ihre Knie schmerzten, als er sie hochzog. Er ließ ihre Hand nicht sofort wieder los.

Susannahs Herz begann schneller zu schlagen. Rasch löste sie sich von ihm und begann verlegen, ihr Haar zu ordnen und ihre Röcke zu glätten.

»Du bist kein Hausmädchen, Susannah«, stellte Aubrey ruhig fest. »Ich erwarte, dass du dich um das Kind kümmerst, sonst nichts.«

Sie fragte sich, ob er in der Küche gewesen war, wo sie eine Leine zwischen Fenster und Schrank gespannt hatte, um die nasse Wäsche aufzuhängen, die nun dampfend dort trocknete.

»Wo ist Maisie?«, fragte er geduldig.

Susannah hätte am liebsten geweint. Sie fragte sich, warum sie so sentimental war. Es lag wohl daran, dass ihr Leben seit einiger Zeit in Aufruhr war. »Sie ist bei Jasper. Er hat die Masern.«

»Was?«

Sie konnte es nicht noch einmal sagen.

Aubrey hockte sich neben Victorias Körbchen und berührte liebevoll ihr Gesicht, was Susannah zutiefst rührte. »Hol deine Sachen«, ordnete er an. »Das Baby und du, ihr könnt in ein Hotel gehen ...«

»Dafür ist es schon zu spät«, fiel sie ihm ins Wort. »Jetzt können wir nur noch warten und hoffen.«

»Arme Maisie«, sagte Aubrey im Aufstehen. »Und du, Susannah, geht es dir gut?«

Sie nickte. Jetzt, wo sie Aubrey so nahe war, sah sie, dass er sich nicht rasiert hatte und dass seine Kleider so zerknittert waren, als hätte er sie schon mehrere Tage lang an. »Vielleicht sollte ich dich das besser fragen.«

Er lachte leise. »Interessiert dich das denn?«

»Ja«, erwiderte sie, und dann: »Nein! Nur insofern, als du Victorias Vater bist.«

»Ah.«

»Du siehst ein bisschen erschöpft aus«, gestand sie zu.

»Ich war bei Ethan, um mich mit ihm auszusprechen. Wir haben die ganze Nacht lang geredet.«

Susannah glaubte ihm sofort. »Und, habt ihr euch ausgesprochen?«

Aubrey seufzte. »Zumindest ist ein Anfang gemacht. Ich habe den ganzen Tag lang mit ihm Holz gesägt, um ihm zu zeigen, dass ich einen Waffenstillstand will. Jetzt bin ich so hungrig, dass ich einen halben Ochsen vertilgen könnte. Komm nach unten und iss mit mir, Susannah.«

Das war eine bescheidene Bitte, warum hatte sie dann das Gefühl, dass er etwas Unerhörtes vorgeschlagen hätte? Wieder nestelte sie verlegen an ihrem Haar. »Ich würde keinen Bissen herunterbekommen«, sagte sie, »aber ich mache dir etwas zu essen.«

»Was nützt es Jasper, Maisie oder Victoria, wenn du nicht bei Kräften bleibst?«, fragte Aubrey vernünftig.

Schließlich gab sie nach. »Vielleicht hast du Recht.«

Aubrey hob das Baby mitsamt Körbchen hoch und trug es aus dem Bad.

Als er die Küche betrat, die voller Wäsche hing, lachte er leise. »Hier ist es ja richtig gemütlich.«

»Setz dich«, ordnete Susannah an, und zu ihrer Überraschung gehorchte er.

Sie holte einen Topf Suppe aus der Vorratskammer und stellte sie auf den Herd. Dann machte sie Kaffee.

»Wie hält sich Maisie?«, wollte Aubrey wissen, holte Victoria, die bei der Aktion wieder aufgewacht war aus dem Körbchen und ließ sie auf seinen Knien wippen.

Susannah seufzte. »Sie hat natürlich Angst. Ich muss zugeben, dass ich die auch habe, um Jasper und um Victoria.«

»Meinst du diese hier?« Er gab dem Baby einen Kuss. »Die ist zäh wie ein Holzfäller. Jasper übrigens auch. Ich mache mir eher Sorgen um Maisie und dich.«

Sie musste lächeln, getröstet durch seine Anwesenheit und

sein Reden, auch wenn es keinen Sinn machte. Wenn es um Masern ging, war Aubrey Fairgrieve genauso machtlos wie alle anderen auch.

»Es gibt Gerede«, sagte er jetzt.

Susannah seufzte, öffnete den Kühlschrank und nahm zwei Eier heraus, die sie in einer Pfanne aufschlug. Es würde nur ein improvisiertes Essen sein, aber wenigstens ihren Hunger stillen. »Das ist nichts Neues.«

»Weil du dich geweigert hast, mich zu heiraten«, fuhr er fort, als ob sie nichts gesagt hätte. »Das Wohltätigkeitskomitee ist entrüstet.«

»Lass sie«, meinte Susannah, »ich habe im Moment an Wichtigeres zu denken.«

»Nun, wir könnten ihnen den Spaß verderben, indem wir heiraten.«

Susannah errötete und sah, dass er es bemerkte. »Ich habe dir doch schon gesagt«, begann sie und musste sich beherrschen, ihm nicht einfach um den Hals zu fallen, »dass ich den heiligen Bund der Ehe nicht eingehen werde, nur um den Konventionen zu entsprechen.«

Er seufzte und stand mit dem Baby im Arm auf. Sie bemerkte, dass er nach Holzseife duftete. »Was bist du nur für ein widersprüchliches Weib. Es gibt keinen besseren Grund für eine Ehe als die Konvention, und wenn du nicht so ein Dickkopf wärest, der entschlossen ist, mir immer nur zu widersprechen, würdest du das zugeben.«

Zum Glück begann Victoria in diesem Moment zu jammern, und Susannah wandte sich rasch wieder dem Essen zu. »Ihre Windel muss gewechselt werden.«

»Schon wieder?«

Sie lächelte nur.

Er legte das Baby in den Korb zurück, wo es sofort zu schreien begann, und stieg die Treppe hoch. Kurz darauf stand er mit einer Dose Talkumpuder wieder vor ihr.

»Du musst dich darum kümmern«, verlangte er, »ich habe zu tun.« Obwohl Susannah so tat, als wäre sie sich seiner Nähe nicht bewusst, spürte sie in Wirklichkeit jeden Zentimeter seines Körpers so stark, dass es sie fast schmerzte.

»Findest du mich so abstoßend?«, fragte er dann, als ob es gar keine Unterbrechung gegeben hätte.

Susannah warf ihm einen Blick zu. Er kniete neben dem Korb und versuchte, die Windel zu wechseln. »Ja«, erwiderte sie. »Pass auf, dass du sie nicht mit der Nadel stichst. Und wasch dir hinterher die Hände.«

»Warum?«

»Warum die Hände waschen?«

»Warum findest du mich abstoßend?« Seine Blicke folgten ihr.

»Wenn ich mir schon all die Mühen mit einem Mann auflade und ihn heirate, dann soll es wenigstens einer sein, der mich liebt. Leidenschaftlich. Zutiefst.«

Aubrey lachte laut. »Nun komm, Susannah. So behütet du auch aufgewachsen bist, du weißt doch, wie es in Wirklichkeit ist.«

»Nämlich?«

Er wusch sich die Hände und trat dann hinter sie, groß, muskulös und warm. »Liebe oder das, was du darunter verstehst, gibt es doch gar nicht. Das ist der Stoff, aus dem die Träume sind. Du bist zu klug, um etwas anderes zu glauben.«

Sie wusste nicht, ob sie verletzt sein oder sich geschmeichelt fühlen sollte, und war verwirrt. Aubrey genoss diesen Austausch. »Wenn du mir nur im Weg stehst, dann geh besser!«, schimpfte Susannah frustriert.

Er tat so, als ob er nichts hörte, blieb stehen und betrachtete die Menge frischer Wäsche. »Du warst wirklich fleißig«, stellte er fest. »Hier sieht es aus wie in einer Wäscherei.«

Susannah nahm zwei Stück Holz und legte sie in den Ofen.

»Was machst du da?«

»Das Feuer in Gang halten.« Als ob sie das Gespräch nicht berührte, ging sie um ihn herum, aber ihr Gesicht, das ganz erhitzt und gerötet war, verriet sie. »Du bist am Verhungern, und ich merke gerade, dass es mir auch so geht.«

Er sah sie weiter an, und ein Lächeln stand in seinem Blick. »Ich weiß nicht, ob wir uns wirklich trennen sollten«, neckte er sie, »aber wenn wir es tun, sollten wir vorsorglich die Wege markieren.«

Susannah musste trotz ihrer Sorgen unwillkürlich lachen. »Ich frage mich langsam, ob das Zeug je trocknen wird«, wechselte sie das Thema und blies sich eine Haarsträhne aus dem Gesicht. »Bügeln muss ich auch noch.«

Aubreys Gesichtsausdruck änderte sich sofort. Er sah jetzt ernst aus, aber sehr Vertrauen erweckend und kompetent. Er hatte Victoria wieder auf den Arm genommen und machte den Eindruck, als hätte er schon ein Dutzend Kinder großgezogen.

»Susannah …«

Rasch wandte sie sich ab und holte Butter aus dem Vorratsschrank. Als sie zurückkam, stand er immer noch dort. »Du kannst Victoria wieder in ihr Körbchen legen, damit du essen kannst.«

Er sah sie an, legte seine Tochter dann in ihr improvisiertes Bettchen zurück und setzte sich an den Tisch. Susannah servierte die Suppe und anschließend Toast mit Rühreiern.

Er betrachtete gedankenverloren das Essen. Susannah ging wieder an den Herd, um einen Teller für Maisie, die immer noch an Jaspers Bett wachte, fertig zu machen.

»Willst du denn nicht auch etwas essen?«, fragte Aubrey, als sie auf dem Weg zu Maisies Tür war.

»Doch«, gab sie zurück, ihr Magen knurrte so laut, dass er lächeln musste.

Maisie musste zum Essen überredet werden – Jaspers Zustand hatte sich nicht verändert –, und als Susannah schließlich in die Küche zurückkam, war sie verwundert und erfreut, dass Aubrey am Herd stand und dabei war, einen gut gefüllten Teller für sie warm zu halten. Er bedeutete ihr, sich hinzusetzen, und sie gehorchte und ließ es zu, dass er das Essen vor sie hinstellte.

»Das war nett von dir«, bedankte sie sich.

Er grinste. »Selbst unverbesserliche Schurken wie ich haben ihre guten Seiten«, gab er zurück.

Sie musste lächeln. »Ich bin erleichtert, das zu hören.«

Er lachte und wurde dann ernst. »Erzähl mir von St. Mary's.«

Sie kaute, schluckte und seufzte. »Julia war …«

»Ich habe nicht nach Julia gefragt. Ich will etwas von dir wissen. Hast du den Ort gehasst?«

Ihr erster Hunger war jetzt gestillt, sodass sie langsamer aß. »Nein«, erklärte sie. »Die Nonnen waren freundlich. Es war sauber dort, wir wurden medizinisch versorgt, wenn es nötig war. Auch das Essen war gut. Anderen ging es schlechter.« »Was hast du da gemacht? Außer zu lernen, sauber zu bleiben und medizinisch versorgt zu werden?«

Sie erkannte an seinem Blick, dass er sie neckte, aber auch, dass er wirklich wissen wollte, wie es ihr in St. Mary's ergangen war. »Wann immer es ging, habe ich Klavier gespielt«, erzählte sie, »und manchmal habe ich mich nützlich gemacht. Wenn sehr viele Babys da waren, haben einige von uns den Schwestern geholfen.«

»Du magst Kinder, nicht?«, stellte er fest.

»Natürlich!« Sie sah zu Victoria hinüber. »Ich dachte, das sähe man.«

»Oh, ja.« Nachdenklich drehte er wieder und wieder das Buttermesser in seiner Hand. »Deshalb wundere ich mich, warum du mich nicht heiraten willst. Du könntest so viele Kinder haben, wie du willst.«

Plötzliche Sehnsucht ließ ihr die Kehle eng werden, und sie schluckte. »Ich möchte einen liebevollen Vater für meine Kinder, falls ich je das Glück haben sollte, welche zu bekommen, und einen Mann, der mich wirklich liebt.«

Wieder schwiegen sie, aber es war ein Schweigen in gemeinsamem Einvernehmen. Sie verstanden sich gut heute. Er nahm sie ernst.

Als sie gegessen hatten, brachten sie und Aubrey ihr Geschirr zur Spüle. Es gab noch so viele Dinge, die sie vom anderen Geschlecht nicht wusste.

Schließlich nahm Susannah Victoria auf den Arm, murmelte einen Gutenachtgruß und zog sich in ihr Zimmer zurück.

Als Susannah am nächsten Morgen mit Victoria in die Küche kam, stand Maisie auf ihrem üblichen Posten. Die Wäsche war abgenommen, sie bügelte gerade ein weißes Hemd. Mehrere Bügeleisen standen auf dem Ofen bereit.

»Wie geht es Jasper?«, fragte Susannah.

Maisie strahlte. »Er ist von Kopf bis Fuß voller Flecke«, sagte sie, »aber es geht ihm besser. Hat sogar etwas Brühe gegessen und mich angebettelt, ich soll ihn in den Stall lassen. Das ist doch ein gutes Zeichen?«

Susannah war so erleichtert, dass ihr die Knie weich wurden. »Oh, Maisie, das ist wundervoll.«

Am Vormittag kam Dr. Fletcher noch einmal vorbei und untersuchte beide Kinder. Als er sich an den Küchentisch setzte, um einen Kaffee zu trinken, lächelte er. Jasper sei über den kritischen Punkt hinweg und Victoria, versicherte er, sei nicht mehr in Gefahr.

Er war ein ruhiger, ernster Mann Mitte sechzig und erzählte ihnen von seiner Praxis, die er lange Jahre in Providence gehabt hatte, von seiner Frau Rachel und den erwachsenen Kindern. Sie hatten vier Söhne, die mittlerweile alle verheiratet waren und selbst Kinder hatten.

Maisie wollte ihn aus ihren Ersparnissen bezahlen, die sie in einer Marmeladendose aufbewahrte, aber er weigerte sich. Er habe seinem Freund Dr. Martin nur einen Gefallen getan.

Nach einigen Tagen ging es Jasper wesentlich besser, und Maisie und Susannah waren erleichtert. Victoria hatte scheinbar Glück gehabt, andere Kinder in der Stadt waren ernsthaft erkrankt.

Susannah wollte ihre Pläne nicht länger aufschieben. Sie ließ Victoria bei Maisie, holte ihre Börse, in der kaum noch Geld war, die Notizen, die sie sich gemacht hatte, um sich als Klavierlehrerin anzubieten, und verließ das Haus.

Es war kalt und sonnig draußen. Fröhlich machte Susannah sich auf in das Zentrum von Seattle, die Börse unter dem Arm geklemmt. Sie brauchte ein paar Dinge aus Aubreys Laden – Notenblätter, Papier, Nägel und einen kleinen Hammer, um ihre Plakate anschlagen zu können.

Als sie am Laden ankam, der sich wie ein römischer Tempel gegen die grüne Umgebung und den blauen Himmel abhob, war Aubrey nirgends zu sehen. Sie kaufte Papier, eine Feder, blaue Tinte und die anderen Utensilien. Anschließend ging sie in den Speisesaal des Washington Hotel, wo sie mit John Hollister und mit Ethan schon gewesen war, und bestellte sich eine Tasse Tee. Während sie trank, schrieb sie ihre Plakate.

PRIVATER KLAVIERUNTERRICHT schrieb sie in großen

Buchstaben. ANGEMESSENER PREIS. WENDEN SIE SICH AN SUSANNAH MCKITTRICK, 8 CHURCH STREET.

Nach drei Tassen Tee war sie fertig und verließ zufrieden das Hotel. Nachdem sie ihre Plakate an strategisch ausgesuchten Telegrafenpfosten angebracht hatte, was eine weitere Stunde dauerte, ging sie nach Hause, wo gleich darauf ihr erster Schüler eintraf. Sie war überrascht, dass kein Kind, sondern ein älterer Mann um die siebzig vor ihr stand, gut gekleidet, aber ein bisschen merkwürdig.

»Ich wollte immer schon Klavier spielen«, erklärte er begeistert.

Susannah wollte ihn nicht verletzen. Es schien ihm ernst zu sein. »Ich fürchte, ich habe mich auf Kinder eingestellt, Mr. …«

»Nennen Sie mich einfach Zacharias«, bat er hoffnungsvoll. Er hielt seinen Hut in der Hand, ein grauer Bart zierte sein Kinn. »Ich habe meinen Vornamen schon so lange nicht mehr gehört, dass ich mich kaum noch daran erinnere. Ich habe mich so darauf gefreut, alles über Musik zu lernen, Miss.«

Susannah verkrampfte sich. Zacharias war ein Schüler wie jeder andere – relativ betrachtet – und hatte sichtlich die Mittel, um für den Unterricht zu bezahlen. »Haben Sie früher schon einmal gespielt?«

Zacharias hatte eine Hand an die Türklinke gelegt. »Nein, Miss, ich bin völliger Anfänger. Ich dachte, wenn ich Klavier spielen lerne, interessiert sich eine der feinen Frauen aus dem Osten für mich. Die mögen so was. Aber was sage ich, Sie sind ja selber so eine Lady.«

Susannah war gerührt, dass dieser Mann sich so sehr nach vornehmer Damengesellschaft sehnte, dass er sich so spät noch entschloss, etwas Neues zu lernen. Aber sie war auch amüsiert von seinem Kompliment.

»Die Stunde kostet fünfzehn Cent«, erklärte sie. »Ich erwarte, dass meine Schüler sorgfältig lernen, deshalb müssen Sie irgendwo üben können.«

Zacharias strahlte. »Ich zahle einen Vierteldollar«, sagte er. »Und sie werden niemanden treffen, der härter arbeitet als ich. Ich habe mir ein Klavier für mein Haus gekauft. Ist extra aus San Francisco gekommen.«

Susannah schluckte. »Kommen Sie herein. Wenn Sie wollen, fangen wir sofort an.«

»Gerne, Miss. Sie machen einen alten Mann wirklich glücklich.«

Sie ging zum Salon voran, wo das Klavier stand, und deutete auf den Stuhl davor. Zacharias setzte sich und bewegte eifrig die arthritischen Finger.

»Wir beginnen mit dem mittleren C«, begann Susannah. Ein Vierteldollar war ein Vierteldollar. Vielleicht hatte sie in den letzten Jahren immer zu wenig verlangt.

Eine endlose Stunde später hörte der Mann auf, das herrliche Instrument zu quälen, zahlte und ging. Sie einigten sich darauf, dass er am folgenden Tag wiederkäme. Susannah sah dem resigniert entgegen.

»Was um Himmels willen haben Sie getan?«, fragte Maisie sofort, als Susannah in die Küche kam, um sich einen Tee zu machen. »Das klang ja, als hätten Sie das Klavier auseinander genommen.«

»Sie wissen sehr gut, dass ich eine Klavierstunde gegeben habe«, wies Susannah sie zurecht und füllte den Kessel. »Ich habe gesehen, wie Sie durch den Türspalt gelinst haben, Maisie, also geben Sie sich keine Mühe zu flunkern.«

»Eine Klavierstunde, tatsächlich?« Maisie grinste.

»Was sollte es sonst gewesen sein?«, gab Susannah ungeduldig zurück. Sie hatte in der Nacht nicht gut geschlafen, und diese Klavierstunde war eine Strapaze gewesen.

»Das kann ich Ihnen sagen«, verkündete Maisie verzückt. Sie bügelte noch immer, und die Küche roch nach frischer Wäsche. »Dieser Mister ist gekommen, um Ihnen den Hof zu machen. Wenn Sie nicht so naiv wären, hätten Sie das längst gemerkt.«

Susannah hielt inne. Wenn sie jetzt so darüber nachdachte, konnte Maisie Recht haben. Zacharias hatte fleißig nach ihren Anweisungen gearbeitet, aber mehrmals versucht, eine Unterhaltung zu beginnen, und für eine Klavierstunde war er zu gut angezogen. »Oh, Himmel«, sagte sie.

Maisie lachte. »Ich kann es kaum abwarten, was passiert, wenn Mr. Fairgrieve das hört«, dröhnte sie und ließ lachend das Eisen auf ein Hemd donnern. »Ich schätze mal, dass Sie bald mehr Klavierschüler haben, als Sie unterrichten können.«

Susannah sank auf einen Stuhl und sah ins Leere. Ihre Naivität grenzte schon an Dummheit. »Aber das ist ja furchtbar«, stöhnte sie.

Maisie zuckte mit den Achseln. »Dieser Knabe wäre kein schlechter Ehemann«, meinte sie. »Er wohnt eine Straße weiter, und sein Haus ist fast so groß wie dieses. Er war einer der Ersten, die im Norden Glück gehabt haben.«

Susannah vergrub ihr Gesicht in den Händen. Sie konnte ihm jetzt doch nicht mehr absagen. Er hatte sich wie ein Gentleman aufgeführt, und sie brauchte die Einnahmen, wenn sie über eigenes Geld verfügen wollte.

Maisie trat neben sie und klopfte ihr tröstend auf den Rücken. »Nun, nun, nehmen Sie es nicht so schwer!«

»Ich habe wirklich gedacht ...«

Maisies Tätscheln wurde sanfter. »Ich nehme an, jeder hat das Recht, das Pianospiel zu erlernen«, philosophierte sie. »Vielleicht wird ja einer Ihrer Schüler wirklich ein passender Mann für Sie sein.«

Susannah seufzte laut auf. »Er hat mir fünfundzwanzig Cent gegeben.«

»Sehen Sie?«, freute Maisie sich, »so wird ein hübsches Ding wie Sie im Handumdrehen reich. Und es wird endlich wieder Leben ins Haus kommen.« Wieder lachte sie. »Oh, Mr. Fairgrieve wird einen Anfall bekommen, wenn er merkt, dass er unter die Heiratsvermittler gegangen ist.«

10

Vor dem Essen erschienen noch drei weitere hoffnungsvolle Klavierschüler, allesamt alt genug zu rauchen, sich zu rasieren und zu wählen. Sie waren nett zurechtgemacht und baten um Klavierunterricht. Alle waren Anfänger, und keiner ließ sich von dem Vierteldollar abschrecken. Als der letzte in der Dämmerung verschwand, hatte Susannah bereits einen Dollar verdient. Früher hätte sie sich glücklich geschätzt, so viel in einer Woche zu verdienen; da hatte sie um jeden Schüler kämpfen und an Mrs. Butterfield einen Teil des Geldes abgeben müssen.

Natürlich war ihr jetzt auch klar, dass Maisie Recht gehabt hatte – ihre Schüler wollten nicht wirklich das Klavierspielen erlernen. Sie waren einsam und sehnten sich nach der Gesellschaft einer achtbaren Frau. Vielleicht zogen sie Susannah als Ehefrau in Betracht, sie selber hatte den Verdacht, dass sie einfach nur kamen, weil sie eine Frau war. In ihrer Gegenwart wurden sie zweifelsohne an die Frauen, Mütter und Geliebten erinnert, die sie im Laufe ihres Lebens verloren hatten.

Natürlich hatte Susannah nicht vor, einen dieser Männer zu heiraten, und das ließ sie sich ein wenig schuldig fühlen, als ob sie ihr Geld unter Vorspiegelung falscher Tatsachen annähme. Aber sie unterrichtete sie schließlich, und mehr hatte sie nicht versprochen. Wenn die Männer sich mehr erhofften, war das nicht ihre Schuld. Aubrey würde nicht gerade erfreut sein, wenn er erfuhr, dass sie nicht nur Klavierstunden gab, sondern unter seinem Dach umworben wurde, aber nun gab es kein Zurück mehr. Sie wagte sogar zu träumen, bald ein eigenes Arbeitszimmer zu haben, von einem Piano ganz zu schweigen. Das wäre die erste Sicherheit, die sie je in ihrem Leben gehabt hatte.

Aubrey kam an diesem Abend später als sonst nach Hause – es war schon fast acht – und in Gesellschaft einiger Geschäftsfreunde. Er wirkte abgelenkt und erschöpft und gönnte Susannah kaum einen Blick, als sie das Essen servierte. Sie hatte Maisie schon lange in ihr Zimmer geschickt, damit sie sich ausruhte, und Victoria schlief in ihrem Korb in der Küche.

Da sie schon gegessen hatte, hörte Susannah mit halbem Ohr der Unterhaltung der Männer über Politik, Zinsen, Holzpreise und Schürfrechte zu. Der Dollar in ihrer Tasche – dem hoffentlich bald mehr folgen würden – gab ihr ein gutes Gefühl. Sie hatte nicht vor, aus Aubreys Haus auszuziehen, schon gar nicht ohne Victoria, aber ohne eigenes Geld hätte sie keine Unabhängigkeit. Sie hörte der Unterhaltung jetzt aufmerksam zu, denn sie wollte ihr Geld mit Bedacht anlegen.

Sie hatte aufgeräumt und abgewaschen und saß am Klavier, um ihm sanfte Melodien zu entlocken, als sie Aubreys Gegenwart spürte. Er hatte an jenem Abend verlangt, dass sie mit dem Spielen aufhörte, und sie hätte es getan, wenn sie gekonnt hätte, aber sie schaffte es nicht. Sie brauchte die Musik, schöpfte Kraft und Ruhe aus ihr.

Selbst als sie Aubreys zitternde Hände in der Nähe ihrer Schultern spürte, ehe er sie berührte, spielte sie weiter. Sie schloss die Augen, als Emotionen sie überwältigten.

Schließlich griff Aubrey sanft nach ihren Handgelenken und hielt sie fest. Dann zog er sie hoch und drehte sie zu sich um, bis sie so dicht vor ihm stand, dass sie meinte, seinen Herzschlag zu hören.

»Was machst du mit mir, Susannah?«

Sie sah ihn an. Sie mit ihm? »Es tut mir Leid«, stieß sie hervor. »Ich habe nur ...« Dann merkte sie, dass er wieder ihre Handgelenke umfasst hatte. Oder hatte er sie nie losgelassen?

Seine Augen wirkten gehetzt, und die Lichter warfen gespenstische Schatten auf sein Gesicht. Ihr Puls raste unter seinen rauen Händen und verriet mehr, als ihr lieb war. »Susannah«, sagte er.

Sie erwiderte seinen Blick, auch wenn sie sich dazu zwingen musste, und in diesem Augenblick erkannte sie, dass sie Aubrey Fairgrieve liebte, wie sie nie einen anderen Mann lieben würde. So hatte sie noch nie empfunden, noch sich vorgestellt, es je zu tun, und es erfüllte sie mit Trauer und Jubel zugleich. Aubrey konnte und würde ihre Gefühle nie gleichermaßen erwidern, das hatte er bereits klar gemacht. Außerdem glaubte sie, dass er immer noch zu Julia gehörte.

»Lass mich los«, bat sie leise.

Er ließ sie los, trat aber nicht zurück. »Heirate mich, Susannah.«

Sie wollte nichts lieber, als seine Frau werden, aber sie schüttelte den Kopf. Irgendwie brachte sie den Mut auf, es ihm zu sagen. »Es geht nicht, du warst der Mann meiner besten Freundin.«

»Julia ist tot, wir nicht. Sollen wir denn so tun, als wären wir mit ihr begraben?«

Sie wusste, dass er Recht hatte, dass Julia ihr nicht böse wäre, dass Aubrey ihr seine Aufmerksamkeit schenkte, ja dass sie sogar ermutigt hätte, und wenn nur um Victorias willen. Sie stieß langsam den Atem aus. »Ich denke nicht, dass sie das wollte«, gestand sie zu, »aber da ist noch die Frage der Liebe.« Es war wie ein Sprung ins tiefe Wasser, als sie fragte: »Liebst du mich, Aubrey?«

Er schwieg sehr lange, während sie zwischen Hoffnung und Verzweiflung schwankte. Dann seufzte er. »Nein«, gab er ehrlich zu, »aber ich mag dich sehr, Susannah. Und Himmel, ich will dich.«

Sie wollte ihn auch. Verzweifelt heftig. Aber nicht auf Kosten der Selbstachtung oder ihrer Träume, denn bei aller Naivität war sie vernünftig genug, zu wissen, dass er sich, wenn sein Verlangen erst einmal befriedigt war, nicht mehr so sehr für sie interessieren würde. Ihre Liebe zu ihm würde sie am Ende zerstören, es sei denn, er würde irgendwann ihre Liebe erwidern. Viele Frauen fanden nichts dabei, ihren Mann mit seinen Geliebten zu teilen, oder sie resignierten einfach, aber Susannah wünschte sich vollkommene Treue. Weniger kam für sie nicht infrage.

»Es tut mir Leid«, erklärte sie, ging an ihm vorbei und lief zur Treppe.

Er unternahm keinen Versuch, sie aufzuhalten.

Der nächste Morgen brachte noch mehr Klavierschüler, allesamt männlich. Wann immer Susannah Maisie über den Weg lief, die geschäftig den Ballsaal für das Fest vorbereitete, sah die Frau sie an, schüttelte den Kopf und lachte. Susannah dagegen war von ihrem Gespräch mit Aubrey noch irritiert und reagierte verärgert. Sie wollte den Mann nicht lieben – es passte nicht in ihr Konzept –, aber sie hatte keine Wahl. Es war ständig in ihren Gedanken und machte es ihr unmöglich, sich zu konzentrieren.

Sie gab gerade die letzte Stunde für den Tag, als der Moment eintrat, vor dem sie sich gefürchtet hatte. Aubrey kam unerwartet früh nach Hause und stürmte aufgebracht ins Zimmer. Das war eine andere Art Leidenschaft als die, die er am Abend vorher gezeigt hatte.

Zacharias, der seine zweite Unterrichtsstunde nahm, hörte auf, die Tasten zu malträtieren, und schenkte Aubrey ein charmantes Lächeln. »Hallo, Fairgrieve, wie geht's?«, fragte er freundlich.

»Zach«, grüßte Aubrey zurück, sah Susannah aber dabei wütend an.

»Zacharias nimmt gerade seine Klavierstunde«, erklärte Susannah und wappnete sich.

»Das sehe ich«, gab Aubrey zurück.

Der alte Mann stand auf und schob sich zwischen sie. »Aubrey, ich hoffe doch sehr, dass Sie nicht vorhaben, mir das jetzt übel zu nehmen. Daran ist nichts Unschickliches. Gar nichts.«

Aubrey hob eine Braue. »Habe ich gesagt, dass es so ist?« Seine Stimme klang brüchig, sein Blick ließ Susannah nicht los.

Zacharias behielt seine gute Laune. Er drückte Susannah das Geld in die Hand und sagte tröstend: »Wenn dieser Bursche sich wegen Ihrer Schüler anstellt, können Sie zu mir rüberkommen und da den Unterricht geben. Ich habe ein gutes Klavier.«

»Danke«, erwiderte Susannah. Sie steckte den Vierteldollar ein und zuckte zusammen, als die Tür hinter ihrem ersten Schüler zufiel.

»Der alte Kerl interessiert sich kein bisschen fürs Klavierspielen«, erklärte Aubrey. »Er sucht, wie praktisch jeder Mann in Seattle, eine Frau.«

Susannah verschränkte die Arme. »Das ist mir klar«, entgegnete sie. Victoria, die auf einer Decke lag und spielte, brabbelte entzückt vor sich hin und versuchte, Blickkontakt zu ihrem Vater aufzunehmen. Aubrey hob sie hoch, aber sein Blick wurde dabei nicht freundlicher.

»Wie bitte?«

Sie seufzte. »Ich habe bis jetzt sieben feste Schüler. Alle sehnen sich nach der Gesellschaft einer Frau ...«

Aubreys Gesicht rötete sich. »Was genau verkaufst du hier?«

Susannah hätte ihn angeschrien, wenn er nicht das Kind auf dem Arm gehabt hätte. »Ich unterrichte Musik«, zischte sie, »und ich erwarte natürlich, dass man mich für meine Mühe bezahlt.«

»Nun, das werde ich nicht zulassen. Nicht unter meinem Dach.« Er hatte leise gesprochen, aber etwas in seinem Verhalten erschreckte das Baby. Victoria sah ihn aus großen Augen an und stopfte sich aufgeregt ihr Fäustchen in den Mund.

»Gut«, erklärte Susannah fröhlich, damit sich das Kind beruhigte. Es lohnte sich nicht, ihn daran zu erinnern, dass er ihr bereits erlaubt hatte, Klavierunterricht zu geben. »Du hast Zacharias' Angebot gehört. Dann werde ich bei ihm unterrichten.« Mit widerwilliger Bewunderung sah sie zu, wie Aubrey sich seiner Tochter zuliebe zur Ruhe zwang. Er legte sie vorsichtig wieder auf die Decke.

»Vielleicht«, schlug er mit zynischem Grinsen vor, »solltest du gleich ganz bei Zacharias einziehen.«

»Könnt ihr beiden nicht einmal mit dem Gezänk aufhören? Erkennt ihr nicht, dass ihr zusammengehört?«, unterbrach sie da Maisies Stimme. Weder Susannah noch Aubrey hatten sie hereinkommen hören, aber Victoria streckte dem Neuankömmling erfreut ihre dicken Ärmchen entgegen. Maisie nahm das Kind hoch.

Aubrey straffte die Schultern. »Miss McKittrick«, erklärte er, »ist an einer Ehe nicht interessiert. Zumindest nicht an einer mit mir.« Und damit verließ er das Zimmer.

»Ich glaube es nicht.« Maisie kicherte vergnügt. »Der Mann ist in Sie verliebt, Susannah, und er ist eifersüchtig auf den alten Zach! Das nimmt uns niemand ab!«

»Unsinn«, sagte Susannah schroff, voller Angst, wieder zu hoffen, dass irgendwo in Aubreys Herz ein Platz für sie wäre und dass er eines Tages Liebe für sie empfinden könnte. »Er mag eifersüchtig sein, aber nur, weil Julia ihn betrogen hat, nicht weil ich ihm etwas bedeute.«

»Lassen Sie ihm Zeit«, sagte Maisie so unerwartet sanft, dass es Susannah die Tränen in die Augen trieb. »Mr. Fairgrieve ist sehr verletzt worden. Aber er hat ein gutes Herz.« Sie kitzelte Victoria unter dem Kinn. »Sehen Sie sich doch nur an, wie er mit dieser kleinen Maus hier umgeht! Er stellt sich nicht so ungeschickt an wie die meisten Männer.«

»Sie vergessen«, wandte Susannah ein und rieb sich die Schläfen, »dass er nicht geglaubt hat, Victoria sei sein Kind, ehe er sich mit Ethan ausgesprochen hatte. Er hat sich nicht einmal die Mühe gemacht, ihr einen Namen zu geben.«

»Ich denke, er hat sie immer schon als sein Kind gesehen, ob leiblicher Vater oder nicht«, beharrte Maisie und ließ das entzückte Kind auf ihrer Hüfte schaukeln. »Er hat nur versucht, sie nicht zu lieb zu haben, damit sie ihm nicht das Herz brechen kann. Er hat es versucht, es ist ihm aber nicht gelungen!«

Susannah sank auf den Klavierhocker. Am kommenden Tag war Samstag, und am Abend sollte das Fest stattfinden, auf dem Aubrey beharrt hatte, sodass sie einem Haus voller neugieriger Gäste gegenübertreten musste. Am Sonntag dann galt es, dem missbilligenden Wohltätigkeitskomitee zu trotzen, wenn sie zum Gottesdienst ging. Die Gemeinde sah sie als loses Frauenzimmer und würde dabei bleiben, bis sie heiratete, Seattle verließ oder an Altersschwäche starb. Niemand konnte so unbeugsam sein wie ein ergebener Christ.

»Nun, nun«, begütigte Maisie und legte Susannah die Hand auf die Schulter. »Sehen Sie nicht so beunruhigt aus. Warum mummeln Sie sich nicht ein und gehen ein bisschen spazieren, während ich mich um die Kleine hier kümmere?«

Susannah nahm das Angebot gerne an. Es war kalt draußen,

und es schneite, aber es war noch hell genug für eine kleine Runde. Susannah bedankte sich und holte ihren Mantel.

Die Neugier führte sie zu Zacharias' Haus, einem großen Steinbau mit vielen Erkern, Ställen und einem Kutschenhaus. Sie blieb vor dem Haus stehen, betrachtete es und wünschte sich, sie könnte sich in dessen Besitzer verlieben. Er war freundlich und großzügig. Unter seinem rauen Äußeren verbarg sich eine romantische Natur, und er würde ein guter Ehemann sein.

Sie war im Begriff, nach Hause zurückzugehen, als die Haustür aufging und Zacharias erschien.

»Hallo!«, rief er und winkte ihr zu. Ihr Besuch erfreute ihn so offensichtlich, dass Susannah lächeln musste.

»Hallo, Zacharias«, begrüßte sie ihn. Er bewegte sich mit tänzelnden Schritten wie ein Elf durch den Schnee auf sie zu. Er hatte den Mantel im Haus gelassen, und war im Nu mit Schneeflocken bedeckt.

»Kommen Sie herein, dann zeige ich Ihnen mein Klavier«, bot er so begeistert an, dass Susannah es ihm nicht abschlagen wollte. Sie war sich wohl bewusst, als sie nach seinem Arm griff und sich die Treppe hochführen ließ, dass sie wahrscheinlich von Mitgliedern des Wohltätigkeitskomitees aus den Häusern rundum beobachtet wurden.

»Ich kann nicht lange bleiben«, bedauerte sie, »ich habe Victoria bei Maisie gelassen, aber die hat alle Hände voll mit Jasper und dem Haushalt zu tun.«

Zacharias lächelte verständnisvoll. »Er hat Ihnen einen Antrag gemacht, nicht wahr? Aubrey?«

Sie traten jetzt in ein Foyer mit einer Decke, die im italienischen Stil bemalt war, und farbigem Mosaik-Boden. »Ja«, gab sie eher resigniert als begeistert zu. Sie wollte ihren Schüler nicht täuschen.

»Aber Sie wollen nicht?« Zacharias beobachtete sie genau, während er ihr aus dem Mantel half.

»Um die Wahrheit zu sagen«, gab sie unglücklich zu, »ist es so, dass ich etwas für ihn empfinde.« Es fiel ihr schwer, das zuzugeben, aber sie war ein ehrlicher Mensch und wollte nicht, dass Zacharias sich falsche Hoffnungen machte. Wenn er jetzt keinen Klavierunterricht mehr haben wollte, musste sie das akzeptieren.

Der ältere Mann führte sie in einen Salon, dessen Wände mit Samt bespannt waren. Der Kamin war entweder golden bemalt oder wirklich vergoldet, und vor drei hohen Fenstern mit Blick in den schneebedeckten Garten stand ein herrlicher Flügel.

Susannah wurde von dem Instrument magisch angezogen. Sie klappte den Deckel auf und schlug eine Taste an.

»Habe ich extra aus San Francisco kommen lassen«, sagte Zacharias nicht zum ersten Mal. Er klang ein wenig traurig, und Susannah sah ihn mit echtem Bedauern darüber an, dass sie sich nicht in ihn verlieben konnte. »Ich weiß, dass ich weder so jung noch so gut aussehend wie Aubrey bin«, begann er, als ob er ihre Gedanken gelesen hätte, »aber ich wäre Ihnen ein guter Ehemann.« Seine Wangen röteten sich. »Sie hätten Ihr eigenes Schlafzimmer und alles, was Sie sich nur wünschen.«

Susannah trat zu ihm und legte ihm die Hand auf den Arm. »Ich kann Sie nicht heiraten«, erklärte sie, »aber das hat nichts mit Ihrer Erscheinung zu tun. Es ist nur so, dass Aubrey mir so viel bedeutet, leider ist es hoffnungslos. Ich gäbe alles darum, dass die Dinge anders stünden, aber so ist es nun mal. Ich weiß nicht, was ich tun soll.«

Zögernd tätschelte Zacharias ihr die Hand. »Nun, ich gebe zu, dass ich mir gewisse Hoffnungen gemacht habe, aber das soll jetzt keine Rolle spielen. Setzen Sie sich, und ich sehe zu, ob ich eine Tasse heißen Tee organisieren kann. Mögen Sie einen Schuss Whisky hinein? Das hilft manchmal, die Probleme zu lösen.«

Susannah lächelte trotz ihrer Niedergeschlagenheit. Ein Blick aus dem Fenster zeigte ihr, dass es gleich dunkel würde, aber plötzlich kümmerte sie das nicht mehr. Victoria war bei Maisie in guten Händen, und bei Zacharias war sie sicher. »Eine Tasse Tee wäre schön«, erklärte sie zaghaft. »Was den Whisky angeht …« Sie spitzte die Lippen und schüttelte den Kopf.

Zacharias verließ den Raum, und Susannah besah sich das Klavier näher. Es war ein gutes Instrument, besser als das in Aubreys Salon, und darauf zu spielen würde ein Vergnügen sein.

Sie zog ihre Handschuhe aus, setzte sich auf den Klavierhocker und begann zu spielen. Schon bald war der Raum von Musik erfüllt.

Als eine Tasse klapperte, hielt Susannah inne. Zacharias stand hinter ihr, eine kostbare Teekanne in der Hand. »War das schön«, hauchte er bewundernd. »Das lässt mich an meine Martha denken.«

»Ihre Frau hat Klavier gespielt?«

»Nicht so gut wie Sie.« Seine Augen wurden sanft. »Aber sie hat schon ein paar Melodien zusammenbekommen. Natürlich hat sie nie so ein Instrument gehabt. Wenn sie Lust zum Spielen hatte, ist sie in die Kirche runtergegangen.«

Susannah drehte sich das Herz um. Sie setzte sich zu Zacharias an den vergoldeten Tisch, wo er den Tee servierte.

»Als Martha noch lebte, besaß ich nichts«, erzählte Zacharias. »Das hier«, erwies auf den Raum, »ist alles erst später gekommen.«

»Ich bin sicher, dass Sie wieder eine Frau finden werden«, versicherte Susannah freundlich und ernst gemeint, während der ältere Mann ihnen Tee einschenkte. »Ihre Martha würde wollen, dass Sie glücklich sind.«

Überraschend lachte Zacharias auf. »Oh, nein, die nicht«, widersprach er. »Sie hat mal gesagt, dass sie nie wieder heiraten würde, falls ich vor ihr stürbe, und dass sie erwarte, dass ich ihr Andenken ehre, falls sie zuerst ginge. Ich habe es ja auch versucht, aber manchmal bin ich so einsam, dass ich verrückt werden könnte.«

Susannah wandte den Blick ab, damit Zacharias Zeit hatte, sich zu fassen. »Es gibt doch sicher Witwen in Seattle …«

»Nie lange«, klagte Zacharias. »Sie werden weggeschnappt wie Goldnuggets aus einem Flussbett, sobald ihre Männer beerdigt sind.«

Susannah war schockiert, als sie das hörte, verbarg ihre Reaktion aber. Männer, dachte sie, sind schon seltsame Geschöpfe. Liebe scheint ihnen weniger wichtig zu sein als ihre Bequemlichkeit.

Sie nahm einen Schluck Tee, der überraschend gut war, ehe sie antwortete. »Haben Sie schon mal überlegt, sich eine Frau per Anzeige zu suchen?« Sie wusste, dass in den Zeitungen an der Ostküste immer wieder diskrete Anzeigen von Heiratsvermittlern erschienen – darüber hatten Julia und sie oft genug gekichert –, die Frauen suchten, die bereit waren, in den Westen zu gehen.

Zacharias schüttelte den Kopf. »Da weiß man nie, was einen am Ende erwartet«, wehrte er ab.

Jetzt hätte Susannah am liebsten gelacht, aber sie schaffte es, ernst zu bleiben. »Sie könnten vorher Fotos austauschen«, schlug sie vor, »und Briefe wechseln.«

»Ich kenne einen Mann, der genau das getan hat. Hat einen Brief nach Boston, Massachusetts geschickt, und auch gleich Antwort bekommen. Es lag ein Bild dabei von einem hübschen

Mädchen mit dunklen Locken und einer guten Figur. Sie haben einander fast ein Jahr lang geschrieben. Dann hat sie gesagt, sie würde ihn heiraten. Es war ganz aufgeregt und hat ihr sogar die Überfahrt bezahlt. Als sie ankam, sah er, dass sie zweimal so dick wie auf dem Bild war und kein bisschen hübsch. Das wäre noch gar nicht mal so schlimm gewesen – Sam selber hatte keinen Grund, besonders wählerisch zu sein, wissen Sie –, aber sie hatte ein zänkisches Naturell. Sie konnte einem Mann mit ihrem Blick die Haut abziehen und sogar regelrecht handgreiflich werden.«

Susannah nahm noch einen Schluck Tee. Sie konnte sich die Geschichte lebhaft vorstellen. »Dann gehen Sie doch persönlich auf Brautschau.«

Er seufzte verzweifelt und deutete auf das Fenster. »Es ist Winter, vor dem Frühjahr ist an eine Überquerung der Berge gar nicht zu denken. Schiff fahre ich auch nicht gerne, also muss ich wohl auf eine Frau verzichten. Trotzdem würde ich gern weiter Klavierunterricht nehmen, wenn Sie nichts dagegen haben. Frauen gefällt Musik.«

»Das stimmt.« Sie setzte die Tasse ab und sah, dass es jetzt dunkel war. Die Laternen spendeten nur wenig Licht. »Ich muss jetzt gehen, Zacharias«, erklärte sie und erhob sich. Er sprang sofort auf, seine guten Manieren gefielen ihr. »Kommen Sie morgen zu dem Fest bei Aubrey – Mr. Fairgrieve?« Er strahlte. »Ich habe eine Einladung bekommen. Aubrey und ich sind alte Freunde, auch wenn wir manchmal Streit haben.« Er half ihr in den Mantel und zog auch seinen an. »Ich bringe Sie nach Hause.«

Susannah freute sich über das Angebot. »Das ist sehr nett von Ihnen«, bedankte sie sich, »und ja, natürlich werde ich auch auf dem Fest sein!«

Zehn Minuten später war sie wieder in Aubreys Haus und

hängte ihren Mantel auf. Zacharias hatte sich vor der Tür von ihr verabschiedet und gewartet, bis sie hineingegangen war.

Aubrey war zu einer geschäftlichen Besprechung in seinem Arbeitzimmer, Maisie wie üblich in der Küche. Sie hatte Victoria auf dem Schoß, während Jasper zu ihren Füßen mit einem Holzpferd spielte. Es war warm und gemütlich, aber Maisies gute Laune hatte einer besorgten Miene Platz gemacht.

Susannah erschrak. »Was ist los?«

»Ich habe mir Sorgen um Sie gemacht«, schalt Maisie. »Mir vorgestellt, jemand hätte Sie entführt …«

Susannah lächelte. »Wie Sie sehen, geht es mir gut. Ich habe mit Zacharias einen Tee getrunken. Er hat ein bemerkenswertes Haus.«

»Ist in Alaska reich geworden«, erklärte Maisie.

Susannah dachte an die eisige Kälte und erschauerte, ehe sie sich zu Maisie setzte. »Ich nehme Ihnen das Baby ab«, bot sie an.

Aber Maisie wollte nicht. »Sie ist so niedlich«, erklärte sie, »ich würde sie lieber noch ein Weilchen halten.«

Susannah berührte ihren Arm. »Geht es Ihnen wirklich gut?«

»Zu dieser Jahreszeit fühle ich mich öfter mal einsam. Und ein bisschen melancholisch.«

Susannah umarmte sie. »Ich verstehe.«

»Das bringt einen dazu, sich nach Mann und Haus zu sehnen.« Maisie sah sich um. »Hier ist es schön, aber es gehört nicht mir. Wenn ich einen Mann hätte, würde ich ein kleines Häuschen haben wollen, und er müsste gut zu meinem Jasper sein.«

Susannah hatte eine Idee, die ihr einfach wunderbar erschien, aber sie wollte noch nichts sagen. »Haben Sie ein Partykleid, Maisie?«, fragte sie.

Maisie sah verblüfft aus. »Nie gehabt. In meinem ganzen Leben noch nicht.«

Susannah sah die Frau, die wie eine Freundin für sie geworden war, abschätzend an. Sie war dicker, als Julia gewesen war, aber nicht so, dass man nicht mit ein paar Änderungen ein Kleid für sie würde zaubern können. Sie mussten nur eines mit genügend breiten Säumen finden. »Nun, dann wird es Zeit, dass Sie eins bekommen«, lachte Susannah, plötzlich voller Elan.

»Was haben Sie vor?« Maisie sah misstrauisch aus.

Susannah sagte nichts. Maisie war eine gutherzige Frau, die harte Arbeit nicht scheute. Sie ging jeden Sonntag in die Kirche, und ein- oder zweimal hatte Susannah gesehen, wie sie mit der Bibel in der Hand in der Küche gesessen hatte. Sie kochte gut und war Jasper eine hervorragende Mutter. Wenn sie sich ein bisschen aufputzte, würde sie in null Komma nichts einen Mann finden.

»Susannah?«, drängte Maisie.

Susannah musterte sie. »Ich glaube, Grün würde Ihnen am besten stehen«, meinte sie. »Kommen Sie mit.«

Maisie gehorchte, bis sie die Tür zu Julias Zimmer erreichten. Als Susannah zu einem der vollen Schränke ging, blieb Maisie im Flur stehen.

»Was in aller Welt …?«

Susannah öffnete den ersten Schrank und sah den Inhalt durch. Nichts gefiel ihr, bis sie im dritten Schrank ein Kleid aus grünem Samt fand, das Julia offenbar für die Schwangerschaft hatte machen lassen. Ein paar Stiche, und das schöne Kleid würde Maisie hervorragend passen.

Susannah hatte sich überlegt, sie mit Zacharias zusammenzubringen, obwohl sie es für klüger hielt, noch nicht darüber zu sprechen. Frauen waren selten hier, und Maisie war ein Juwel.

»Probieren Sie das mal an!«, riet Susannah und hielt das Kleid hoch.

»Sind Sie verrückt geworden?«

Susannah lachte. »Vielleicht, und nun kommen Sie herein und schließen Sie die Tür. Wir haben nicht mehr viel Zeit bis zur Party.«

Maisie sah sich im Flur um, ehe sie mit großen Augen hereinkam. Susannah überlegte, dass sie Aubrey fragen würde, ob sie Julias Sachen wegräumen könnte, um aus dem Zimmer ein Kinderzimmer für Victoria zu machen. So in Gedanken versunken fing sie sofort mit der Näharbeit an und eine Stunde später war das Kleid geändert. Maisie sah großartig darin aus. Sie starrte sich im Spiegel an, während Susannah mit Victoria auf dem Arm dabeistand und zustimmend lächelte.

»Ich danke Ihnen, Susannah McKittrick«, sagte Maisie überwältigt. Susannah hatte das Gefühl, dass Zacharias und ein paar andere Junggesellen der Stadt das genauso sehen würden.

11

Als die Sonne aufging, erhob sich Susannah, machte Victoria und sich fertig und stieg die Treppe zur Küche hinunter. Dort war Maisie mit ihren üblichen Pflichten beschäftigt und summte dabei heiter vor sich hin.

Victoria entdeckte Jasper, der auf dem Boden spielte, und bog sich mit dem ganzen Körper in seine Richtung.

»Erst dein Fläschchen«, mahnte Susannah, hielt das Baby fest und drückte ihm einen Kuss auf die Schläfe. Amüsiert betrachtete sie Maisie. »Sie sind heute Morgen aber gut gelaunt«, rief sie ihr fröhlich zu.

Die Köchin lächelte, als Susannah sich mit Victoria in den Schaukelstuhl setzte, und reichte ihr die warme Milch. Langsam entwickelte sich eine Routine. Sie war froh darüber, weil es ihr das Gefühl gab, dazuzugehören.

»Ich glaube, ich freue mich auf die Party. Ich liebe es, zu tanzen«, gab Maisie zu. »Haben Sie sich auch ein Kleid für heute Abend ausgesucht, oder waren Sie zu sehr auf meines konzentriert?«

Lautes Schmatzen war zu hören, als Victoria zu frühstücken begann. Susannah schaukelte sie sacht. »Darum kümmere ich mich später«, erwiderte sie. Dann sah sie Maisie ernst an. »Ich denke, wir sollten Julias Sachen wegräumen und in den Zimmern Victorias Kinderstube einrichten, was meinen Sie?«

Maisie sah beunruhigt aus. »Haben Sie das mit Mr. Fairgrieve besprochen?«

Susannah errötete und schüttelte den Kopf. »Noch nicht.«

Maisie seufzte und wandte sich dem Kaffee zu. »Ob es ihm gefällt oder nicht, er wird erleichtert sein, wenn die Sachen wegkommen. Trotzdem werden Sie ihn erst fragen müssen.«

Susannah nickte. Sie hasste es, Julia vor Aubrey zu erwähnen, aber sie würde schon eine Gelegenheit finden.

»Sie müssen heute Abend auch gut angezogen sein«, blieb Maisie beharrlich. »Die Leute werden Sie genau in Augenschein nehmen.«

Susannah seufzte auf. »Deshalb habe ich ja so viel Angst vor dem Abend. Warum nur muss das Leben so kompliziert sein? Warum kann ich mich nicht einfach um Victoria kümmern, Klavierunterricht geben und ansonsten meine Ruhe haben?«

»So einfach ist das nicht.« Maisie schwieg nachdenklich. »Ich habe eine Idee!«, rief sie dann. »Sie suchen sich zwei, drei Kleider von Mrs. Fairgrieve aus, und wir setzen daraus ein ganz neues Kleid für Sie zusammen. Wie finden Sie das?«

»Dafür haben wir doch gar keine Zeit«, wandte Susannah ein, aber ihre Stimmung hob sich ein wenig. Gut, sie hatte keine Lust, sich neugierigen Blicken zu stellen, aber noch weniger Lust hatte sie dazu, sich feige in ihrem Zimmer zu verkriechen. Immerhin hatte sie keinen Grund, sich zu schämen.

»Wir sind ein gutes Team, Sie und ich, oder nicht? Mein Kleid war auch im Handumdrehen fertig. Lassen Sie uns anfangen.«

»Und das ganze Essen?«

»Mr. Fairgrieve lässt das meiste aus der Hotelküche kommen.«

Damit war die Entscheidung gefallen. Susannah stimmte zu,

obwohl sie insgeheim ihre Zweifel hatte, ob sie es schafften, die Party vorzubereiten und dabei noch zu nähen. An Maisies Kleid hatten sie nicht viel zu machen brauchen, zu zweit hatten sie das schnell geschafft. Und die Arbeit sorgte dafür, dass Susannah ihre Probleme vergaß. Das war ein gutes Argument.

Während des Tages kamen weitere Klavierschüler. Susannah wies sie höflich ab, machte aber mit jedem einen Termin für die folgende Woche aus.

Dazwischen arbeitete sie wie verrückt an ihrem Kleid. Mit Maisies Hilfe hatte sie ein blassaprikosenfarbenes Seidenkleid ausgewählt, dem sie die cremefarbenen Spitzenärmel eines zweiten Kleides annähten, während sie zwischendurch das Baby versorgten. Aubrey kam am späten Nachmittag nach Hause und fand Susannah mit roten Wangen vor, sodass er lächelte. Als er den frisch geputzten Ballsaal besichtigte, folgte sie ihm, ohne nachzudenken.

Der elegante Raum sah großartig aus – die Kronleuchter waren geputzt, die mitternachtsblauen Samtvorhänge mit Goldrand gereinigt und der Saal gelüftet worden. In einer Ecke hatte sie für die Musiker Stühle aufgebaut, und Hawkins war mit ein paar Helfern gerade dabei, die Wände mit weißer Seide auszuhängen.

Susannah stand neben Aubrey, und schob sich eine Haarsträhne aus der Stirn. »Nun«, begann sie, als er nichts sagte, »gefällt es dir?«

»Hübsch«, erwiderte er und wandte den Kopf, um sie anzusehen.

»Maisie hat wirklich hart gearbeitet.«

»Du bist zu bescheiden, Miss McKittrick. Du hast ganz bestimmt deinen Teil dazu beigetragen. Ich hoffe, dass du nicht zu erschöpft bist, um zu tanzen.«

Die Vorstellung, beim Tanzen in den Armen jenes besonderen Mannes zu liegen, ließ Susannah erröten. In ihrer Jugend hatte sie Walzer und andere Tänze gelernt, konnte seit der Zeit aber nur davon träumen, denn sie hatte sich schon lange in die Tatsache gefügt, dass sie ein Mauerblümchen war. »Ich habe nicht erwartet …«, begann sie und hielt dann bei der Vorstellung inne, in Aubreys Armen über die Tanzfläche zu wirbeln. »Tatsache ist, dass ich nicht tanzen kann.«

»Dann werde ich es dir beibringen«, versprach Aubrey und lächelte sie an.

Ihr Herz schlug heftig, und sie hätte sich am liebsten gesetzt. Aubrey ergriff ihren Ellbogen und steuerte den nächsten Stuhl an. Er musste gemerkt haben, dass ihr schwindlig wurde.

Bei seiner Berührung spürte sie die vertraute Hitze in sich aufsteigen. Sie dachte an ihr Kleid, ihre Hoffnungen wider alle Vernunft, und erkannte, dass ihre Träume immer noch sehr lebendig waren.

»Ich bin sehr aufgeregt«, erklärte sie. Ihre Augen brannten. Wie sooft wünschte sie sich, Julias selbstbewusste Art zu haben, ihr fröhliches Lachen und ihre Gewandtheit. Julia hatte immer gewusst, wie sie alle mit ihrem Charme bezaubern konnte.

Er lächelte immer noch. »Ja?« Einen kostbaren, schrecklichen Moment lang dachte sie, er würde sie küssen. Stattdessen streichelte er flüchtig ihre Wange. »Nun, wir werden sehen.«

»Aubrey …«

Völlig unerwartet wirbelte er sie plötzlich über den Tanzboden. Sein Arm umfasste ihre Taille, und er führte sie in einem Walzer davon.

Er hatte lange Beine, und sie hatte Mühe, mit ihm Schritt zu halten, aber schon bald gewöhnte sie sich an seine Bewegungen, und sie erkannte atemlos, dass sie tanzte, wirklich tanzte. Wie die Frauen mit Verehrern es taten, Frauen mit Ehemännern, Frauen mit einem erfüllten Leben.

Eine Zeit lang fühlte sie sich wunderbar, aber dann stolperte sie über den Saum ihres Kleides und kam ins Straucheln. Aubrey fing sie auf und drückte sie an sich, damit sie nicht fiel. Dann ließ er sie los, und sie spürte seine Berührung überall. Unglücklich sah sie zu ihm auf, wünschte sich weit weg von diesem Mann, begehrte ihn aber gleichzeitig voller Leidenschaft.

Sie wich zurück, bis sie wieder fast gefallen wäre, und wieder half er ihr, zog sie diesmal aber nicht an sich. Sein eben noch lächelndes Gesicht war plötzlich ernst.

»Ich … es ist noch viel zu tun«, murmelte sie.

Er seufzte. »Ja.« Mit der Hand fuhr er sich durch die Haare.

Susannah wich einen weiteren Schritt zurück. Es war zu kurz nach ihrer Ankunft in Seattle, zu kurz nach Julias Tod. Und doch war die Sehnsucht so gewaltig. Sie machte auf dem Absatz kehrt und floh die Treppe hoch.

Victoria erwachte gerade, aber da sie zufrieden war, ließ Susannah ein Bad einlaufen. Es wurde bereits dunkel, und die Straßenlaternen warfen ihr goldenes Licht auf den Schnee. Ihr Kleid lag auf dem Bett, und während sie das enge Mieder und die weiten Ärmel bewunderte, stellte sie sich vor, mit Aubrey dort zu liegen.

Sie schloss die Augen und biss sich auf die Unterlippe. Sie musste ihre Gefühle unter Kontrolle bringen. Sie konnte sich solche Fantasien nicht leisten, sie würden sie ruinieren, denn Aubrey hatte ja gesagt, dass er sie nicht liebte.

Sie ließ sich Zeit mit ihrem Bad und trug dann großzügig Puder auf ihre Haut auf. Victoria nieste und erzählte zufrieden vor sich hin. Sie konnte sich noch nicht allein setzen, versuchte es aber mit aller Kraft, sodass Susannah ihr zu Hilfe kam und sie mit einem Kissen abstützte. Jetzt konnte sie ihr über den Rand der Wiege zusehen.

Nachdem sie angezogen war, bürstete Susannah sich die

feuchten Haare und steckte sie zu einer eleganten Aufschlagfrisur hoch. Sie befestigte sie mit den beiden Perlmuttkämmen, die Mrs. Butterfield ihr zum letzten Weihnachtsfest geschenkt hatte. Ihr Gesicht war rosig vor Aufregung, und als sie sich im Spiegel betrachtete, fühlte sie sich fast wie eine Prinzessin. Wenn diese Nacht vorüber ist, dachte sie dann wehmütig, bin ich nur leider noch immer genau das, was ich vor dem Ball war: ein Mauerblümchen.

Sie seufzte und stand auf, als Maisie eintrat und nachträglich anklopfte. Als sie Susannah sah, bekam sie große Augen.

»Wenn das nicht wunderbar aussieht!«, rief sie.

Susannah bemerkte Maisies grünes Kleid und die hübsche Frisur. »Sie sehen auch sehr gut aus«, gab sie das Kompliment zurück.

Maisie grinste und zeigte ihre strahlend weißen Zähne. »So gut habe ich noch nie ausgesehen«, flüsterte sie beschämt. »Nachdem der Saal fertig war, brauchte ich nur noch Jasper zu versorgen und mich fertig zu machen.« Dann wurde sie ernst. »Ich habe nur keine Ahnung, wie man richtig tanzt. Was, wenn ich einem der Herren auf den Fuß trete?«

Susannah lachte, als sie ihre eigenen Ängste von jemand anderem hörte. »Ich bin sicher, sie werden uns unbeschadet überstehen.«

Maisie strahlte. »Oh. Das wollen wir hoffen.«

Dann hörten sie eine Kutsche heranrollen. Die ersten Gäste trafen ein. Susannah stand aufrecht da, auch wenn sie am liebsten geflohen wäre.

Weitere Kutschen trafen ein, und Stimmen drangen nach oben. Susannah trat ans Fenster, spähte durch den Vorhang und sah eine Frau aus einer eleganten schwarzen Kutsche steigen. Der Kutscher verbeugte sich, nachdem er ihr hinausgeholfen hatte.

Schneeflocken setzten sich auf ihre samtene Kapuze.

»Verdammt«, stöhnte Maisie auf. »Die hat Nerven, dass sie uneingeladen hierher kommt.«

In Susannah zerbrach etwas. Delphinia Parker – als ob sie gespürt hätte, dass sie beobachtet wurde, hob Aubreys ehemalige Geliebte den Kopf und sah nach oben. Sie schien Susannah direkt anzusehen.

»Vielleicht hat sie ja doch eine Einladung bekommen«, überlegte Susannah und wandte sich hastig vom Fenster ab. »Sie ist eine enge Freundin von Aubrey, nicht wahr?«

Maisie gab ein verächtliches Schnauben von sich. »Sie ist niemandes Freundin, nur ihre eigene. Als Mrs. Fairgrieve starb, hat sie wohl gedacht, dass er sie heiraten würde. Eine Dreistheit!«

Susannah presste ihre Lippen zusammen. Tränen brannten in ihren Augen, aber sie würde nicht zulassen, dass sie weinte. »Es scheint mir nicht gerecht, Mrs. Parker die ganze Schuld zu geben«, meinte sie. »Aubrey war schließlich auch beteiligt.«

»Er war halb verrückt wegen der Missus«, sagte Maisie und nahm Victoria hoch. »Ich werde sehen, dass Jasper sein Abendbrot kriegt, und Sie gehen nach unten und lassen sich von niemandem unterkriegen. Nicht eine von den Frauen kann Ihnen das Wasser reichen.«

Susannah lachte und ergriff Maisies Hände. »Was würde ich nur ohne Sie tun?«

Maisie sah überrascht aus. »Nun, was Sie immer getan haben, denke ich.« Sie holte tief Luft, um sich Mut zu machen.

Susannah drückte ihr kurz die Hand. »Ich habe noch nie jemanden wie Sie gekannt. Sie sind mir eine echte Freundin geworden«, bekannte sie wahrheitsgemäß. Ihr wurde bewusst, dass Julia sich nicht einmal einen Bruchteil so viel um ihre Gefühle gekümmert hatte wie diese warmherzige Frau mit ihrer offenen Art. »Ich bin dafür so dankbar.«

Maisie errötete vor Verlegenheit. »Jetzt aber runter mit Ihnen«, befahl sie und hielt Susannah die Tür auf. »Mr. Fairgrieve will mit Ihnen angeben, er macht selber keine schlechte Figur, wenn er so zurechtgemacht ist. Sie beide werden die Stadt vor Bewunderung erstarren lassen.«

Susannah folgte Maisie und holte dabei ein paarmal tief Luft. Das beruhigte nicht sonderlich, aber sie wusste jetzt, dass sie sich den Herausforderungen stellen konnte.

Sie hob den Kopf, schritt an Maisie vorbei und hörte, wie ihre seidenen Röcke beim Gehen leise raschelten. Auf der Treppe nahm sie Musik und Stimmen wahr.

Einen Moment lang zögerte sie.

»Los«, hörte sie Maisie hinter sich flüstern, »zeigen Sie es ihnen. Und ihm auch.«

Susannah legte die Hand aufs Geländer und stieg Stufe um Stufe nach unten. Es schien eine Ewigkeit zu dauern, bis sie unter dem Starren der Gäste unten angekommen war. Sie erkannte Bewunderung und Misstrauen in den Augen der Frauen und, ja, Begehren in denen der Männer. Panik erfasste sie, und sie hoffte, dass sie nicht resignierte.

Aubrey wartete am Fuß der Treppe und bot ihr seinen Arm. »Die beste Freundin meiner verstorbenen Frau«, stellte er sie vor, und obwohl er die Menge im Allgemeinen ansprach, sah er sie an. »Darf ich Ihnen Miss Susannah McKittrick vorstellen?«

Gemurmel erklang, Hände wurden geschüttelt, Blicke trafen sie voller Neugier. Susannah erkannte einige Mitglieder des Wohltätigkeitskomitees und dachte, dass sie wohl die Treppe wieder hochgelaufen wäre, wenn Aubrey sie nicht festgehalten hätte. Nichts in ihrem ruhigen Leben in Nantucket hatte sie auf so eine Situation vorbereitet, sie fühlte sich wie ein Schwimmer, der gegen eine kräftige Strömung ankämpfen musste.

»Atme«, flüsterte Aubrey, als sie den Ballsaal betraten und sofort aufs Parkett gingen. Susannah hörte die Musik nur verschwommen.

Rasch tat sie einen tiefen Atemzug. Andere Paare gruppierten sich um sie. »Ich gehöre nicht hierher«, erklärte Susannah.

Aubrey sah sie an. »Doch, das tust du«, versicherte er, »du bist die entzückendste Frau im ganzen Saal.«

Susannah wurde schwindelig von Aubreys Worten. »Du bist ein Schmeichler«, beschuldigte sie ihn.

Er lachte. »Ganz im Gegenteil. Ich sage nie, was ich nicht meine, Schmeichelei habe ich gar nicht nötig.«

Darauf wusste sie keine Antwort. Aus den Augenwinkeln sah Susannah Mrs. Parker und den wütenden Ausdruck auf dem klassisch schönen Gesicht. Wie seltsam, dachte sie, dass ich, Susannah McKittrick, mit dem attraktivsten Mann der Stadt tanze, während eine Frau wie Delphinia Parker am Rande der Tanzfläche steht und zusieht. Kurz darauf sah sie Maisie in ihrem schönen Kleid hereinkommen und schöpfte neuen Mut.

»Ich habe vor, heute Nacht unsere Vermählung anzukündigen«, sagte Aubrey. »Wirst du mich demütigen, indem du mich vor allen zurückweist?«

Susannah wurden die Knie weich, und der Raum mit seinen Farben, Gesichtern und funkelnden Juwelen verschwamm vor ihren Augen. Ihr Herz hämmerte. »Das kann nicht dein Ernst sein. Ich habe dir doch gesagt …«

»Ich will dich, Susannah. Ich brauche dich. Und ich werde dich lehren, mich auch zu wollen und zu brauchen.«

Er sprach so laut, dass sie fürchtete, auch die Gäste hätten sie gehört. »Du hast viel Vertrauen in dich«, bemerkte sie. Das war eine kühne Bemerkung, und sie wirkte. Aubrey schwieg.

Doch nur zu rasch war das Lächeln wieder da, gepaart mit der gewohnten Selbstsicherheit. Seine haselnussbraunen Augen glitzerten vor Schalk und etwas anderem, das Susannah nicht ganz herauszufinden vermochte. »Eines nicht allzu fernen Tages wirst du dieses Selbstvertrauen teilen«, sagte er.

Sie wäre am liebsten auf ihn losgegangen, wenn sie nicht in einem Ballsaal gewesen wären und halb Seattle ihnen zugesehen hätte. Und wenn sie sich ihm nicht so gerne unterworfen hätte.

Die Musik hörte auf und enthob sie der Notwendigkeit einer Antwort. Glücklicherweise erschien Zacharias und bat sie um den nächsten Tanz. Bei den ersten Klängen wirbelte sie mit ihm davon.

»Ich bin so froh, Sie zu sehen«, erklärte sie ihrem Schüler.

Er lachte. »Warum? Sie sahen aus, als gehörte Ihnen der Mond, als Sie mit Fairgrieve tanzten. Und er schien ebenfalls sehr glücklich.« Sie konnte nicht erklären, dass sie Angst gehabt hatte, nicht vor Aubrey, sondern vor sich selbst. Ihre Gefühle waren ihr fremd und drohten ihre Urteilskraft außer Kraft zu setzen. »Er will mich um meine Hand bitten«, verriet sie leise.

»Glücklicher Knabe«, kommentierte Zacharias. »Werden Sie ›Ja‹ sagen?«

Sie wollte Aubreys Antrag nur zu gerne annehmen, auch wenn sie wusste, dass er nicht mit wahrer Liebe verbunden war. Sie sehnte sich danach, sein Bett und sein Leben zu teilen, seine Kinder zu gebären und Victoria mit ihnen aufzuziehen. Was bedeutete das? »Ich weiß nicht, was ich tun soll«, gab sie zu.

»Dann, denke ich, Sie sollten sich Bedenkzeit nehmen, bis Sie wissen, was Sie wollen.«

Ihre Gefühle waren eindeutig, aber das konnte sie mit Zacharias nicht besprechen, höchstens mit Maisie oder dem Pfarrer. Frustriert schüttelte sie den Kopf.

»Sie sehen heute wirklich hübsch aus«, erklärte Zacharias. Er zwinkerte ihr zu, und Susannah fragte sich, wann wohl der passende Zeitpunkt wäre, um ihn mit Maisie bekannt zu machen. Ihrer Meinung nach gäben die beiden ein hübsches Paar ab. Bei der Vorstellung, dass die bescheidene Maisie dann in dem großen Haus leben würde, musste sie lächeln.

Ethan forderte sie zum nächsten Tanz auf. In seinen Sonntagskleidern sah er hervorragend aus. Nach dem Tanz führte er sie aus dem Saal ins Wohnzimmer, wo es kühler war.

»Setzen Sie sich.« Er begleitete sie zu einem Sessel. »Sie sehen aus, als ob Sie jeden Moment umfallen würden.«

Dankbar setzte sie sich und schloss die Augen. Als sie sie wieder aufschlug, hatte Ethan ihnen einen Punsch geholt.

»Wissen Sie eigentlich, wie Sie die Dinge hier verändert haben?«, fragte er und nahm einen Schluck aus seinem Glas.

Susannah achtete darauf, nichts zu verschütten. Sie dachte nach. »Ich verstehe nicht, was Sie meinen.«

»Ich glaube doch«, gab Ethan ruhig zurück. »Der Ballsaal war verschlossen wie ein Grab, seit die Probleme zwischen Julia und Aubrey begannen, und jetzt plötzlich lädt er halb Seattle ein und beobachtet den ganzen Abend, wer mit Ihnen tanzt.«

Susannah hatte bewusst vermieden, Aubrey nachzuschauen. Falls Delphinia in seinen Armen durch den Saal tanzte, wollte sie es gar nicht wissen. »Er amüsiert sich bestimmt gut«, sagte sie leichthin.

Ethans Gesicht lag im Schatten, aber er hob die Brauen. »Was soll das heißen?«

Sie seufzte und trank noch einen Schluck. Der Punsch war fruchtig süß. »Delphinia Parker ist hier«, erklärte sie. »Sie haben sie doch sicher gesehen.«

»Ah«, machte Ethan.

Susannah setzte sich aufrechter hin. »Jetzt frage ich: Was heißt das?«

»Nichts. Ich finde es nur interessant, dass Sie eifersüchtig auf Delphinia sind.«

»Ich bin nicht eifersüchtig. Seien Sie nicht gemein.«

»Ich stelle nur etwas fest. Ein Blinder könnte sehen, dass Sie etwas für meinen Bruder empfinden. Warum geben Sie vor, es nicht zu tun?«

Mit zitternder Hand setzte sie ihr Glas ab und senkte den Kopf. »Ist es so offensichtlich?«, fragte sie peinlich berührt.

»Vielleicht nicht für jeden«, schränkte Ethan ein, »aber ich kenne meinen Bruder und mache mir auch langsam ein Bild von Ihnen.«

»Welches?« Jetzt schien es interessant zu werden.

»Unter der Mauerblümchenfassade steckt eine sehr leidenschaftliche Frau. Sie lieben es, Walzer zu tanzen, Sie küssen gern und tragen Ihr Haar gern offen, nicht wahr?«

Susannahs Wangen brannten vor Scham. »Sie sind unverschämt«, stieß sie aus.

Er kicherte. »Keine Angst, ich werde mich nicht danebenbenehmen. Aubrey hat ein Auge auf Sie geworfen, und ich respektiere das. Es macht mir Spaß, mit Ihnen zu reden, das ist alles.«

Sie schwieg und dachte nach. Die Musik im Ballsaal war ziemlich laut. Sie fragte sich, was Aubrey jetzt wohl machte. Ob er eine Frau zum Tanz führte? Jede wäre ihr recht, nur nicht seine Geliebte. »Woher weiß ich, dass ich Ihnen trauen kann?«, fragte sie schließlich.

Er antwortete nicht gleich, beugte sich nur vor. »Was wünschen Sie sich am meisten im Leben?«, fragte er. »So, dass Sie nachts nicht schlafen können, weil sie immer daran denken müssen?«

Sie schluckte. Sie wusste, was er meinte, auch wenn es schwer war, das zuzugeben. »Eine Familie«, bekannte sie leise, »Mann und Kinder.«

»Wenn Aubrey Sie heiraten will – und das will er wirklich –, worauf warten Sie dann?«

Susannah biss sich auf die Lippe. »Er liebt mich nicht.«

»Liebe«, wiederholte Ethan, seufzte und dachte nach, »Liebe habe ich einmal erlebt. Wir haben zu lange gebraucht, um zueinander zu finden, und dann habe ich sie verloren. Wissen Sie was, Susannah? Wenn ich die Zeit zurückdrehen könnte, würde ich sie auf der Stelle heiraten, ohne Rücksicht auf die Gesellschaft. Wenn sie meine Liebe nicht erwiderte, hätte ich immer noch die Chance, sie zu erringen. Ich würde so viel Glück wie möglich für mich herausholen.«

Susannah lief ein Schauer über den Rücken. Plötzlich wurde ihr bewusst, dass Aubrey etwas passieren konnte, oder dass er einfach wegging, so wie Ethans Su Lin.

»Aber er liebt mich nicht«, wiederholte sie, doch es klang schon nicht mehr so überzeugt.

»Das wird er lernen, wenn er es nicht schon tut. Lassen Sie ihn nicht gehen, ohne gründlich darüber nachzudenken, Susannah. Mein Bruder ist ein besonderer Mann, und ein guter.«

Susannah spürte Tränen in den Augen. Sie war froh, dass es im Salon so dunkel war. Doch das Zittern in ihrer Stimme konnte sie nicht verbergen. »Er hat Julia betrogen. Warum sollte ich glauben, dass er mich nicht auch betrügt?«

»Aubrey hat sein Haus für Julia gebaut und eingerichtet, ehe er sie überhaupt kannte. Dann ist er in den Osten gegangen, wo er sie gefunden hat. Ein paar Monate lang war sie hier glücklich, aber dann hat sie sich verändert. Sie hat getan, was sie konnte, um ihn zu quälen. Man kann es ihm nicht verdenken, dass er sich woanders Trost gesucht hat.« Er betrachtete sie schweigend, und Susannah wusste nicht, was sie darauf antworten sollte. Doch er schien auch keine Antwort zu erwarten. »Das Teuflische ist«, fuhr Ethan fort, »dass ich denke, er hätte lieber Sie finden sollen, als er auf Brautschau war.«

Susannah zog ihr Taschentuch hervor und presste es gegen den Mund. »Das ist ja verrückt!«

»Das ist es nicht. Er hat jemanden gesucht, der nett und hübsch ist und der einen guten Charakter hat. Das alles trifft auf Sie zu, Susannah.«

Sie schniefte. »Julia hatte gute Eigenschaften«, protestierte sie.

»Mag sein«, gab er zu. »Aber nach einer Weile war sie nicht mehr die Frau, die Sie gekannt haben.«

»Aber warum nur?«, fragte Susannah. »Es muss etwas vorgefallen sein. Wissen Sie, was das gewesen sein könnte?«

Ethan schüttelte den Kopf. »Auch wenn Aubrey es anders sieht, sie und ich standen einander nicht besonders nahe. Einoder zweimal hatten wir eine Auseinandersetzung. Deshalb wollte sie wohl den Eindruck erwecken, wir wären ein Liebespaar. Sie wusste, dass Aubrey mich dann hassen würde, wer hätte ihm auch einen Vorwurf daraus machen können? Ein Mann muss seinem Bruder trauen können, wenn schon nicht seiner Frau. Wenn man darüber nachdenkt, war sie verdammt clever – sie hat sich an mir gerächt und Aubrey in den Wahnsinn getrieben.«

Susannah erschauerte. Es wäre ein Trost gewesen, zu glauben, dass Ethan sich irrte, aber sie wusste, dass er Recht hatte. Julia hatte etwas Unberechenbares gehabt. Wenn sie wütend war, war sie zu Schabernack und sogar zur Grausamkeit fähig gewesen. Als einmal eine streunende Katze nach St. Mary's gekommen war und sich Susannah angeschlossen hatte, hatte Julia alles getan, um das Tier für sich zu gewinnen, hatte sie gestreichelt, ihr Sahne und Fisch gegeben. Später war die Katze krank geworden und gestorben. Na gut, hatte Julia gesagt, macht nichts. Mir ist die Arbeit sowieso zu viel geworden.

Susannah spürte Widerwillen in sich aufsteigen. Sie hatte lange nicht an die Begebenheit gedacht, aber Ethans Worte hatten sie ihr wieder ins Gedächtnis gerufen.

Sie erhob sich. »Ich gehe besser in den Ballsaal zurück.« Sie glättete ihr Kleid. Julias Kleid.

Julias Haus. Julias Baby. Julias Mann. Würde es denn nie etwas geben, das ihr gehörte?

12

Der Ring war ganz schlicht, nur ein schmaler Goldreif mit Diamantsplittern besetzt. Und doch war er das Atemberaubenste, was Susannah je gesehen hatte.

Aubrey zog sie beim Tanz beiseite, um ihn ihr anzubieten.

Hinter einer Topfpflanze, die Maisie aus dem Salon geholt hatte, stellte er ihr die Frage noch einmal, doch diesmal nur mit den Augen. *Willst du mich heiraten, Susannah?*

Sie betrachtete den Ring, dann sein Gesicht und dachte an das, was Ethan ihr gesagt hatte. Vielleicht hatte er Recht, vielleicht war Liebe wirklich etwas, das sich langsam entwickelte. Sie schluckte. »Es – es schickt sich nicht, nicht wahr? Dass wir so schnell nach Julias Tod heiraten?«

»Was Julia und ich geteilt haben, war schon lange vor ihrem Tod vorbei«, erklärte Aubrey mit leiser Stimme. »Du wirst mit mir glücklich werden, Susannah, das verspreche ich dir.«

Meine Freundin ist nicht glücklich gewesen, dachte Susannah. Auf der anderen Seite war Julia eben Julia gewesen. Sie holte tief Luft. »Wann soll die Heirat stattfinden?«, fragte sie, und ihre ruhige Stimme erstaunte sie selber, denn innerlich war sie in Aufruhr, »falls es zu einer Heirat kommt?«

Sein Gesicht verriet nicht, was er empfand, falls er überhaupt etwas empfand. Was ihn anging, war die Frage der Ehe eine praktische Überlegung, das hatte er von Anfang an klar gemacht. So reich und attraktiv Aubrey auch war, er war ein einsamer Mann. Genau wie Zacharias und die anderen Männer, die sich um sie bemühten. Ihr Herz schmolz dahin, denn sie wusste nur zu gut, wie es war, wenn man sich nach Freundschaft und Zärtlichkeit sehnte.

»Warum, Aubrey?«, fragte sie verwirrt. »Warum gerade ich?«

Er hatte ihre Hand ergriffen und schickte sich an, ihr den Ring überzustreifen. »Das habe ich dir doch schon gesagt. Ich finde dich schön. Und du hast Victoria in dein Herz geschlossen.« Er schwieg. »Und weil ich manchmal denke, dass ich verrückt werde, wenn ich noch eine Nacht allein in diesem Bett liege.«

Die Erwähnung des Bettes war ernüchternd. Immerhin war Susannah noch nie mit einem Mann intim gewesen. Außer ein paar Andeutungen, die sie von anderen Frauen aufgeschnappt hatte, war ihr diese Seite der Ehe gänzlich unbekannt. Sie errötete. »Du verstehst nicht, ich habe nie … ich war noch nie mit einem Mann zusammen – in der Art, meine ich.« Sie flüsterte jetzt, denn einzelne Tänzer begannen neugierig zu ihnen hinzusehen. Wenn jemand diese Unterhaltung belauschte, wäre ihr das ungeheuer peinlich.

»Du brauchst mit mir erst intim zu werden, wenn du dazu bereit bist«, versprach Aubrey. Er sprach sehr ernst und erinnerte kein bisschen an den Schurken, als den Julia ihn in den letzten Briefen beschrieben hatte. Sagte er die Wahrheit?

Sie sah ihn unglücklich an. »Aber du hast doch gesagt, dass wir im selben Bett schlafen werden.«

»Das werden wir. Aber ich zwinge dich zu nichts, Susannah. Das verspreche ich dir.« Er seufzte, was sie seltsam tröstlich fand. »Egal, was es kostet«, fügte er hinzu.

Susannah schwieg und dachte nach. »Ja«, stieß sie dann hervor, »wenn du mir Zeit lässt – ja.«

Er lächelte, küsste sie auf die Stirn und steckte ihr den Ring an den Finger. »Dann sind wir uns einig?«

Susannah war ein bisschen verunsichert, dass er so geschäftsmäßig sprach, aber was hatte sie erwartet? Er betrachtete ihre Ehe schließlich als ein Geschäft. Das durfte sie nie vergessen, egal, wie es in ihrem Herzen aussah. Das hier war keine romantische Verbindung.

»Wir sind uns einig.« Seit wann war sie so waghalsig? Seit dem Tag, als sie den Zug nach Seattle bestiegen hatte, entschied sie. Da hatte sie begonnen, sich zu ändern. Oder schon vorher, als Julia in den ersten Briefen vom Glück der Liebe erzählt hatte? Vielleicht war da schon diese Sehnsucht entstanden.

Aubrey reichte ihr seinen Arm. »Du musst jetzt lächeln«, wies er sie an. »Die Leute sollen denken, dass du glücklich bist.«

Aber sie war tatsächlich glücklich, merkte sie. Sie konnte ihm das nur nicht sagen, weil sie sich angesichts seiner Gefühle gedemütigt gefühlt hätte. Sie ergriff seinen Arm und hob das Kinn. Niemand, schwor sie sich, sollte merken, dass sie die Liebende war, nicht die Geliebte.

Aubrey führte sie auf die Tanzfläche, und die anderen Gäste machten ihnen lächelnd Platz. Es war, als schiene die Sonne auf sie herab, Wärme durchströmte Susannahs Körper.

Als die Musik endete, war sie außer Atem und glücklicher als je zuvor in ihrem Leben. Es war so einfach, alle Gedanken an Julia zu verdrängen.

Aubrey hielt ihre linke Hand und hob sie in die Höhe. Der Verlobungsring glitzerte im Lampenlicht. »Zu meiner großen Freude«, begann er laut, »hat Miss McKittrick soeben eingewilligt, meine Frau zu werden.«

Es herrschte verblüfftes Schweigen, dann brandete Applaus

auf, gefolgt von Rufen und Gratulationen. Einige der Frauen warfen ihr missgünstige Blicke zu – vielleicht hatten sie geplant, ihre Töchter, Schwestern oder gar sich selbst an ihrer Stelle zu sehen? Aubrey war ein guter Fang auf dem Heiratsmarkt von Seattle. Doch die Männer zeigten echte Freude, murmelten ihre Glückwünsche, schlugen Aubrey auf die Schulter oder schüttelten ihm die Hand.

Maisie, atemlos vom Tanz und der Aufmerksamkeit, die sie erhielt, fiel ihr um den Hals.

»Ich habe eben nach Victoria gesehen«, flüsterte sie. »Das Mädchen, das auf sie aufpasst, macht seine Sache gut.«

Susannah war selber schon ein paarmal oben gewesen und hatte dasselbe gedacht. Abgelenkt überlegte sie, ob ihre Verlobung nun die Zahl ihrer Klavierschüler mindern würde. Ehe oder nicht, sie wollte noch immer eigenes Geld verdienen, um unabhängiger zu werden.

Sie drückte sich die Hand an die Stirn. Sie hatte eingewilligt, einen Mann zu heiraten, den sie kaum kannte. Einen, der ihre Freundin sehr unglücklich gemacht, der ihr selbst gesagt hatte, dass er sie nicht liebte. Am liebsten hätte sie sich gesetzt, aber es war kein Stuhl in der Nähe.

Die Musiker begannen erneut zu spielen, und wieder wirbelte Susannah in Aubreys Armen über die Tanzfläche. Er hielt sie ganz fest, und ihr war so, als ob sie auf einer Wolke tanzte.

Er tanzte mit ihr, bis niemand mehr an seiner Ergebenheit zweifeln konnte, und ging dann in den Garten, um ein Zigarillo zu rauchen.

»Liebst du sie?« Ethan stand hinter ihm. Aubrey brauchte sich nicht umzudrehen, um das zu wissen. Er lehnte sich an die Mauer. Das Haus, dachte er, war ein Mausoleum, zumindest, bis Susannah gekommen war.

»Nein.« Bei Ethan war er immer offen.

Sein Bruder trat neben ihn, das Gesicht grimmig verzogen. »Dann solltest du sie gehen lassen. Sie hat etwas Besseres verdient. Sie ist eine Frau mit Gefühlen und Hoffnungen, kein Spielzeug.«

Aubrey lachte trocken auf. »Mein Bruder, der Poet. Wenn du an die Liebe glaubst, warum suchst du dir dann nicht eine Frau und gründest eine Familie? Su Lin ist weg, und wahrscheinlich hätte es sowieso nicht mit euch geklappt.«

Ethans Blick war so Furcht einflößend, dass Aubrey sich auf einen Hieb gefasst machte.

»Verdammt, Aubrey, du hast keine Ahnung, wie es zwischen mir und Su Lin war. Ich habe sie geliebt! Ich wäre für sie gestorben. Anders als du kann ich mir nicht einfach eine neue Frau suchen und so tun, als wäre nichts passiert!«

Beide sahen einander an, ihre Fäuste waren geballt, die Luft knisterte vor Spannung.

»Glaubst du das von mir? Dass ich so weitermache, als wäre nichts passiert?«, fragte Aubrey und schnippte sein Zigarillo ins Gras. »Glaub mir, Bruder, es vergeht keine Nacht, ohne dass ich schlecht träume und Angst habe, dass es so werden könnte, wie es mit Julia war!«

»Was bist du nur für ein Feigling«, zischte Ethan. »Susannah mag dich, das sieht doch jeder. Und wenn du das Risiko nicht scheuen würdest, könntest du sie auch lieben.«

Aubrey starrte seinen Bruder überrascht und wütend an. »Hört, hört. Und welches Risiko gehst du ein? Du steckst wie ein Maultier im Matsch und versuchst nicht mal, dich zu befreien!«

Ethan sah beiseite und seufzte. »Ich hätte Su Lin nicht gehen lassen sollen – wenn ich darauf bestanden hätte …«

Aubrey ergriff Ethans Schultern mit beiden Händen. »Es gab nichts, was du hättest tun können. So, wie du es mir erzählt hast, ist Su Lin aus vielen Gründen zurück nach China gegangen – die meisten davon wirst du nie verstehen. Sie ist jetzt die Frau eines anderen. Es ist vorbei, Ethan.«

Ethans Blick war leer, distanziert. »Warum habe ich nicht um sie gekämpft?«

»Vielleicht warst du in deinem Inneren davon überzeugt, dass es für euch beide nicht gut gewesen wäre. Ob Liebe oder nicht, bei gemischten Ehen geht es manchmal immer noch wie im Mittelalter zu.«

Ethan seufzte. »Ich trauere schon lange um sie«, bekannte er, »fast, als wenn sie gestorben wäre.« Er schüttelte Aubrey die Hand und sah ihm gerade in die Augen. »Aber ich will verdammt sein, wenn du nicht Recht hast.« Er lächelte. »Glückwunsch zu deiner Verlobung, Bruder. Ich hoffe, du weißt, wie glücklich du dich schätzen kannst.« Damit ließ er Aubrey allein.

Vielleicht, dachte er, ist es an der Zeit, dass auch ich mich weiterentwickele. Ich habe schon lange genug in Bedauern, Wut und Schuldgefühlen verharrt.

Aubrey legte den Kopf in den Nacken und sah in den sternenklaren Nachthimmel. Dann kehrte er zu seiner Verlobungsfeier zurück.

Susannah tanzte mit John Hollister, und als er sah, wie sie ihn mit rosigen Wangen anlächelte, verspürte Aubrey plötzlich in sich so etwas wie Besitzanspruch. Er kämpfte noch mit seinen Gefühlen, als sich eine schlanke, juwelenbesetzte Hand auf seinen Arm legte.

Er erkannte die Berührung, hatte selbst die Diamanten und Saphire ausgesucht. Seine Augen trafen die Delphinias, ansonsten bewegte er sich nicht.

»Nur einen Tanz?«, bat sie.

Aubrey wusste, dass sie beobachtet wurden und dass er aufpassen musste, keinen Klatsch zu erzeugen, unter dem Susannah und später Victoria würden leiden müssen. »Du hättest nicht kommen sollen«, bemerkte er ausdruckslos.

Sie öffnete ihren Fächer aus Silber und Elfenbein – ohne Zweifel ein weiteres Geschenk von ihm, auch wenn er sich an den Kauf nicht erinnerte – und bewegte ihn vor ihrem Gesicht hin und her. Sie ist im klassischen Sinne schöner als Susannah, dachte er leidenschaftslos. Er hatte die Freude des Bettes mit ihr genossen, und in einer Stadt, in der jeder seine Leichen im Keller hatte, hätte er sie wohl auch zur Frau nehmen können. Nach dem ersten Aufruhr hätte man sie in der Gesellschaft akzeptiert, schon seiner Stellung und seines Geldes wegen. Und doch hatte er nicht einmal erwogen, sie zu heiraten. Er runzelte die Stirn bei dieser Erkenntnis.

»Du bist ein Narr, wenn du glaubst, so eine graue Maus könnte dich glücklich machen«, zischte sie. »Sieh sie nur an, sie kann nicht einmal tanzen. Und was ihre Manieren angeht …«

»Manieren?«, unterbrach Aubrey. »Wir sind in Seattle, nicht in Boston.«

Der Fächer bewegte sich schneller. »Was macht sie dann so attraktiv für dich?«

Aubrey wandte sich um und betrachtete Susannah abschätzend. »Ich weiß es nicht. Aber ich will sie heiraten, Delphinia, ob es dir passt oder nicht.« Er hob eine Braue. »Hatten wir uns nicht darauf geeinigt, dass du das erste Schiff nach San Francisco nimmst? Es hat den Anschein, dass du schon einige verpasst hast.«

Delphinia errötete – sie war die verschmähte Frau. »Das wirst du noch bereuen, Aubrey Fairgrieve«, fauchte sie. »Das wirst du sehr bereuen!«

Es schien noch einiges auf ihn zuzukommen. »Vielleicht.« Er sah sie an. »Morgen Nachmittag geht, glaube ich, wieder ein Schiff. Wenn du jetzt gleich mit dem Packen beginnst, könntest du es noch erreichen.« Damit ging er zu Susannah, die mit einem ihrer Klavierschüler tanzte, und ergriff ihre Hand, um sie beiseite zu ziehen.

Als er in ihr argloses, vor Freude gerötetes Gesicht hinuntersah, wurde ihm erstmals klar, dass Ethan im Garten Recht gehabt hatte. Susannah liebte ihn. Die Erkenntnis verursachte ihm Schuldgefühle, aber er tröstete sich mit dem Umstand, dass er ihr nie etwas Falsches gesagt hatte, nie behauptet hatte, dass auch er romantische Gefühle hätte. Sie ging diese Ehe mit offenen Augen ein.

»Es kommt mir vor wie ein Traum«, erklärte sie atemlos, »die Musik, der Tanz«, sie betrachtete ihr Kleid, »dieses Kleid! Hast du Ethan irgendwo gesehen? Ich hatte gehofft …«

Aubreys Gesicht wurde hart. Er entspannte sich sofort wieder, aber es war zu spät. Ihr Gesicht verriet ihm, dass sie seine Reaktion bemerkt und verstanden hatte. »Er ist leider nach Hause gegangen.«

Sie sagte dazu nichts, verbarg aber auch ihre Enttäuschung nicht. »Oh«, sagte sie traurig.

»Noch einen Tanz?«, bot Aubrey ihr an.

Sie nickte, und er nahm sie in die Arme, und das allein reichte, um den Abend für Susannah wieder ins Lot zu bringen.

Susannah erwachte vom Geräusch des Regens, der die letzten Schneereste wegschwemmte. Sie wollte lieber gar nicht erst hinausschauen. Wenn nicht der Ring an ihrer Hand geblitzt hätte, wäre sie völlig deprimiert gewesen.

Sie würde heiraten! Nach so vielen Jahren als Mauerblümchen hatte sie das nicht mehr zu hoffen gewagt, und doch war hier der Beweis. Aubrey hatte sich mit ihr verlobt und praktisch vor ganz Seattle ihre Hochzeit angekündigt.

Victoria brabbelte in der Wiege, strampelte und griff nach

ihren Zehen. Susannah stand auf, ging zum Fenster und lehnte die Stirn an die kühle Scheibe. »Ich werde ihr eine gute Mutter sein, Julia«, murmelte sie. »Das verspreche ich.«

Ein kurzes Klopfen an der Tür ließ sie auffahren, und weil sie Maisie erwartete, rief sie: »Herein!«

Aubrey trat über die Schwelle, attraktiv gekleidet in einem weißen Hemd und gut geschnittenen schwarzen Hosen. Er grinste, weil er genau wusste, dass Susannah nicht ihn erwartet hatte. »Du solltest vorsichtiger sein«, neckte er sie, »wen du in dein Schlafzimmer bittest.«

Susannah hatte automatisch die Hand an den Kragen ihres Nachthemds gehoben, den sie jetzt peinlich berührt umklammerte. Belustigung funkelte in Aubreys Augen, und errötend ließ sie die Hand sinken. »Dich hätte ich sicher nicht hereingebeten«, gab sie – zu spät – zurück.

Er lachte leise und sah sie von oben bis unten an. »Wirklich nicht?«

»Natürlich nicht. Es schickt sich nicht, dass du hier bist, ehe wir … ehe wir …«

»Verheiratet sind?« Seine braunen Augen lächelten noch immer. Er machte keine Anstalten zu gehen, sondern hielt ihr einen Zelluloidkragen hin. »Könntest du mir das Ding umknöpfen? Ich schaffe es einfach nicht, ohne mich dabei zu erwürgen.«

Susannah zögerte. Sie war noch immer im Nachthemd und darunter nackt. Sie war allein mit Aubrey, wenn man von Victoria einmal absah, die sicher nicht als Anstandsdame zählen konnte. Schließlich stieß sie den Atem aus, trat näher und griff nach dem Kragen.

Die Luft zwischen ihnen schien zu knistern, und Susannah spürte eine plötzliche Sehnsucht in ihrem Inneren. Ihre Hände zitterten, als sie sie nach Aubrey ausstreckte.

Er duftete nach Seife und einem würzigen Aftershave und strahlte Wärme aus. Ihre Finger berührten sein Haar, und es war, als würden sie davon versengt.

Sie nestelte an den Knöpfen des Kragens herum und war sich sehr des Mannes bewusst, der ihr dabei zusah. Endlich hatte sie es geschafft.

»Susannah«, sagte er. Seine Stimme war leise und klang ein bisschen heiser, und er sagte nur das eine Wort. Nur ihren Namen. Und doch regte sich etwas in ihr, und sie wusste, dass sie nie mehr dieselbe sein würde, dass ihm ihre Seele gehörte. Es war das gleiche Gefühl, als sein Kuss sie in Besitz genommen hatte.

Susannah erschauerte, obwohl es warm im Zimmer war. Viel zu warm. Langsam wich sie zurück, bis sie außer Reichweite seiner Arme war. »Das Baby«, stieß sie hervor.

»Lass uns ins Bett gehen«, gab Aubrey zurück.

Susannah schwankte und schloss die Augen. Als sie sie wieder aufschlug, hatte er ihr Nachthemd mit beiden Händen gefasst. Sie war atemlos und brachte kein Wort heraus.

»Meinst du nicht, dass wir unsere Verlobung zumindest mit einem Kuss besiegeln sollten?« Er war so überzeugend. Langsam zog er sie zu sich, senkte den Kopf und küsste sie auf den Mund, erst sanft, dann immer fordernder, bis Susannahs Körper ganz und gar nicht mehr jungfräulich reagierte. Sie stöhnte leise auf und öffnete die Lippen, sodass er den Kuss vertiefen konnte.

Nur vage wurde ihr bewusst, dass er ihr Nachthemd nach oben schob, über die Knie, die Schenkel, den Bauch. Sie wusste, dass sie hätte protestieren sollen, aber stattdessen schmiegte sie sich nur noch enger an ihn. Als er den Kuss unterbrach, um ihr Nachthemd über den Kopf zu ziehen und es beiseite zu werfen, stöhnte sie nur und wartete voller Sehnsucht darauf, dass er fortfuhr, sie zu küssen.

Er trat zurück und umfasste ihre Brüste, und Susannah stand völlig schamlos vor ihm. Trotz ihrer fehlenden Erfahrung erkannte sie, dass sie Macht über diesen stolzen Mann besaß, und sie genoss das Gefühl. Soll er nur gucken, dachte sie und stöhnte dann auf, als er mit den Daumen über ihre Brustspitzen fuhr, die sich sofort aufrichteten.

»Wie schön«, hauchte er.

»Das Baby«, wandte Susannah schwach ein. Er hatte sie geschickt hinter den Paravent gesteuert.

»Ist ein Baby«, sagte er und nahm eine ihrer Brustspitzen zwischen die Lippen.

Susannah keuchte auf und vergrub die Finger in seinem Haar, um ihn noch enger an sich zu drücken. »Oh«, stöhnte sie und er lachte leise und bewegte seine Zunge.

»Willst du mich haben, Susannah?«, flüsterte er dabei.

»Oh, ja«, brachte sie hervor, »ja.« Sie erwartete, dass er sie in die Arme nehmen und durch den Flur zu seinem Bett tragen würde, aber nichts geschah.

»Gut«, sagte er nur und fuhr fort, sich an ihrem Körper zu erfreuen. Als Susannah dachte, sie würde den Verstand verlieren, schob er ihr eine Hand zwischen die Schenkel und strich durch die feuchten Haare an ihrer empfindlichsten Stelle. Susannah ließ sich gegen die Wand sinken.

Eine Weile liebkoste er sie dort, ehe er seinen Finger ohne Vorwarnung in sie hineingleiten ließ, während sein Daumen sie an ihrer intimsten Stelle streichelte. Sie keuchte auf, schloss die Augen und hob ihm ihre Hüften entgegen. Sie hieß seine Liebkosungen willkommen, so unschicklich sie auch waren.

»Wenn du noch Zweifel hast, ob ich dich glücklich machen kann«, erklärte er und küsste sie auf den Hals, »dann erinnere dich daran.«

Susannah stöhnte vor Lust, als er fortfuhr, sie zu liebkosen.

Sie war vollkommen überwältigt und verstand nicht, wohin er sie führte, denn bislang kannte sie nur ein nicht fassbares Sehnen. Nur eines war ihr klar: Wenn er jetzt aufhörte, würde sie vergehen.

Ihre Hüften bewegten sich ohne eigenes Zutun und kamen jeder Bewegung seiner Hand entgegen, und dann passierte es. Eine Welle der Lust erfasste sie und schüttelte sie. Sie bog den Rücken durch und schrie auf. Erst als sie wieder zur Erde zurückkam, merkte sie, dass Aubrey eine Hand auf ihren Mund gelegt hatte, um ihre Schreie zu dämpfen.

Susannah sank zusammen, und er nahm sie in seine starken Arme, um sie zum Bett zu tragen. Sie erwartete, dass er beendete, was er begonnen hatte – seine Erektion war selbst für sie unmissverständlich –, aber stattdessen blieb er stehen und kämpfte mit sich. Sie streckte ihm die Hand hin, denn ihr Begehren war größer als ihre Scham.

Aubrey schüttelte den Kopf und trat zurück. »Nein, Susannah, noch nicht.«

»Warum?«, fragte sie verletzt. Als ihr ihre Nacktheit plötzlich bewusst wurde, bedeckte sie sich mit der Decke.

Aubrey betrachtete ihren Körper mit hungrigem Blick. Sein Gesicht verriet große Anspannung. »Nicht dass ich nicht wollte«, erklärte er. »Das bestimmt nicht.«

Sie sah ihn nur an, viel zu beschämt durch seine Zurückweisung, um ihn zu verstehen. »Dann hast du nur mit mir gespielt«, beschuldigte sie ihn, den Tränen nahe, »da hinter dem Paravent …« Ihre Wangen wurden heiß, unglücklich schwieg sie.

»Nein«, murmelte er. Er fuhr sich mit der Hand, die sie eben noch so beglückt hatte, durchs Haar. »Aber es wäre nicht recht gewesen. Das verwahren wir uns für die Zeit, wenn wir verheiratet sind.«

Sie zog die Decke höher, während Victoria sich glücklich etwas erzählte und nur Augen für ihre Zehen hatte.

»Und was ist gerade passiert?« Sie konnte vor Demütigung kaum sprechen, aber sie musste es wissen. »Hatte das irgendetwas zu bedeuten?«

Aubrey ging zur Tür, sah sie an und lächelte verwegen. »Das hoffe ich doch«, gab er zurück. »Mir hat es jedenfalls etwas bedeutet.«

Dann war er verschwunden, ließ die Tür angelehnt und ging pfeifend den Korridor hinunter.

Frustriert schleuderte Susannah ihm ein Kissen hinterher, dann noch eines. Sie fragte sich, wie lange sie bis zum nächsten Mal würde warten müssen.

Aubrey ging in sein Badezimmer, zog sich sein Hemd aus und wusch sich mit kaltem Wasser, bis ihm die Zähne klapperten. Schließlich ließ seine Erektion nach. Er stand tropfend da und dachte nach. Bei Julia, Delphinia und all den anderen Frauen hatte er sich ihre Lust unbeteiligt ansehen können und nur gewartet, bis sie auf ihre Kosten gekommen waren, sodass er sie mit gutem Gewissen nehmen konnte.

Bei Susannah war das anders. Ihre Lust war so sehr mit seiner eigenen verwoben, dass er sie kaum auseinander halten konnte. Er war verdammt nahe daran gewesen, sie zu nehmen, sich in ihr zu verlieren, sie zu lieben.

Er schloss die Augen und versuchte, ruhig zu atmen. Nichts – nichts war gefährlicher als das.

Er hob den Kopf und betrachtete sich im Spiegel. Wasser lief ihm über das Gesicht.

»Feigling«, beschuldigte er sich wie nachts zuvor sein Bruder. Dann nahm er sich ein Handtuch und wandte sich ab.

In den nächsten beiden Tagen bekam Susannah Aubrey nicht zu Gesicht. Sie hatte die ganze Zeit alle Hände voll mit Victoria und den Klavierstunden zu tun, außerdem half sie Maisie beim Kochen und Waschen. Dennoch dachte sie ständig an ihren künftigen Ehemann.

Am Nachmittag des zweiten Tages trank sie gerade in der Küche Tee, während Victoria oben schlief. Der Raum war voller Dampf und die Scheiben beschlagen, weil Maisie, die der Waschmaschine misstraute, Aubreys weiße Hemden auf dem Herd kochte. Die stille Frau, die während der Party auf Victoria aufgepasst hatte, war jetzt als ständige Hilfskraft im Haus. Sie hieß Ellie und hörte unbewegt zu, als Maisie Anordnung um Anordnung gab.

»Ellies Mann ist zu den Goldfeldern durchgebrannt«, vertraute sie Susannah an, als die neue Hilfe nach oben gegangen war, um die Handtücher zu wechseln. »Armes Ding, sie glaubt wirklich, dass er zurückkommt.«

Susannah setzte die Teetasse ab und verdrängte ihre eigenen Probleme. »Vielleicht tut er das ja, Maisie. Vielleicht kommt er ja eines Tages mit einem Sack Gold auf der Schulter zurück und pfeift vor sich hin.«

Maisie schnaubte verächtlich. »Sie lesen zu viele Bücher«, gab sie zurück. »Wenn sie nur ein bisschen Verstand hat, würde sie den Schuft gar nicht zurücknehmen.«

Susannah dachte an die Schmerzen, die Julia Aubrey zugefügt hatte. Wenn das Vertrauen in den anderen erst einmal zerstört war, gab es keinen gemeinsamen Weg mehr. Die Vorstellung machte sie traurig, denn sie wünschte sich Aubreys Vertrauen ebenso sehr wie seine Liebe und wusste, dass eines ohne das andere nicht sein konnte.

13

Wenn Aubrey zurückblickte, hätte ihn das, was als Nächstes geschah, gar nicht überraschen dürfen, denn Delphinia hatte ihm ja auf dem Fest gedroht. Er wusste, dass sie zu ihrem Wort stand, besonders dann, wenn es um Rache ging.

Dennoch war er nicht darauf vorbereitet gewesen, als er spätabends noch im Büro saß und alle anderen gegangen waren. Er sah eine Bewegung, und noch ehe er reagieren oder realisieren konnte, dass er ungebetenen Besuch bekommen hatte, ging ein Schuss los. Die Lampe neben ihm zersplitterte.

Rasch suchte er unter dem Schreibtisch Deckung und tastete nach der Waffe, die er jahrelang getragen hatte. Doch in Seattle lebte man zivilisiert, nur noch wenige Männer waren bewaffnet, zu denen er nicht gehörte.

Es war so dunkel, dass er nichts erkennen konnte, er spürte nur, dass es sechs oder sieben Angreifer waren, die über ihn herfielen. Er wehrte sich nach Kräften, aber es war ein verlorener Kampf, und er wusste es.

Fausthiebe regneten auf ihn herab wie Steine aus einer Mauer, die zusammenfällt. Der Schmerz wurde unerträglich bis er in einem Strudel versank, in dem nichts mehr zu hören war außer seinem eigenen Herzschlag.

Ethan kam am nächsten Morgen in den Laden, um sich ein paar Dinge für seine Farm zu besorgen, als Hawkins plötzlich schreiend die Treppe herunterstürzte, die Augen weit aufgerissen.

»Hilfe!«, schrie er. »Schnell! Hilfe! Jemand muss Mr. Fairgrieve helfen ... ich glaube, jemand hat ihn getötet!«

Ethan ließ fallen, was er in der Hand gehalten hatte, alle kamen angerannt, aber Ethan stürmte als Erster die Stufen herauf.

Aubrey lag ein paar Schritte hinter seinem Schreibtisch auf dem Boden und sah in der Tat aus wie ein Toter. Ethan kniete sich neben ihn und tastete nach dem Puls. Als er ihn spürte, schloss er erleichtert die Augen.

»Holen Sie einen Arzt«, stieß er hervor. »Einer soll einen Arzt holen.« Er sah über die Schulter, wo sich eine Gruppe von Leuten in der Tür drängte. Hawkins löste sich von den anderen, um Hilfe zu holen. »Ich brauche kaltes Wasser und saubere Tücher«, verlangte er. »Der Rest von Ihnen geht besser wieder an die Arbeit.«

Innerhalb weniger Minuten traf der Arzt ein. Er war untersetzt und mittleren Alters und roch nach Whisky, Tabak und Seife. Ethan, der Aubreys Wunden so gut wie möglich gesäubert hatte, setzte sich zurück und sah zu, wie der Arzt seine Tasche öffnete und ein Stethoskop herausholte.

»Das hat ihn fast umgebracht«, murmelte der Mann und sah auf. »Ist das Ihr Werk?«

»Zum Teufel, nein«, fauchte Ethan. Wenn die Umstände anders gewesen wären, hätte er sich vielleicht geschmeichelt gefühlt, denn Aubrey war einen Kopf größer und viel kräftiger als er.

»Nun, es wird eine Weile dauern, bis er uns sagen kann, wer das war«, seufzte der Arzt. Er tastete mit fähigen, wenn auch nicht allzu sauberen Händen über Aubreys Brustkorb, Arme und Beine. »Ich hoffe, der Kerl ist zäh, denn er hat einen weiten Weg vor sich, falls er ihn überhaupt übersteht.«

Ethans Herz sank. Aubrey durfte nicht sterben. Er konnte nicht. Es gab noch zu viele Dinge zwischen ihnen, die ungeklärt waren, Außerdem war Aubrey sein Bruder. Die ganze Familie, die er noch hatte.

»Er wird es schaffen«, schwor Ethan.

»Nun, er muss ins Krankenhaus. Wir bringen ihn besser so schnell wie möglich dorthin.«

»Nein«, widersprach Ethan. Krankenhäuser waren Orte, wo die Leute hingingen, um zu sterben. Aubrey würde in sein Haus gebracht werden, wo man sich anständig um ihn kümmern konnte. »Wenn er wählen dürfte, würde er sicher lieber in seinem eigenen Bett liegen. Ich werde veranlassen, dass er dort hingebracht wird.«

Der Arzt zuckte mit den Achseln, offenbar bestrebt, zu seinem Kartenspiel zurückzukommen. »Er muss bandagiert werden …«

»Das können Sie doch gleich hier machen, nicht wahr?«

»Nun …« Der Mann zog seine Taschenuhr hervor. Ethan überlegte, einen anderen Arzt zu holen, aber andererseits wollte er Aubrey nicht noch länger unversorgt lassen. Er hatte sicher schon den Großteil der Nacht bewusstlos dort gelegen.

»Bringen Sie ein paar Laken aus dem Laden«, wies Ethan Hawkins an, der in der Tür wartete. Die anderen waren an ihre Arbeit zurückgegangen. »Und etwas, das als Trage dienen kann.«

Hawkins schluckte, nickte und verschwand, froh, eine Aufgabe zu haben. Kurz darauf kam er mit einem Stapel teurer Laken zurück, die Ethan ohne Zögern in Streifen riss. Dann zogen der Arzt, der sich als Horace Sutherfield vorgestellt hatte, und er gemeinsam Aubreys Hemd aus und verbanden ihm den Brustkorb. Aubrey regte sich nicht, was sicher eine Art Gnade war, aber Ethan hätte es vorgezogen, ihn stöhnen und fluchen zu hören. Dann hätte er wenigstens gewusst, dass Aubrey näher am Leben als am Tod war. So vermochte man nichts zu sagen.

Schließlich erschienen zwei der Verkäufer mit etwas, das aussah wie eine alte Tür.

Ethan und der Arzt legten Aubrey darauf und banden ihn mit den restlichen Stoffstreifen fest. In seinem Zustand würde ein Sturz von der Trage tödlich sein – oder ihn zum Krüppel machen.

Ethan war voller Wut. Er würde die Männer finden, die seinem Bruder das angetan hatten, und dann würde er es ihnen heimzahlen.

»Ich habe Simpson den Wagen nach vorne fahren lassen«, meldete sich Hawkins zu Wort, als Ethan und der kräftige Schmied, den man von gegenüber geholt hatte, je eine Seite der Trage packten. Der Sekretär war blass, Panik stand in seinem Blick.

»Danke«, gab Ethan ruhig zurück.

»Wenn es noch etwas gibt, was ich tun kann ...«

»Kümmern Sie sich um den Laden. Wenn Sie irgendetwas hören sollten ...«

Hawkins richtete sich höher auf. »Sie können sicher sein, dass ich Sie sofort benachrichtigen werden, Mr. Fairgrieve.«

»Ethan«, korrigierte Ethan zerstreut. »Die Polizei sollte erfahren, was passiert ist.«

»Ich werde mich darum kümmern«, versprach Hawkins.

Ethan konzentrierte sich jetzt darauf, seinen Bruder sicher die Treppe herunterzubugsieren, um ihn in den Wagen zu bringen. Der Arzt kletterte auf den Bock und griff nach den Zügeln, während Ethan sich neben Aubrey kauerte. Der Schmied ritt hinterher, denn er wusste, dass seine Hilfe am Haus gebraucht werden würde.

Als sie die steile Straße am Laden entlangfuhren, begann es heftig zu schneien.

Susannah stand auf der Veranda und verabschiedete gerade einen Schüler, als der Wagen in Sicht kam. Als sie Ethan darauf knien sah, ahnte sie sofort, dass Aubrey etwas zugestoßen war. Ohne auf die Kälte zu achten, kam sie die Treppe hinuntergestürzt.

Das Herz klopfte ihr bis zum Hals, während Ethan und ein kräftiger Mann mit Schmiedeschürze Aubrey vom Wagen hoben. Er war immer noch bewusstlos. Schnee legte sich auf seine blutverschmierten Haare, sein lädiertes Gesicht. Er war leichenblass.

»Gehen Sie voran«, wies Ethan sie brüsk an.

Susannah rannte zurück, die Treppe hoch und ins Haus. Der Schüler wartete und fragte, ob er etwas tun könnte. Der Mann, der wohl der Arzt war, schickte ihn mit dem Auftrag davon, einen Polizisten zu holen.

Erst nachdem Susannah Aubreys Bettdecke zurückgeschlagen und Ethan und der Schmied ihn vorsichtig hineingelegt hatten, wagte sie zu sprechen. »Was ist passiert?«, verlangte sie zu wissen.

Ethan sah sie voller Trauer an. »Es gibt nicht viel zu erzählen. Hawkins hat ihn in dem Zustand heute Morgen im Büro gefunden.«

Susannah schloss die Augen. Einen Moment empfand sie Scham, weil sie in der Nacht auf seine Heimkehr gelauscht und gewusst hatte, dass er nicht nach Hause gekommen war. Sie hatte wach gelegen, den Verlobungsring an ihrem Finger gedreht und Angst gehabt, dass er bei Delphinia oder einer anderen Frau mit ähnlichem Ruf wäre.

Der Arzt war mit Aubrey beschäftigt. Er hob seine Lider an und testete die Reflexe, wobei er den Kopf schüttelte. Er sah nicht allzu optimistisch aus.

»Haben Sie eine Ahnung, wer das getan haben könnte?«

Ethan sah mit hartem Gesicht auf seinen Bruder hinunter.

»Nein«, sagte er, ohne sie anzusehen, »aber ich habe so eine Idee, wer der Auftraggeber sein könnte.«

Susannah stand jetzt neben Aubrey, dem Arzt gegenüber. Sie holte sich einen Stuhl und ergriff Aubreys Hand. »Wer?«

»Das braucht Sie nicht zu kümmern«, wehrte Ethan ab. »Ich werde dafür sorgen, dass der Gerechtigkeit Genüge getan wird.«

Etwas in seiner Stimme erschreckte Susannah so sehr wie der Inhalt seiner Worte, auch wenn er ruhig gesprochen hatte. »Ich denke, das wird die Polizei als ihre Aufgabe ansehen«, gab sie zu Bedenken.

»Zum Teufel mit der Polizei!«, fauchte Ethan und fuhr sich mit der Hand durch die Haare.

Der Arzt sah hoch. »Die Dame hat Recht, Mr. Fairgrieve«, wandte er ein. »Überlassen Sie das den Behörden.«

Ethan sah den Mann wütend an. »Die können sich das teilen, was von den Bastarden übrig bleibt.« Sein Gesichtsausdruck war so kalt, dass Susannah ein Schauer über den Rücken lief. Die Art Rache, von der Ethan sprach, würde ihn nur selbst zerstören.

Der Arzt schüttelte den Kopf und warf Susannah einen angewiderten Blick zu. »Falls Sie irgendeinen Einfluss auf den Knaben haben, dann nutzen Sie ihn, um ihn von diesem Unsinn abzubringen.«

Susannah schluckte ihre Tränen der Verzweiflung herunter.

Aubrey lag auf dem Bett, sein wächsernes Gesicht bis zur Unkenntlichkeit geschwollen. Sie wollte nicht, dass Ethan am Galgen endete, weil er das Gesetz in die eigenen Hände genommen hatte, aber sie konnte seine Rachegelüste nachvollziehen. Oh, ja, nur zu gut.

»Fairgrieve-Männer haben ihren eigenen Kopf«, murmelte sie darauf, »und nach meinen Erfahrungen kann nichts sie davon abbringen, das zu tun, was sie sich vorgenommen haben.«

Ethan hatte sich abgewandt und sah mit starrem Blick aus dem Fenster. Er trug keinen Mantel und schien nicht zu merken, dass Aubreys Blut an seinen Fingern, seiner Kleidung und sogar in seinem Gesicht war.

»Sutherfield«, stellte der Arzt sich jetzt auch Susannah vor und streckte ihr die Hand hin. »Horace Sutherfield.«

Susannah zögerte, dann ergriff sie die dargebotene Hand und schüttelte sie. Sie konnte es nicht ertragen, Aubreys Gesicht aus den Augen zu lassen. Instinktiv spürte sie, dass sie Macht über ihn hatte. »Hat er Schmerzen?«, fragte sie mit kaum hörbarer Stimme.

Dr. Sutherfield antwortete, indem er eine braune Flasche aus seiner Manteltasche zog und sie auf das Nachttischchen stellte. »Wahrscheinlich, aber wir können nicht viel dagegen tun, ehe er nicht zu sich kommt. Wenn er das Bewusstsein wiedererlangt, geben Sie ihm eine Dosis Laudanum, aber nicht zu viel, nur genug, um den Schmerz zu dämpfen. Das Zeug macht abhängig, und man kommt nie wieder davon los, wenn man es nicht zurückhaltend anwendet.«

Susannah nickte und strich Aubrey sanft das Haar aus der Stirn, während sie mit der anderen Hand seine ergriff und versuchte, ihn an dieses Haus, dieses Zimmer, dieses Bett zu binden.

»Lassen Sie mich holen, falls Sie mich in der Nacht brauchen.« Sutherfield räusperte sich verlegen. »Ich bin im Kartenzimmer unten im Silver Eagle.« Damit ging er.

Susannah vergaß alles um sich herum – bis auf den gebrochenen Mann, der vor ihr auf dem Bett lag, das zu teilen er sie einst gedrängt hatte. Sie bedauerte ihr Zögern jetzt und wünschte, sie hätte sich ihm hingegeben, und wenn es nur das eine Mal gewesen wäre. So, wie es jetzt aussah, konnte er sehr wohl sterben, und dann würde sie nie erfahren, wie es war, diesen Mann ganz und gar zu lieben.

Eine Hand legte sich auf die Schulter, und Ethan fiel ihr wieder ein. Sie wischte sich eine Träne von der Wange und straffte die Schultern. »Wir müssen für ihn stark sein«, brachte sie mit Mühe heraus.

Ethan drückte ihre Schulter leicht, ehe er seine Hand zurückzog. »Er ist ein kräftiger Mann, Susannah«, tröstete er sie heiser. »Der kräftigste, den ich kenne. Er hält vielleicht durch, wenn er weiß, dass Sie bei ihm sind.« Er schwieg und ergänzte dann: »Mein Bruder braucht Sie, lange schon, denke ich. Deshalb hat er Ihnen auch das Leben so schwer gemacht, als Sie herkamen. Er hatte Angst, weil er dachte, er wäre auf immer und ewig ausgeschlossen.«

Susannah küsste Aubreys Hand. »Bitte, sagen Sie Maisie, dass sie sich um Victoria kümmern soll – ich kann ihn jetzt nicht allein lassen.«

Ethan zögerte noch, sie wusste, dass er noch etwas sagen wollte, aber dann schwiegen sie beide. Ihr Blick, ihr Herz und ihre Seele waren ganz und gar auf Aubrey fixiert.

Ethan trat die Tür zu Delphinia Parkers Außenkabine auf dem Dampfer *Pacific* auf, der mit der nächsten Flut auslaufen sollte. Sie saß an einem Schminktisch und puderte sich das Gesicht. Sein Eintritt erschreckte sie sichtlich, doch sie hatte sich schnell wieder im Griff, das musste er ihr zugestehen.

»Ah, aber Ethan!«, rief sie und klimperte mit den falschen Wimpern. »Du bist gekommen, um mir Auf Wiedersehen zu sagen? Wenn das nicht süß ist!«

Er musste sich beherrschen, sie nicht zu packen und auf die Füße zu reißen. Stattdessen trat er hinter sie, während sie ihr Bild im Spiegel betrachtete. Das Deck bewegte sich unter seinen Füßen im Rhythmus des Wassers. »Fast hätte es geklappt«, begann er, »fast hättest du es geschafft, ihn umzubringen.«

Sie riss Augen und Mund in perfekter Unschuld weit auf. Eine Hand flog an ihre Brust. »Ehrlich, Ethan, ich habe keine Ahnung, wovon du sprichst.«

Sie saß auf einem Drehstuhl, und Ethan wirbelte sie herum. Dann beugte er sich vor, sodass sein Gesicht ganz dicht vor ihrem war. »Ich rede von meinem Bruder«, sagte er sehr deutlich. »Erinnerst du dich an ihn? Aubrey Fairgrieve – der Mann, der dich die letzten Monate ausgehalten hat. Dank der Schläger, die du ihm auf den Hals gehetzt hast, ist er jetzt fast tot.«

Delphinia reagierte nicht, abgesehen von einem feinen Zucken ihrer Mundwinkel. »Du irrst dich«, gab sie kühl zurück. Dann schlang sie ihm zu seiner Fassungslosigkeit die Arme um den Hals und versuchte, ihn an sich zu ziehen.

Er fuhr zurück, und sie lachte. Lachte! Ethan schloss die Augen und versuchte, sich zu beherrschen. Als er sich wieder in der Gewalt hatte, umfasste er die Schultern der Frau mit festem Griff. »Wer war es?«, wollte er wissen. »Ich will Namen hören, Delphinia. Und ich werde sie hören, wenn ich sie auch aus dir herausschütteln muss!«

Jetzt wurde sie nervös; vielleicht merkte sie endlich, dass es ihm ernst war. Dass er nicht gekommen war, um mit der früheren Geliebten seines Bruders ins Bett zu gehen, ehe sie davonsegelte. Sie fuhr sich mit der Zunge über die Lippen und krümmte sich ein wenig unter seinem Griff. »Ich habe ihnen nicht gesagt, dass sie ihn töten sollen«, stieß sie jammernd hervor. »Sie sollten ihm nur – nur ein bisschen rau anfassen.«

Wieder musste Ethan gegen seine Wut ankämpfen, und wieder gelang es ihm. »Nun, das haben sie getan. Er ist bewusstlos, auf einer Seite ist der Brustkorb eingedrückt, und wer weiß, wie es in seinem Inneren aussieht.« Er betrachtete ihren seidenen Morgenrock. »Zieh dich an, Delphinia. Du und ich werden der Polizei einen Besuch abstatten.«

Sie wich zurück und wurde blass. Man konnte es trotz der Schminke sehen. »Ich kann es mir nicht erlauben, mit dem Gesetz in Konflikt zu geraten, Ethan«, klagte sie.

»Daran hättest du denken sollen, ehe du meinen Bruder zu einer blutigen Masse hast zusammenschlagen lassen«, erwiderte Ethan und öffnete eine der Schranktüren in der Kabine. Ohne hinzusehen, was es war, riss er ein Kleidungsstück hervor und warf es ihr hin. »Zieh dich an, oder ich bringe dich in dem dünnen Fähnchen, das du gerade anhast, zur Polizei.«

Sie nickte in Richtung eines Paravents. »Na gut, wenn du darauf bestehst. Aber ich will nicht, dass du mir dabei zusiehst.«

Ihr plötzliches Nachgeben hätte ihn misstrauisch machen sollen, aber seine Gedanken waren woanders, bei Aubrey, Susannah und dem Baby. Sie trat hinter den Schirm, und als sie gleich darauf wieder hervorkam, hielt sie eine Pistole in der Hand.

Ethan spürte, wie die Kugel ihn traf, als er vorwärts stolperte, die Pistole ergriff und sie ihr aus der Hand riss. Er lehnte an der Wand, eine Hand an die Seite gepresst, als zwei Männer hereingelaufen kamen. Als er sie sah, erlaubte er es sich, ohnmächtig zu werden.

»Ethan ist im Gefängnis?«, rief Susannah ungläubig. Maisie nickte entsetzt. Sie hatte geschworen, Aubrey nicht von der Seite zu weichen, und sie hatte ihr Wort gehalten, allen Bitten und Protesten ihrer Freundin zum Trotz.

Maisie nickte. »Und angeschossen ist er auch noch. Er hat viel Blut verloren, aber ich denke, die Verletzung ist nicht allzu schlimm.«

Susannah spürte Übelkeit aufsteigen. Erst Aubrey, jetzt Ethan. Sie konnte das Gefühl nicht abschütteln, dass sie den Fairgrieve-Brüdern Unglück gebracht hatte, auch wenn sie normalerweise kein abergläubischer Mensch war. »W-was ist passiert?«

»Laut Hawkins – er hat die Nachricht gebracht – behauptet diese Parker, Ethan hätte sie an Bord eines der Dampfer unten im Hafen vergewaltigen wollen. Sie behauptet, sie hätte in Notwehr auf ihn geschossen.« Maisie schnaubte verächtlich.

»Unsinn«, erwiderte Susannah, »so etwas würde Ethan nie tun. Wahrscheinlich hat er eine Verbindung von ihr zu der Tat, die an Aubrey begangen wurde, gefunden.« Wieder stiegen ihr Tränen in die Augen, sie wünschte, sie könnte mehr tun, als nur neben ihm zu sitzen und seine Hand zu halten, zu beten und zu hoffen.

»Wir wissen das«, stimmte Maisie ihr zu, »aber bei der Polizei bin ich da nicht so sicher. Die Leute hier sehen Ethan als eine Art Unruhestifter an.«

»Warum?«, fragte Susannah ehrlich verblüfft. Ihr gegenüber hatte er sich stets wie ein Gentleman verhalten.

»Als Junge hatte er mal Ärger, nicht schlimmer als die meisten. Und dann war da doch dieses chinesische Mädchen. Er wollte sie heiraten, und das war für viele Leute Grund genug, sich von ihm abzuwenden.«

»Aber das ist lächerlich«, wandte Susannah ein.

Maisie zuckte die Achseln. »Sei dem, wie es wolle, so sind die

Leute nun mal. Noch schlimmer als ihre Trennung wäre es gewesen, wenn sie zusammengeblieben wären.«

Susannah hatte die ganze Zeit schon den Verdacht gehabt, dass Maisie mehr wusste, als sie zugeben wollte, jetzt hatte sie den Beweis, was ein gewisser Trost in der Situation war, in der sie sich jetzt befanden. »Was genau ist passiert? Ethan hat die Geschichte vor einiger Zeit mir gegenüber kurz erwähnt.«

»Ihre Familie hat sie nach China zurückgeschickt«, flüsterte Maisie. »Ich denke, sie hat da drüben einen anderen geheiratet. Sie hat nie mehr ein Wort von sich hören lassen.«

»Oh, Maisie.«

»Seitdem ist Ethan nicht mehr derselbe«, fuhr Maisie fort und sah Aubrey voller Kummer an. »Keiner von beiden hat im Leben viel Glück gehabt, weder Ethan noch Aubrey.«

Susannah sah zu, wie die Frau die Vorhänge zuzog, um die Schatten zu vertreiben. »Und dann kam Julia.«

»Ja, Susannah«, bestätigte Maisie vorsichtig. »Dann kam Julia.«

Das Thema lag wie ein großes, schweigendes Geheimnis zwischen ihnen, das keine der beiden ansprechen wollte.

»Was wird mit Ethan passieren?« fragte Susannah schließlich.

»Hawkins wird ihm einen Anwalt besorgen«, erwiderte Maisie. »Ich hoffe, damit hat er mehr Glück als mit dem Arzt.«

Allein in seiner Zelle, einen sauberen Verband unter dem Hemd, lag Ethan auf der Pritsche. Der Arzt – ein anderer als Sutherfield – hatte ihm nach der Behandlung der Wunde eine Flasche Whisky zugesteckt, von der er ab und zu einen Schluck nahm. Leider trug der Alkohol wenig dazu bei, den pochenden Schmerz in seiner Seite zu lindern, aber wenigstens hatte er etwas zu tun. Ohne das Zeug hätte er sich wahrscheinlich gegen die Gitter geworfen und wie ein Irrer geschrien, bis er zusammengebrochen wäre. Hinter Gittern zu sein erinnerte zu sehr daran, im Kartoffelkeller eingesperrt zu sein, wie er es aus seiner Kindheit kannte. Im Gefängnis gab es allerdings Licht und ein wenig frische Luft, die durch ein hohes Fenster hereinströmte.

»Ethan?«

Er erkannte die Stimme sofort. John Hollister stand auf der anderen Seite der Gittertür. Hollister war eine Art Freund der Familie. Aubrey und er waren eine Zeit lang in Montana zusammen zur Schule gegangen, und sie hatten sich vor und nach Schulbeginn immer gehörig geprügelt. Während Hollister Jura studiert hatte, war Aubrey nach Seattle gegangen, um dort sein Glück zu machen.

»Hallo, John«, grüßte er und richtete sich unter Schmerzen auf. »Was machen Sie denn hier?«

»Ich bin der nächste Anwalt, den Sie bekommen können«, erwiderte Hollister. Er räusperte sich, und Ethan erkannte Mitleid in seinem Gesicht. Er seufzte. »Aubrey würde es so wünschen«, setzte er hinzu, als wenn er sich selber überzeugen müsste, holte sich einen Stuhl heran und setzte sich vor die Gitter. »Was ist auf dem Dampfer passiert?«

Ethan setzte sich auf die Kante der Pritsche und stützte den Kopf in die Hände. »Das ist doch wohl offensichtlich«, erwiderte er kratzbürstig, »selbst für Sie. Delphinia hat auf mich geschossen.« Er hob den Kopf. »Aber ich habe es nicht anders verdient, nachdem ich mich so von ihr habe übertölpeln lassen.«

»Sie behauptet, Sie hätten sie vergewaltigen wollen. Stimmt das?«

»Sie wissen verdammt gut, dass das nicht stimmt.«

»Weiß ich das?«

Ethan erhob sich mühsam, trat an die Tür und umfasste die Gitterstäbe so fest, dass seine Knöchel weiß wurden. »Ich bin zu ihr gegangen, weil ich herausfinden wollte, wen sie als Schläger angeheuert hat, um meinen Bruder halb totschlagen zu lassen. Nur deshalb war ich dort.«

Hollister zuckte zusammen bei dem Gedanken, dass Aubrey vielleicht nicht überlebte. »Und was hat sie gesagt?«

»Sie hat zugegeben, dass sie die Schläger angeheuert hat, behauptet aber, dass sie ihm nur einen Schreck einjagen sollten. Ich habe ihr gesagt, dass ich mit ihr zur Polizei gehen wolle.« Er lachte freudlos angesichts der Ironie. »Dann habe ich den Fehler begangen, sie einen Moment aus den Augen zu lassen. Sie hat irgendwoher eine Pistole geholt und auf mich geschossen.«

Hollister stieß einen leisen Pfiff aus. »Sie hatten immer schon ein Talent dafür, sich in Schwierigkeiten zu bringen, Fairgrieve«, sagte er. »Manche Dinge ändern sich nie. Der Buchhalter Ihres Bruders, Hawkins, hat mir freie Hand bei der Festsetzung der Kaution gegeben. Sobald Richter Silvertree die Höhe festgesetzt hat, sind Sie hier raus.«

»Wie geht es meinem Bruder?«

»Er kämpft«, erklärte Hollister mit ruhiger Sympathie. »Ich will Ihr Wort, Ethan. Wenn Sie freigelassen werden, müssen Sie sich von Delphinia Parker fern halten und es der Polizei überlassen, die Schläger zu finden.«

»Das kann ich nicht versprechen«, sagte Ethan bedauernd. »Wenn ich diese Hurensöhne finde, bringe ich sie um.«

Hollister seufzte und warf Ethans Verband einen Blick zu. »In Ihrem Zustand verlieren Sie bestimmt.«

»Holen Sie mich nur raus hier.«

»Es ist mein Ernst, Ethan. Kein Versprechen, keine Kaution.«

»Sie sind ein dickköpfiger Hund.«

»Sie auch.« Hollister grinste. »Wenn Sie rauskommen, nehme ich Sie mit zu mir. Wir sprechen alles durch und planen Ihre Verteidigung bei einer warmen Mahlzeit. Erinnern Sie sich an meine Schwester Ruby?«

Ethan sah vage ein Kind mit Pferdeschwanz, Sommersprossen und zu großen Zähnen vor sich. Wenn die Aussicht auf das Essen nicht so tröstlich gewesen wäre, hätte er die Einladung abgelehnt. »Ich erinnere mich«, gab er widerstrebend zu. »Sie haben mir letztens schon erzählt, dass sie zurück ist. Wie alt ist sie jetzt überhaupt?«

»Achtzehn«, antwortete Hollister. »Sie war in San Francisco auf der Schule und will Lehrerin werden. Aber ich nehme an, dass sie auch bald heiraten möchte.«

Ethan zog die Whiskyflasche hervor. Hollisters kleine Schwester interessierte ihn herzlich wenig, seine Wunde schmerzte, und er machte sich große Sorgen um Aubrey. »Ist das so?«

Der Aufseher kam mit den Schlüsseln.

»Versprochen, oder nicht?« Hollister versperrte dem Aufseher den Weg. Der Mann konnte entschlossen wie eine Bulldogge sein, wenn er sich etwas in den Kopf gesetzt hatte.

»Teufel«, stieß Ethan hervor. Die Wände kamen auf ihn zu, als er versuchte, aufzustehen. »Okay, okay, Sie haben mein Wort.«

Hollister grinste und gab den Weg frei. »Lassen Sie ihn raus«, wies er den Aufseher an.

14

»Ich kann sie nicht dazu bewegen, ihn allein zu lassen, nicht einmal, um nach dem Baby zu sehen«, ertönte Maisies beunruhigte Stimme aus dem Flur von Aubreys Tür. »Schlafen tut sie auch nicht, und als ich ihr vorhin ein Tablett hochgebracht habe, hat sie kaum etwas gegessen.«

Die Tür öffnete sich, und Susannah straffte die Schultern, wandte sich aber nicht um. Reverend Johnstone trat ihr gegenüber ans Bett, aber seine Aufmerksamkeit galt Aubrey. Er legte ihr eine Hand auf die Schulter und sprach ein stilles Gebet.

Dann erst sah er Susannah an. »Kind«, mahnte er mit so viel Freundlichkeit, Güte und stiller Zuversicht, dass es Susannah rührte.

Sie begann zu weinen. »Wenn ich ihm nur irgendwie etwas von meiner Kraft abgeben könnte ...«

»Aubrey weiß, was er Ihnen bedeutet«, tröstete sie der Pfarrer. Er setzte sich und verschränkte die Hände locker im Schoß, womit er eindeutig klar machte, dass er jetzt an Aubreys Bett wachen wollte. »Aber Sie nützen ihm nicht damit, dass Sie Ihre eigenen Kräfte erschöpfen. Diesen Kampf müssen die Engel entscheiden, Susannah.«

»Aber was, wenn ich weggehe, und er ... und er ...« ... *er stirbt.* Sie konnte es kaum über sich bringen, die Worte zu denken, geschweige denn auszusprechen.

»Dann wird Gott seine Seele zu sich nehmen«, erwiderte der Pfarrer.

Susannah schüttelte den Kopf, und eine Träne rollte ihr über die Wange. Rasch wischte sie sie mit dem Handrücken weg.

»Susannah«, drängte der Pfarrer. »Gehen Sie zumindest auf eine Tasse Tee zu Maisie in die Küche runter. Sie macht sich abwechselnd Sorgen um Aubrey und um Sie. Ich werde solange bei unserem Patienten bleiben.«

Da endlich erhob sich Susannah mit weichen Knien von der Nachtwache. Eine Tasse Tee würde ihr gut tun, und Maisies Sorge war ihr natürlich auch nicht gleichgültig. »Sie rufen mich, wenn … wenn ich gebraucht werde?«

Reverend Johnstone nickte, zog eine abgegriffene Bibel aus der Tasche und begann ganz leise daraus vorzulesen.

Susannah zögerte noch einen Moment, dann zwang sie sich dazu, den Raum zu verlassen, die Treppe hinunterzusteigen und Maisie zuliebe ein Lächeln zustande zu bringen. Ihre Freundin schaukelte die schlafende Victoria auf dem Schoß, während Jasper auf einer Decke am Boden seinen Mittagsschlaf hielt.

Schreck und Hoffnung malten sich auf Maisies Zügen, als sie Susannah kommen sah. Fragend hob sie die Brauen.

»Es gibt keine Veränderung«, meldete Susannah leise, um die Kinder nicht zu wecken. Sie beneidete Jasper und Victoria um ihre Sorglosigkeit, als sie den Tee abmaß und Wasser aufsetzte. Obwohl auch sie erschöpft war, hatte sie das Gefühl, nie wieder schlafen zu können.

»Sehen Sie sich nur an«, schalt Maisie leise, »Sie haben dunkle Schatten unter Ihren Augen.«

Susannah ignorierte die Bemerkung, auch wenn sie wusste, dass es stimmte. »Wie geht es Ethan? Haben Sie etwas von ihm gehört?«

Maisie presste die Lippen zusammen. Doch dann gab sie

nach. »Wenn Hawkins einen Anwalt gefunden hat, werden sie ihn gestern aus dem Gefängnis entlassen haben. Ob es uns gefällt oder nicht, er wird wohl bald hier auftauchen. Falls er nicht auf der Suche nach denjenigen ist, die Mr. Fairgrieve das angetan haben.«

Susannah hatte ein seltsames Gefühl in der Magengrube. Es hatte genug Tragik in der Fairgrieve-Familie gegeben, ohne dass Ethan sich an den Galgen brachte oder noch einen Schuss abbekam. Aubreys Angreifer waren ohne Zweifel bessere Schützen als Mrs. Parker, sie würden zielen, um zu töten. Doch ehe sie Maisie das sagen konnte, klopfte es, und Ethan trat ein. Er trug eine Lammfelljacke und einen alten Hut, Reithosen und Rancher-Stiefel. Sein offenes Hemd gab den Verband um seinen Oberkörper frei.

Wortlos kam er herbei, fasste Susannah an den Schultern und drückte ihr einen brüderlichen Kuss auf die Stirn. Die Zärtlichkeit seiner Geste trieb ihr die Tränen in die Augen. Rasch blinzelte sie sie weg und hob das Kinn.

»Er liegt so still da«, stellte sie fest.

Ethan nickte und zog die Jacke aus. Er begrüßte Maisie und machte sich auf den Weg zur Treppe. Am Absatz drehte er sich noch einmal um. »Wenn Aubrey wieder zu sich kommt, Susannah, soll er sie bei guter Gesundheit vorfinden. Er braucht Sie mehr, als er je jemanden gebraucht hat. Also ruhen Sie sich ein bisschen aus, ja?«

Da konnte sie sich nicht mehr wehren, außerdem war etwas Wahres an dem, was Maisie, der Reverend und jetzt Ethan ihr sagten. »In Ordnung«, gab sie nach, und er nickte und ging nach oben.

Susannah aß etwas, ging dann nach oben und legte sich in ihren Kleidern auf ihr Bett. Sie schlief schon, ehe ihr Kopf das Kissen berührte.

Bei Sonnenuntergang schüttelte Ethan sie. Voller Angst und gleichzeitig Hoffnung fuhr sie hoch.

»Aubrey ist zu sich gekommen«, sagte Ethan mit einem müden Lächeln. »Er fragt nach Ihnen.«

Susannah schrie leise auf, sprang vom Bett und rannte in Aubreys Zimmer. Tatsächlich, er lag mit offenen Augen da, und als er sie sah, begann er zu lächeln.

»Susannah!« Seine Stimme war kaum mehr als ein Krächzen, aber für sie war der Klang wundervoll. Langsam trat sie zu ihm, kniete sich neben das Bett und ergriff vorsichtig seine Hand. Dieselbe Hand, die sie stundenlang voller Angst gehalten hatte.

Wortlos küsste sie seine Finger.

Reverend Johnstone erhob sich, räusperte sich und verließ mit Ethan den Raum. Sie war dankbar, so überwältigend dankbar für so viele Dinge.

Aubrey strich ihr mühsam mit dem Daumen über die Wange und verschlang dann seine Finger mit ihren. Seine Augen, noch immer fast zugeschwollen, zwinkerten. »Ich kann auf unserer Hochzeit vielleicht nicht tanzen.«

Susannah schluchzte kurz auf vor Erleichterung. »Wie geht es dir?«

Er sah sie zärtlich und neugierig zugleich an. »Als ob eine Herde Pferde über mich galoppiert wäre und man mich dann eine halbe Meile über felsigen Boden geschleift hätte«, antwortete er, schon das Sprechen war anstrengend für ihn. »Dennoch werde ich kaum schlechter aussehen als du.«

Sie spielte die Beleidigte, aber ihre Augen leuchteten. »Welch ein Kompliment. Wollen Sie mich verführen, Sir?«

Er lachte leise. »Nur zu gerne, aber ich fürchte, ich bin nicht in der richtigen Verfassung dazu.« Er wurde ernst, und sie erkannte, dass seine Schmerzen zunahmen. »Leg dich neben mich, Susannah«, bat er. »Nur hinlegen, damit ich weiß, dass du bei mir bist.«

Ohne zu zögern kam Susannah seiner Bitte nach und schmiegte sich an ihn, ganz vorsichtig, um ihm nicht wehzutun.

»Himmel«, stöhnte er, »das hätte ich mir besser nicht gewünscht.« Er lachte, stöhnte dann aber erneut vor Schmerzen auf.

»Ich hätte nie erwartet, dass du mal einen Fehler zugibst.« Susannah lächelte, hatte aber schon wieder Tränen in den Augen. Sie konnte einfach nicht aufhören zu weinen.

»Das, was wir hier tun, würde das Wohltätigkeitskomitee aber gar nicht gutheißen«, schalt Aubrey. Vielleicht, dachte Susannah, lenkt das Reden ihn von seinen Schmerzen ab, auch wenn ihm das Sprechen schwer fällt.

Susannah legte ihm die Hand auf die Brust und spürte sein Herz kräftig und regelmäßig schlagen. Sie schloss die Augen. »Zum Teufel mit ihnen«, erklärte sie fröhlich.

Seine Hand legte sich auf ihre. »Schäm dich.« Dann schliefen sie beide ein.

An Ethan hat sich etwas verändert, dachte Aubrey eine Woche, nachdem er zu sich gekommen war, bandagiert wie eine Mumie mit den besten Laken aus dem Laden. Er setzte sich auf, klopfte sein Kissen zurecht und schob es sich in den Rücken. Auch wenn er noch zerschunden war, ließ der Schmerz langsam nach. Jeden Tag ging es ihm ein bisschen besser.

Sein Bruder stand mit dem Rücken zu ihm am Fenster. Aubrey musste lächeln. Ethan sah im Gegenlicht wie ein Engel aus. Aber eins war sicher: Ein Engel war er nicht.

»Delphinia hat sich längst aus dem Staub gemacht«, sagte er, »aber die Kerle, die sie angeheuert hat, müssen noch irgendwo hier sein, darauf verwette ich meine Ranch.«

Aubrey aß gerade Maisies Hühnchen mit Kartoffeln und nahm sich Zeit beim Kauen. Eine Sache, bei der er noch vorsichtig sein musste. Sehr vorsichtig, denn bei dem Kampf hatten sich ein paar Schneidezähne gelockert. »Lass doch«, wehrte er ungeduldig ab. Delphinia war weg, und was ihn anging, wäre es ihm unverschämt vorgekommen, noch mehr zu verlangen. »Was ich wissen will, ist, was mit dir passiert ist. Du bist nicht mehr derselbe Mann wie früher.«

Ethan wandte sich langsam um und grinste seinen Bruder geheimnisvoll an. Dabei drehte er seinen Hut in den Händen. »Oh, ich bin ganz der Alte.«

Aubrey sah ihn aus schmalen Augen an und schüttelte dann den Kopf. »Ich denke, du wirst es mir erzählen, wenn du dazu bereit bist«, gab er zurück. »John Hollister hat mich heute Morgen übrigens besucht. Sieht so aus, als hätte er bei Pinkerton gekündigt, um wieder als Anwalt zu arbeiten. Ich nehme an, dass er das Reisen satt hat.«

Ethans Lächeln schwand. »Er würde Susannah gerne heiraten«, erklärte er, war aber mit seinen Gedanken eindeutig bei etwas anderem. Dennoch versuchte er weiter, die Stimmung aufzuheitern. »Du erholst dich besser schnell, Bruderherz, die halbe Stadt wird um sie werben, falls du stirbst oder zum Invaliden wirst.«

»Sehr komisch«, bemerkte Aubrey ohne Belustigung. »Du hast Ärger wegen deiner kleine Auseinandersetzung mit Delphinia, nicht wahr?«

Ethan zuckte die Achseln. »Wie gesagt, sie ist verschwunden. Hollister meint, dass sie die Anklage irgendwann werden fallen lassen, da ich der Angeschossene bin und sie nicht da ist, um ihre Aussage zu machen.« Wieder grinste er. »Falls ich es so lange schaffe, nicht aufzufallen, natürlich.«

»Natürlich«, stimmte Aubrey zu, setzte sein Tablett beiseite und sank in die Kissen zurück. »Lass dir eines gesagt sein, Ethan, wenn du wieder ins Gefängnis musst, erreichst du gar nichts.«

»Willst du etwa, dass ich die Kerle laufen lasse, die fast meinen Bruder auf dem Gewissen gehabt hätten?«

»Das wäre mir immer noch lieber, als dass du dein Leben ruinierst. Vergiss, was passiert ist, Ethan, das ist nicht dein Kampf.«

»Wessen denn dann? Sag jetzt nicht, dass die Polizei sich darum kümmern wird. Wir wissen beide, dass sie ein paar Spuren verfolgen, nichts finden und den Fall dann zu den Akten legen werden.«

»Ist dir nie der Gedanke gekommen, dass das mein Kampf ist? Ich bin schließlich derjenige, der zusammengeschlagen worden ist.«

Ethan schlug sich den Hut an den Schenkel. »Du kommst ja nicht einmal aus dem Bett. Wie willst du da ein Rudel Ratten aufspüren?«

»Ah, dann hast du also Detektiv gespielt, obwohl du Hollister versprochen hattest, es nicht zu tun.«

Diesmal war Ethans Grinsen echt. »Ich habe doch nur ein paar Fragen gestellt«, verteidigte er sich.

»Ethan!«

»Ich werde vorsichtig sein«, gestand er schnell zu. Unbeholfenes Klimpern auf dem Klavier war jetzt zu hören. »Ich sehe, dass Susannah wieder Klavierunterricht gibt«, bemerkte Ethan, schon an der Tür.

Aubrey ließ den Kopf zurücksinken und schloss die Augen. »Ich weiß nicht, wie ich mich bei den Missklängen je erholen soll«, beklagte er sich. Als er die Augen wieder aufschlug, war Ethan gegangen. Grollend griff Aubrey nach seinem Teller und begann weiterzuessen.

Je eher er genas, desto eher musste er nicht mehr zuhören, wie Holzfäller und Minenarbeiter sein Klavier traktierten. Und desto eher würde er Susannah heiraten und in sein Bett holen können, nicht nur, damit sie zu seiner Beruhigung neben ihm lag.

Er wollte so viel mehr.

Ruby Hollister beugte sich vor, um ein Blech mit Keksen aus dem Ofen zu holen, und obwohl Ethan wegsehen wollte, schaffte er es nicht, den Blick abzuwenden. Als sie sich umwandte und ihn arglos anlächelte – ohne zu wissen, welch lüsternen Gedanken er sich gerade hingegeben hatte –, durchfuhr ihn plötzlich ein seltsames Gefühl. Es war so, als würde er magisch von ihr angezogen.

Ruby hatte sich die Haare locker hochgesteckt, sodass ihr kleine Strähnchen, die sich gelöst hatten, ins Gesicht fielen. Ihre Augen waren braun und voller Schalk und ihre Figur so weiblich, dass einem Mann das Herz stockte. Sie war ganz anders als Su Lin, und doch spürte er zum ersten Mal wieder, dass er Gefühle für eine andere Frau hegen konnte, die denen zu seiner verlorenen Liebe in nichts nachstanden.

Das zerriss ihn, den in seinem Schmerz und seiner Schuld hatte er sich geschworen, nie wieder so für jemand anderen zu empfinden. Ruby hatte mit ihrem Lächeln alle Barrieren eingerissen, die er seit Jahren um sich errichtet hatte, und sein Herz scheinbar in einem Streich erobert. Das Paradoxe dabei war, dass sie davon wahrscheinlich nichts ahnte.

»Sie bleiben doch zum Abendessen?«, fragte sie ihn.

Er dachte an den einsamen Platz zwischen Pinien und Fichten hinter seiner Hütte, an den er oft ging, um vor sich hin zu brüten wie ein Mann, der an einem Grab trauert. Seine Träume lagen dort begraben, wo Su Lin sich von ihm verabschiedet hatte.

»Ich kann nicht«, lehnte er ab. Es war eine Art von Sühne. Su Lin würde nie wissen, dass er dies hier tat, und doch musste er so handeln.

Er hoffte, dass wenigstens sie in China glücklich war und viele Kinder hatte.

Ruby versuchte, ihre Enttäuschung zu verbergen, als sie sich abwandte und die Kekse vom Blech nahm. »Ich verstehe«, sagte sie, aber es klang nicht so.

Er ergriff sanft ihre Schultern und drehte sie zu sich herum. »Ich würde morgen gern vorbeikommen, Ruby. Wenn Ihnen das passt.«

Ihre Augen waren groß und unschuldig, aber sie war alles andere als dumm. »Gibt es jemanden in Ihrem Leben, Ethan? Wenn ja, wäre es mir lieber, Sie ließen mich in Ruhe.«

Er legte ihr den Finger unter das Kinn und war versucht, sie zu küssen, aber dann riss er sich zusammen und zog sich zurück. »Es gibt keine andere«, sagte er. Das stimmte zwar, aber er fühlte sich dennoch wie ein Verräter, als er das sagte. »Ich muss mich noch um ein paar Dinge kümmern, das wissen Sie, Ruby.«

Ein schmerzlicher Ausdruck flog über ihr Gesicht, aber sie nickte. »Ich weiß. Ihr armer Bruder und die Sache mit Ihrer Haft …«

»Von dem Schuss ganz zu schweigen«, ergänzte er. Die Wunde heilte gut, aber weibliches Mitgefühl war nicht zu unterschätzen. »Was meinen armen Bruder angeht, wird er jeden Tag gereizter. Noch vor Weihnachten wird er wieder im Laden stehen und alle herumkommandieren.«

Sie lächelte wieder, und er war verloren. In diesem Moment hätte er alles getan, worum sie ihn bat. Er war nur froh, dass sie das nicht wusste. »Wir könnten Johns Wagen leihen und eine Ausfahrt machen«, schlug sie vor.

Am liebsten hätte er sie geküsst. »Das ist eine gute Idee«, stimmte er zu. »Dann bis morgen gegen vier.«

Sie nickte, und er ging.

Eine halbe Stunde später stand er allein auf seinem geheiligten Platz und grübelte. Ein kalter Wind wehte vom Wasser her, und er stellte den Kragen seiner Jacke auf. Der moosbewachsene Stein, auf dem Su Lin und er so oft träumend gesessen hatten, war mit frischem Schnee bedeckt. Der kleine Bronzebuddha, den sie zurückgelassen hatte, war zur Seite gekippt.

Ethan hockte sich hin und blies in seine Hände, um sie anzuwärmen. Dann stellte er den Buddha gerade hin und sah zum grauen Himmel hoch. Es würde noch mehr Schnee heute geben. Er sehnte sich nach der Wärme und dem Licht des Sommers.

Lange stand er da und übte seine Worte im Geiste. »Es gibt da eine Frau, Su Lin«, begann er schließlich. »Sie heißt Ruby …«

Susannah stützte Aubrey, als sie gemeinsam in seinem Zimmer hin und her gingen. Victoria, die jetzt allein sitzen konnte, sah neugierig von einer Decke aus zu und kaute dabei am Fuß ihrer Stoffpuppe.

»Sehr gut«, lobte Susannah Aubrey, denn er brauchte Ermutigung. Sie wusste, wie schwer es seinem Stolz fiel, sich nicht allein bewegen zu können. »Du hast heute schon viel geschafft. Lass uns eine Pause machen.«

»Eine Pause?« Er sah mit gerunzelter Stirn in ihr emporgewandtes Gesicht. »Bist du müde, Susannah? Ich bin es nicht.«

Susannah seufzte. Die Wahrheit war, dass er heute Nachmittag einen Besuch von Mr. Hollister erwartete und dabei nicht im Bett oder auf dem Sofa im Wohnzimmer liegen wollte – selbst wenn er hinterher zusammenbrach. »Na gut, dann mach weiter, bis du einen Rückfall hast, wenn du das willst.«

»Ich würde gern mal die Treppe probieren«, kündigte er an, als ob sie nichts gesagt hätte.

Die Treppe. Allein das Anziehen war schon eine Strapaze gewesen, nun wollte er sich auf den mühsamen Weg zu seinem Arbeitszimmer machen. »Könntest du Mr. Hollister nicht hier oben empfangen? Das ist doch wunderbar …« Vor allem war es hier oben für ihn weniger anstrengend.

»Ich kann mich nicht für immer hier oben verstecken!«, fauchte Aubrey. Sofort zeigte sich Reue auf seinem Gesicht, und seine eben noch angespannten Züge wurden weicher. »Es tut mir Leid, Susannah. Es ist nur so, dass mein Leben da draußen stattfindet, ohne mich.«

Sie lächelte und legte ihm die Hand auf die Brust. »Dein Leben ist hier drin«, korrigierte sie. »Du trägst es mit dir, egal wo du bist.«

Er beugte den Kopf, was ihm noch nicht leicht fiel, und küsste sie sanft. »Ah, Susannah, Susannah, ich verdiene dich nicht.«

»Das stimmt«, erklärte sie nachdenklich und lachte dann. »Nun komm. Wenn du wirklich nach unten willst, fangen wir besser damit an. Mr. Hollister wird in einer Stunde hier sein.«

Aubrey schüttelte den Kopf. »Scharf wie die Zunge einer Schlange«, zischte er.

Susannah holte Ellie, damit sie auf Victoria aufpasste, und machte sich dann mit Aubrey auf den Weg. Der Abstieg in den ersten Stock war mühsam, und sie konnte erkennen, dass er teuer für seine Eitelkeit bezahlte. Dennoch war er es, der die Entscheidung treffen musste, also sagte sie nichts mehr. Der Ausdruck von Zufriedenheit auf seinem Gesicht, als er endlich hinter seinem Schreibtisch saß, war Lohn genug für die Mühe, auch wenn die Anstrengung des Sitzens sich bald zeigte.

Susannah trat hinter ihn und massierte seine Nackenmuskeln, und schon bald entspannte er sich. Er ergriff eine ihrer Hände und hauchte einen Kuss darauf, und einen kurzen Moment lang hoffte sie, er würde ihr sagen, dass er sie liebte. Seit dem Überfall drängt es sie, ihm ihre wahren Gefühle zu gestehen, aber sie fürchtete, dass er ihre Hochzeit absagen würde, wenn sie zu viel von sich preisgab.

»Wie lange müssen wir noch warten?«, fragte er.

»Worauf?« Sie hatte an etwa anderes gedacht und war verwirrt.

Er zog sie herum, sodass sie ihn ansah. »Auf unsere Hochzeit«, sagte er geduldig.

Sie errötete und hoffte, dass er ihre Freude nicht bemerkte. »Wann immer du dich dem gewachsen fühlst«, erwiderte sie scheu, »ich bin bereit.«

Er suchte ihren Blick. »Wirst du wirklich bereit sein?«

Sie wusste, was er fragte. Er wollte, dass ihre Hochzeit in jeder Hinsicht vollzogen wurde. Auch sie wollte das, hatte aber so gut wie keine Erfahrung und war deshalb nervös. Sie wollte gerade Ja sagen, als es an der Tür klingelte.

Sie wollte öffnen gehen, weil Maisie und Ellie beide zu tun hatten, aber Aubrey hielt sie fest. »Susannah«, drängte er.

»Ja«, stieß sie hervor und errötete, »ja, ich werde bereit sein.«

Er lächelte strahlend. »Gut, denn ich bin es schon.«

Sie zog sich zurück. »Wir bekommen Besuch«, erinnerte sie ihn.

John Hollister wartete auf der Veranda, den Kragen gegen die Kälte hochgestellt, Schneeflocken auf dem Hut. Er betrachtete sie mit Traurigkeit, lächelte aber dann und neigte den

Kopf. »Miss McKittrick«, grüßte er, »ich bin gekommen, um Aubrey zu sehen.«

Sie nickte und trat zurück, um ihn hereinzulassen, und nahm ihm dann den Mantel ab. »Kommen Sie bitte herein. Es ist kalt heute. Kann ich Ihnen etwas Warmes zu trinken bringen?« Sie benahm sich, als sei sie schon die Hausherrin, und wusste, dass er das bemerkte.

»Sehr freundlich von Ihnen«, bedankte er sich. Dann ging er auf die Treppe zu, weil er natürlich davon ausging, dass Aubrey immer noch bettlägerig war, wenn man in Betracht zog, dass seine Verletzungen erst eine Woche alt waren. In der Woche hatte Susannah sich damit beschäftigt, Julias Sachen in Kisten zu packen und sie wegzustellen, bis Victoria eines Tages nach Erinnerungen an ihre Mutter fragen würde.

Susannah ließ Mr. Hollister mit einem Blick innehalten. »Er ist in seinem Arbeitszimmer.«

»Danke«, erwiderte Hollister und änderte die Richtung.

Einige Minuten später betrat Susannah das Zimmer mit einem Teetablett. Darauf standen eine Kanne, drei Tassen und ein Teller mit Maisies speziellen Sesam-Zitronen-Crackern. Die drei Tassen sollten ein Hinweis darauf sein, dass sie sich nicht wie ein Hausmädchen nach dem Servieren wieder wegschicken lassen würde.

»… als ich bei Pinkerton war …«, sagte Hollister gerade.

Susannah brauchte eine Zeit, um das zu verarbeiten, und als sie dann Aubrey ansah, erwiderte er ihren Blick voller Vorsicht. Hollister redete weiter, ohne die plötzliche Spannung im Raum zu bemerken.

Susannah setzte das Tablett so heftig ab, dass das Porzellan klirrte, doch sie lächelte ihren Besucher dabei strahlend an. »Sie waren ein Privatdetektiv, Mr. Hollister?«, fragte sie. »Das wusste ich gar nicht.«

Hollister wurde rot, als ihm sein Fehler bewusst wurde. Hilflos sah er Aubrey an und verstummte. Dann erst fiel ihm ein, dass sie ihm ja eine Frage gestellt hatte. »Äh … ja … ich war fünf Jahre lang bei der Pinkerton-Agentur angestellt. Davor war ich Anwalt.«

Susannah stellte eine Tasse vor ihn hin und goss ihm den Tee ein. »Ich verstehe.« Wütend sah sie Aubrey an. Sie verstand allerdings. Als sie neu in Seattle war und Mr. Hollister ihr scheinbar den Hof gemacht hatte, hatte er in Wirklichkeit Nachforschungen betrieben. Und Aubrey war der, der ihn dafür angeheuert hatte. »Nun, wie dumm von mir, dass ich da nicht schon viel eher drauf gekommen bin, nicht wahr?« Sie knallte dem Hausherrn, der in diesem Moment nicht allzu herrisch aussah, die zweite Tasse hin.

»Susannah«, protestierte Aubrey.

Sie goss ihm den Tee ein, und ihre Hände zitterten dabei vor Wut. »Was haben Sie denn über mich herausgefunden, Mr. Hollister?«, fragte sie gefährlich zynisch. »Dass ich eine Menge Ehemänner verlassen habe? Oder dass ich Typhus habe? Dass ich vielleicht eine Attentäterin bin?«

»Hör auf«, befahl Aubrey kurz.

Susannahs Augen brannten. Sie warf den beiden Männern einen anklagenden Blick zu, rannte zur Tür und knallte sie dann hinter sich ins Schloss.

Aubrey fluchte leise.

»Sieht ganz so aus, als hätten Sie ihr nichts von den Nachforschungen erzählt«, bemerkte Hollister. Er war ein Meister der Untertreibung.

»Es war kein Geheimnis«, gab Aubrey etwas kurz angebunden zurück. »Ich bin nur nie dazu gekommen, ihr das zu erklären. Ich war in letzter Zeit mit anderen Dingen beschäftigt.«

Hollister lachte auf. »Allerdings. Was können Sie mir zu den Männern sagen, die Sie angegriffen haben?«

Aubrey lehnte sich zurück und unterdrückte ein Stöhnen. »Sie sind sehr hinterhältig vorgegangen, und es waren sehr viele. Mehr weiß ich nicht.«

»Haben Sie gar nichts gesehen?« Hollister zog Block und Bleistift aus der Tasche.

»Es war dunkel.«

»Ihr Bruder sagt, Mrs. Parker habe indirekt zugegeben, in die Sache verwickelt zu sein.«

»Das hat er mir auch gesagt«, bestätigte Aubrey. »Doch sie hat Seattle verlassen und würde nie zugeben, dass sie die Männer angeheuert hat, falls Sie sie finden würden. Jetzt ist sie wahrscheinlich schon irgendwo im Süden.«

»Nicht im Osten? New York vielleicht, oder Chicago?«

Aubrey zuckte die Achseln. Es war ihm vollkommen egal, wo Delphinia war, Susannah war die, an der ihm lag. Wie lange sie wohl wütend auf ihn sein würde? »Ihr Exmann lebt in Philadelphia, glaube ich«, sagte er. »Ein Unternehmer. Es gab irgend einen Skandal – ich bezweifle, dass sie sich dort wieder sehen lassen würde.«

Hollister rückte auf seinem Stuhl hin und her. »Wollen Sie denn nicht, dass der Fall gelöst wird?«, wunderte er sich. »Es ist doch klar, dass diese Männer Sie töten wollten. Und wenn Mrs. Parker sie angeheuert hat, ist sie genauso schuldig wie die Täter.«

Aubrey unterdrückte einen Seufzer. Seine Schmerzen nahmen wieder zu, und er wollte nur noch schlafen. »Doch, natürlich. Und wenn nur aus dem Grunde, dass mein kleiner Bruder sie sonst auf eigene Faust jagt.«

15

Sobald Hollister seine wenig ergiebige Befragung beendet und das Haus verlassen hatte, kam Aubrey mit Mühe auf die Füße, wobei er die Zähne zusammenbiss. Er dachte gerade, wie gut es war, dass Susannah ihn so nicht sehen konnte, als er sich umdrehte und sie in der Tür stehen sah. Sie war blass und wirkte angespannt.

»Du hast es für Victoria getan«, stellte sie fest.

Sie meinte natürlich die Pinkterton-Nachforschung. Wegen Hollisters mangelnder Begeisterung war sie nie über das Anfangsstadium hinausgekommen, aber das änderte nichts daran, dass er den Mann angeheuert hatte. Aubrey stützte sich am Schreibtisch ab und hoffte, lässig auszusehen. »Damals hatte ich vor, dir ein Vermögen zu geben und dich mit dem Kind irgendwohin zu schicken. Aber ehe ich das tun konnte, musste ich wissen, dass du … wie hast du es noch genannt? – ah, ja, nicht lauter Männer oder Typhus in deinem Gepäck hast.«

Sie lächelte schwach. Mehr denn je wollte er sie lieben, ihr Lust verschaffen, bis sie schrie, aber bei dem Versuch würde er sich wahrscheinlich umbringen. »Und?«

»Soweit ich weiß, kann weiterhin alles möglich sein. Hollister hat den Auftrag fast sofort wieder abgegeben, weil er dir den Hof machen wollte. Und was mich angeht – nun, so habe ich dir einfach vertraut.«

Sie trat einen Schritt auf ihn zu und blieb dann stehen. »Du hättest mir erlaubt, Victoria mit mir zu nehmen?«

Er nickte. »Ein Kind braucht eine Mutter. Einen Vater natürlich auch, aber die Mutter ist unverzichtbar.«

Tränen stiegen ihr in die Augen, und er fragte sich, womit er sie jetzt verletzt hatte. Dann eilte sie zu ihm und schlang vorsichtig die Arme um ihn, um ihm nicht wehzutun. Vielleicht vertraute er ihr gerade wegen dieser sanften Art. Und wegen ihrer Aufrichtigkeit, ihrem Mut, ihrem Humor …

»Du bist so gut«, schniefte sie, »egal, was du zu sein vorgibst.«

Er hielt sie fest, beugte mühsam den Kopf und küsste sie leicht auf den verführerischen Mund. »Oh, Susannah«, stöhnte er, »wie ich dich brauche.« Er meinte, kurz Bedauern in ihren Augen zu sehen, ehe sie lächelte, und wieder war er verwirrt.

»Auch im Moment?«, fragte sie.

Als er nichts erwiderte, ergriff sie seinen Arm, um ihn zu stützen. »Komm mit«, sagte sie, »es wird Zeit, dass du wieder ins Bett kommst.«

Aubrey stöhnte laut. Und nicht nur wegen seiner Schmerzen.

Als Aubrey endlich wieder in seinem Zimmer war, war Susannah außer Atem. Er war groß und schien sich stärker auf sie gestützt zu haben als auf dem Weg in sein Arbeitszimmer.

»Setzt dich«, wies sie ihn an. »Ich helfe dir, die Stiefel auszuziehen.«

Aubrey sank auf den Bettrand, und Susannah griff nach seinem einen Fuß. Er sog scharf den Atem ein und murmelte etwas, was wie ein Fluch klang. »Stell dich mit dem Rücken zu mir zwischen meine Beine«, wies er sie an. »Sonst bringst du mich noch um.«

Sie gehorchte, auch wenn sie leichtes Misstrauen verspürte. Als sie sich bückte und er sie in den Po zwickte, bestätigte sich ihr Verdacht. Sie warf ihm einen finsteren Blick zu, das Gesicht rot vor Verlegenheit und mit einem Gefühl, das sie vor sich nicht zugeben wollte.

Er lachte. »Zieh mir einfach nur die Stiefel aus, ich verspreche, dass ich mich jetzt benehme.«

Sie bückte sich, und wieder zwickte er sie. Sie zog ihm den Stiefel aus und schleuderte ihn von sich, ehe sie herumfuhr und ihn ansah. Das jungenhafte Zwinkern in seinen Augen besänftigte sie sofort, und als er sie an sich zog, wehrte sie sich nicht.

Er vergrub sein Gesicht an ihrem Bauch und schmiegte sich an sie, und in Susannah gab etwas nach. Sie hatte das unziemliche Verlangen, sich in seinen Armen zu verlieren und sich ihm ganz zu ergeben.

»Was tust du da?«, fragte sie.

»Träumen«, gab Aubrey zurück, seine Stimme gedämpft durch den Stoff ihres Kleides. Sie trug ein dunkelgrünes Wollkleid, das nicht aus Julias Bestand stammte, sondern das sie mit dem Geld aus ihrem Unterricht rechtmäßig erworben hatte.

Sie dachte, dass sie sich zurückziehen sollte, aber sie konnte sich einfach nicht bewegen, auch wenn sie wusste, dass er sie nie gegen ihren Willen festhalten würde. »Aubrey« protestierte sie, aber es klang schwach.

Langsam schob er seine Hände hoch, um ihre Brüste zu umfassen. Susannah stöhnte auf und warf den Kopf nach hinten, obwohl sie jeden anderen Mann bei so einem Benehmen bewusstlos geschlagen hätte. Er reizte ihre Brüste, bis die Spitzen hervortraten, und streichelte sie leicht durch den Stoff hindurch.

»Schließ die Tür, Susannah«, bat er und ließ die Hände sinken.

Sie schwankte benommen, und er umfasste ihre Hüften und küsste sie durch den Stoff an ihrer empfindsamsten Stelle, was sie sofort in Flammen stehen ließ. Stumm stand sie da, völlig überwältigt, und wusste nicht, ob ihre Beine sie bis zur Tür tragen würden.

»Und verriegle sie«, setzte er hinzu.

Jetzt gehorchte sie wie eine Schlafwandlerin. Alles um sie herum pulsierte, es war wie in einem erotischen Traum. Sie lehnte sich gegen die Wand und maß den Abstand zwischen ihr und Aubrey Fairgrieve, ihr und dem Verlorensein.

»Wir sind noch nicht verheiratet«, erinnerte sie ihn. Sie fand selber, dass es nicht sehr überzeugend klang.

»Stimmt«, sagte Aubrey. »Deshalb werde ich dich auch nicht nehmen, Susannah. Aber ich werde dich dazu bringen, dass du dir das wünscht. Komm her.«

Sie ging zu ihm, gehorchte seinem Befehl wie eine Närrin.

»Hilf mir beim Ausziehen.« Er erhob sich, uns sie schob ihm gehorsam die Jacke von den Schultern, löste die Hosenträger und zog ihm Hemd und Hose aus.

Sie hatte Aubrey noch nie nackt gesehen, auch noch keinen anderen Mann, und sie hatte erwartet, dass der Anblick sie schockieren würde. Stattdessen verspürte sie den Drang, ihn bewusst anzusehen, und schloss eine Hand um seine herrliche Erektion.

»Himmel!«, stieß sie hervor.

Er lachte, aber ein leises Stöhnen schwang mit. Um den Verband herum lockten sich dunkle Haare auf seiner Brust. Seine Muskeln erinnerten an eine griechische Statue.

»Jetzt bist du dran, Susannah«, lächelte er. Er stand vor ihr, ganz Mann und Lust, und noch nie war sie sich ihrer Weiblichkeit bewusster gewesen. Auch war sie noch nie so verletzlich gewesen. Der Augenblick war erregend, und sie genoss ihn.

Plötzlich verspürte sie Scheu, schluckte und schüttelte den Kopf. »Ich … ich kann nicht.«

»Dann lass mich.« Seine Stimme war sanft und schien sie überall zu liebkosen.

Sie leckte sich nervös über die Lippen und schluckte, dann nickte sie. Als Erstes löste er ihr Haar, Strähne um Strähne, bis es ihr bis zur Taille fiel. Sie wünschte bereits, er würde sie lieben, dabei wusste sie trotz ihrer Unschuld, dass seine Verführung noch nicht einmal begonnen hatte.

Als Nächstes öffnete er die Knöpfe ihres Kleides und reizte jede Stelle ihrer Haut mit Liebkosungen seiner Fingerspitzen. Susannah zitterte.

Er zog ihr das Kleid über die Schultern und die Arme herunter. Dann küsste er sie auf die empfindsame Innenseite der Handgelenke.

Nimm mich!, hätte sie am liebsten gerufen. *Nimm mich auf der Stelle!* Aber sie wusste, dass er sie abweisen würde, und noch besaß sie so viel Stolz, dass sie lieber schwieg.

Schließlich lag ihr das Kleid zu Füßen. Er schnürte ihre Korsage auf, um ihre Brüste freizulegen, und sie sah aus dem Fenster in das Schneetreiben hinaus, um sich abzulenken. Sie wusste, wenn sie ihn ansähe, würde sie betteln.

Er umfasste ihre Brüste und liebkoste sie, bis sich ihr eine schwaches Stöhnen entrang. Dann löste er ihre Unterröcke, die raschelnd zu Boden fielen. Das Höschen ließ er ihr an, bat sie aber, die Schuhe auszuziehen und einen Fuß auf den Sessel zu stellen.

Dort löste er das erste Strumpfband und rollte den Strumpf langsam herunter. Zitternd vor Lust wartete sie auf seine Liebkosungen. Doch er ließ sich Zeit und wiederholte den Vorgang mit ihrem anderen Bein.

Endlich stand sie nackt vor ihm, ohne Scham und stolz wie

eine heidnische Göttin. Zum ersten Mal im Leben fühlte Susannah sich vollkommen unwiderstehlich. Sie wusste, welche Macht Aubrey über sie hatte, aber das war auch umgekehrt der Fall. Wenn sie in seine Augen sah, las sie dort eine Art Hingabe, die ihre Herrschaft über ihn bestätigte.

»Leg dich neben mich«, bat und befahl er zugleich.

Sie legten sich Seite an Seite auf sein Bett, die Gesichter einander zugewandt. Aubrey schlang Susannah den Arm um die Taille und küsste sie auf die Stirn.

»Du bist schön«, sagte er.

»Du auch«, gab sie zurück und errötete.

Er lachte. »Trotz der Blessuren und Verbände?«

Sie zog die Linie seiner muskulösen Schulter nach. »Oh, ja«, bestätigte sie. »Warum tun wir das?«

»Weil ich verrückt werde«, antwortete er und küsste sie auf den Mund, »wenn wir nicht irgendetwas tun. Ich will dich, seit du damals hier aufgetaucht bist und mich angesehen hast, als wäre *ich* der Eindringling.«

Wollen war etwas anderes als Lieben, auch wenn beides eng miteinander verknüpft war. Wenn, ach wenn er doch nur sagen würde, dass er sie liebte.

Er fuhr mit dem Finger von der Halsgrube über ihre Brüste hinunter zum Bauch, und sie erschauerte, als er die Haare zwischen ihren Schenkeln erreichte, die sie unwillkürlich für ihn öffnete. Und immer noch fiel Schnee vor dem Fenster.

»Mach, dass ich dich will«, flüsterte sie.

Er gehorchte.

»Werden Sie krank?«, fragte Maisie, als Susannah zwei Stunden später den Mut aufbrachte, einen Fuß in die Küche zu setzen. Sie sprach ernst, aber in ihren Augen stand ein Lächeln.

Susannah goss sich einen Tee ein und nahm sich einen Keks.

Ihr Knie zitterten, und ihre Stimme klang heiser, obwohl Aubrey all ihre Schreie geschluckt hatte. Sie hatte bebend unter ihm gelegen, hatte ihn angefleht, aber er hatte sein Wort gehalten. Jetzt war sie erschöpft und erhitzt und voller Begehren, aber noch immer war sie Jungfrau.

»Mir geht es bestens«, brachte sie verspätet heraus und errötete über und über.

»Das bezweifle ich nicht.« Maisie lächelte.

»Wo sind Jasper und Victoria?«, fragte Susannah, um das Thema zu wechseln. Wenn Maisie aufpasste, waren die Kinder in Sicherheit und zufrieden.

»Ellie bringt sie gerade ins Bett.«

Erschrocken sah Susannah zum Fenster. Es wurde bereits dunkel, und es lag dicker Schnee. Wo war die Zeit geblieben?

Aber sie wusste es natürlich. Sie hatte den Großteil des Nachmittags damit verbracht, die Freuden des Bettes zu erlernen, und sie sehnte sich danach, noch viel mehr zu erfahren.

»Glauben Sie, dass Reverend Johnstone heute Abend zu Hause ist?«, fragte sie.

Maisie zuckte die Achseln. »Ich denke schon. Warum?«

Susannah stieß den Atem aus. »Aubrey und ich haben entschieden, dass es – nun – klug wäre, bald zu heiraten.«

Wieder lächelte Maisie. »Klug, was? Na, das sind gute Nachrichten.«

»Morgen«, stellte Susannah klar.

»So ist das also.«

Susannah verdrehte die Augen. Gab es denn keine Geheimnisse in diesem Haus? »So ist es«, bestätigte sie. Maisie hatte Steaks zum Abendessen vorbereitet und machte Aubrey gerade ein Tablett zurecht.

Er aß mit großem Appetit.

Reverend Johnstone, den einer der Stallknechte geholt hatte, kam am späten Abend. Aubrey schlief schon, und auch Maisie und Ellie hatten sich bereits zurückgezogen. Susannah servierte ihrem Gast frischen Kaffee, heißes Gulasch und Brot mit Butter und erklärte dabei, dass Aubrey und sie, wenn möglich, am nächsten Tag heiraten wollten.

»Das kommt mir ein bisschen überhastet vor«, bemerkte der Kirchenmann und tupfte sich den Mund mit einer von Maisies gestärkten Servietten ab. »Ihre Gefühle für Aubrey wirkten zuweilen … recht wenig überzeugend, wenn ich das sagen darf.«

Er hatte es schon gesagt, aber Susannah gab keinen Kommentar dazu. »Ich liebe ihn sehr«, erklärte sie. Es war das erste Mal, dass sie das laut sagte.

»Und wie fühlt er für Sie?«

Susannah errötete und konnte dem weisen Blick des Pastors nicht standhalten. »Er … mag mich, glaube ich.« Dann, leiser: »Und er will mich.«

»Ich verstehe.«

»Ich hoffe, dass er mit der Zeit …«

Reverend Johnstone griff über den Tisch und tätschelte ihr die Hand. »Nun, nun. Liebe erwächst oft aus Kameradschaft und geteiltem Leben. Ich neige dazu, sie für beständiger zu halten als die Art Liebe, die sich auf den ersten Blick ereignet.«

Susannah seufzte und stützte das Kinn auf. »Waren sie je verliebt, Reverend?«, fragte sie.

Er lächelte, und Erinnerungen standen in seinen Augen. »Oh, ja. Vor langer Zeit hatte ich ein Frau. Sie hieß Laura. Sie ist an Krebs gestorben.«

»Das tut mir Leid.«

Wieder tätschelte er ihr die Hand. »Das braucht es nicht. Wir haben zusammen mehr Glück erlebt als andere Leute in ihrem ganzen Leben, und ich weiß, dass sie im Himmel auf mich wartet.«

Susannah seufzte. »Haben Sie Kinder?«

»Vier kräftige Söhne.«

Sie wappnete sich für noch mehr Tragisches, aber nichts folgte. »Matthew ist Anwalt in Boston, Mark Vizepräsident einer Reederei in London. Luke ist Pfarrer in Kansas, und John, der Jüngste, geht noch zur Schule. Er will einmal Arzt werden.«

»Wie wundervoll«, sagte Susannah und stellte sich die vier erfolgreichen Söhne vor. »Sie müssen sehr stolz auf sie sein.«

»Das bin ich, auch wenn es mal eine Zeit gab, wo ich dachte, sie würden allesamt im Gefängnis enden.« Er lachte liebevoll. »Sie sind gute Jungs, aber als sie jung waren, hatten sie nur Flausen im Kopf. Pfarrerskinder, wissen Sie. Die haben es nicht so leicht.«

»Vermissen Sie sie?«

»Ich denke schon. Aber sie sind jetzt erwachsen und haben bis auf John selbst eine Familie. So soll es sein. Wenn wir weise sind, bringen wir unseren Kindern bei, uns nicht mehr zu brauchen.«

Susannah dachte an Victoria, stellte sie sich als Frau vor und hätte bei der Vorstellung, das kleine Mädchen irgendwann einmal zu verlieren, am liebsten geweint. Die Zeit verging so schnell, Kinder wuchsen heran, Liebende wurden alt. Sie schluckte.

»Aber, aber.« Der Pfarrer reichte ihr sein sauberes Taschentuch. »Was ist los?«

Susannah putzte sich so anmutig wie möglich die Nase und tupfte sich die Augen trocken. Für jemanden, der im Grunde glücklich war, weinte sie in letzter Zeit viel zu viel. »Das Leben ist so kostbar«, sagte sie.

Der Reverend lächelte, und dann besprachen sie die Hochzeit, die am nächsten Tag im Salon stattfinden sollte. Susannah hätte lieber in der Kirche geheiratet, aber Aubrey konnte die Strecke noch nicht bewältigen.

Als Reverend Johnstone sich verabschiedete, machte Susannah die Lichter aus und sicherte die Türen. Am Fenster ihres Zimmers, wo Victoria schon lange schlief, blieb sie stehen und sah in den Schnee hinaus, der golden im Licht der Laternen tanzte.

In dem Moment kam es ihr fast perfekt, wenn auch nicht ideal vor, einen Mann zu heiraten, der sie nicht liebte.

Ethan rückte seinem Bruder die Krawatte zurecht. »Bist du dir auch sicher?«, fragte er grinsend. »Eine Ehe ist eine ernste Sache.«

»Daran brauchst du mich nicht zu erinnern«, erwiderte Aubrey. Er wurde unweigerlich an den Tag seiner Hochzeit mit Julia erinnert, als er noch an die Liebe geglaubt hatte wie ein Kind an Elfen. Und jetzt machte er alles noch einmal durch, wenn auch mit einigen wesentlichen Änderungen.

Er hatte auf die harte Art gelernt, dass Liebe nur etwas für Träumer und Narren war. Susannah und er würden im Bett und auch außerhalb Partner sein, die sich ihr Leben auf der Basis von gutem Willen und gemeinsamen Interessen aufbauen würden. Seltsamerweise war er widersinnig glücklich.

»Was macht ihr in den Flitterwochen?«, sorgte sich Ethan. »Du stehst hier mit bandagiertem Brustkorb …«

»Meine Rippen brauche ich nicht«, unterbrach ihn Aubrey. Er stieß Ethans Hände, die immer noch an seiner Krawatte herumfummelten, geduldig beiseite. »Was die Flitterwochen angeht – nicht dass dich das etwas anginge –, werden wir im Frühjahr eine Reise nach Europa unternehmen.«

Ethan pfiff beeindruckt durch die Zähne. »Weiß Susannah das schon?«

»Noch nicht.« Aubrey musterte sich im Spiegel. Er war noch unbeweglich, aber der Großteil der äußerlich sichtbaren Blessuren war verheilt, sodass er in seinem besten Anzug eine gute Figur machte. Mit Ethans Hilfe hatte er sich rasiert und das Haar mit Wasser geglättet, auch wenn es sich schon wieder vorwitzig lockte. Er runzelte die Stirn. »Hast du den Ring?«

»Zum fünften Mal«, seufzte Ethan fröhlich, »ja.« Er zog mit zwei Fingern einen breiten Goldreif mit einem Diamanten aus der Westentasche. »Siehst du?«

»Verlier das verdammte Ding nur nicht«, grollte Aubrey.

Ethan lachte. »Hör dich an! Wenn dir der Mut fehlt, Susannah zu heiraten, trete ich gerne für dich ein und heirate sie selbst. Sie ist eine warmherzige, gut aussehende Frau und auch noch klug dazu.«

»Zu klug, um sich mit jemandem wie dir einzulassen«, erwiderte Aubrey, musste aber lächeln. Sein Bruder hatte sich ihm bislang nicht anvertraut, aber Hawkins hatte die Nachricht gebracht, dass sich eine Romanze zwischen Ethan und Ruby Hollister anzubahnen schien, der kleinen Schwester seines Anwalts.

»Bist du bereit?«, fragte Ethan, als die Töne des Klaviers nach oben drangen.

Aubrey seufzte. »Ich bin bereit.« Er hoffte nur, dass das auch stimmte.

Susannah trug ein Kleid, das sie sich zusammen mit Maisie erst heute Morgen gekauft hatte. Obwohl es hastig gekauft und noch hastiger geändert worden war, war es ein Traumkleid mit Metern elfenbeinfarbener Seide, irischer Spitze und kleinen Perlen.

Außer der Braut, dem nervösen Bräutigam und dem Pfarrer waren Ethan, Maisie und Ellie, Zacharias, Hawkins und einige Geschäftsfreunde von Aubrey zugegen. Auch Hollister war mit seiner entzückenden Schwester gekommen. Zwei Damen des Wohltätigkeitskomitees waren zugegen und sahen aufmerksam zu, als erwarteten sie, dass Braut oder Bräutigam im letzten Moment noch einen Rückzieher machen könnten.

Susannah neigte den Kopf, um ihr Lächeln zu verbergen.

»Wenn Sie beide zu mir treten wollen«, begann der Reverend, der sich mit dem Rücken zu dem großen Steinkamin aufgebaut hatte.

Susannah und Aubrey sahen einander an, und Aubrey lockerte seinen Kragen, ehe er vortrat. Susannah stand mit heftig klopfendem Herzen neben ihm.

»Liebe Versammelte«, erhob der Pfarrer seine dröhnende Stimme.

Susannah merkte, dass ihre Knie nachgaben und stellte sich aufrechter hin. Aubrey hatte die Bewegung aus den Augenwinkeln bemerkt und ergriff fest ihren Ellbogen, als ob er Angst hätte, sie könnte ohnmächtig werden. Auch sie fürchtete das, bis das Gelübde abgelegt war und Reverend Johnstone sie zu Mann und Frau erklärt hatte.

Mann und Frau.

Susannah fühlte sich leicht im Kopf und war überrascht, als Aubrey sie zum Kuss an sich zog. Er dauerte so lange, bis Jubelrufe erklangen, und als er sie dann losließ, war Susannah bis an die Haarwurzeln errötet.

»Mr. und Mrs. Aubrey Fairgrieve«, verkündete der Reverend stolz.

Es folgten noch mehr Hurras, ein paar Pfiffe und Füßestampfen, und die Damen des Komitees sahen pikiert, aber beruhigt aus. Zweifelsohne würden sie die Nachricht verbreiten, dass Aubrey Fairgrieve die junge Frau, die unverheiratet unter seinem Dach gelebt hatte, geheiratet hatte, sodass Moral und Anstand gewahrt waren.

Maisie hatte einen weißen Kuchen mit Kokosguss gebacken und schnüffelte gerührt, als sie den Frischvermählten die ersten Stücke anbot. Ellie schenkte Tee und Kaffee ein. Draußen fiel Schnee und verwandelte den grauen Novembertag in einen weißen Traum.

Ethan gratulierte als Erster, schüttelte Aubrey die Hand und küsste Susannah auf die Stirn. Interessiert verfolgte sie, wie er Ruby Hollister vorstellte, die junge Frau, die ihn zum Fest begleitet hatte. Wenn ich mich nicht sehr irre, dachte Susannah, wird es bald eine zweite Hochzeit bei den Fairgrieves geben.

Nach dem Zeremoniell bestand Zacharias darauf, den Platz am Klavier einzunehmen, und zu zeigen, was er seit Beginn seines Unterrichts gelernt hatte. Er mühte sich durch »Clementine« und wurde mit üppigem Applaus belohnt, bei dem Susannah sich nicht sicher war, ob er der Darbietung oder dem Ende derselben galt.

Das Festessen wurde im Esszimmer eingenommen. Es gab gebackenen Schinken und gerösteten Truthahn mit allen möglichen Beilagen. Maisie und Ellie hatten den ganzen Tag mit den Vorbereitungen zugebracht, und als Aubrey sein Glas mit Champagner hob, um einen Toast auf seine Frau auszubringen, hatte Susannah das Gefühl, gleich aus einem schönen Traum zu erwachen.

Doch dem war nicht so. Nach dem Essen und noch mehr Kuchen begannen die Gäste sich einer nach dem anderen zu verabschieden. Schon bald saßen sich nur noch Susannah und Aubrey an der langen Tafel gegenüber.

Er lächelte sie durch die Kerzen hindurch an – draußen war es mittlerweile dunkel – und hob noch einmal sein Glas auf sie.

»Auf die entzückendste Braut der Welt.« Er nahm einen Schluck und stellte das Glas dann beiseite.

Susannah war so glücklich, dass sie am liebsten durch das Zimmer getanzt wäre, aber sie war auch nervös. Sie waren jetzt allein, und es gab keine Barrieren mehr zwischen ihnen. Plötzlich scheu, senkte sie den Kopf. »Denk an dein Versprechen«, mahnte sie und überraschte sich selbst damit, weil sie das gar nicht hatte sagen wollen. Ihr Körper summte immer noch von den Liebkosungen des Vortages, und sie hatte die halbe Nacht von Sehnsucht nach ihm wach gelegen. Nun war sie diejenige, die etwas Distanz zwischen sie legen wollte.

Seine Augen glühten, aber nicht vor Wut. »Ich habe versprochen, dich zu überreden«, sagte er. »Und das werde ich tun. Weißt du noch, wie du mich gestern angefleht hast, Susannah? Soll ich wiederholen, was du gesagt hast?«

Sie errötete tief. »Wage es nicht!«

Er lachte und erhob sich.

Susannah blieb sitzen. »Du warst schwer verletzt«, führte sie an, »du bist sicher noch nicht in der Lage ... «

Er stand neben ihr und reichte ihr die Hand. »Da irrst du dich, meine liebe Frau.«

Sie sah zu ihm auf. »Ich habe Angst«, gestand sie.

Sanft zog er sie auf die Füße. »Das ist unnötig.«

Susannah zitterte. Aubrey hielt sie fest – ihr Herz und ihre Zukunft lagen nun in seinen Händen. Dann führte er sie aus dem Zimmer die Treppe hoch nach oben. Susannah merkte, dass er sich von Stunde zu Stunde spürbar besser mit alter Sicherheit bewegte.

Vor seinem Schlafzimmer, das jetzt auch ihres war, senkte er den Kopf und küsste sie. »Ich kann dich nicht über die Schwelle tragen«, flüsterte er, »aber ich denke, du wirst mich mehr als fähig finden, die Pflichten eines Ehemannes zu erfüllen.«

16

Aubrey verriegelte die Tür und nahm Susannah in die Arme, ohne sich die Mühe zu machen, die Lichter anzuzünden. Als er sie erst zart, dann immer fordernder küsste, schwand all ihre Nervosität, um einem neuen Gefühl Platz zu machen. Es war ein so intensives Gefühl, dass sie glaubte, in Flammen zu stehen.

Sie konnte nicht sagen, wie lange er sie so gehalten und geküsst hatte, es war ihr auch egal. Sie war nackt, ohne sich daran zu erinnern, wann sie ihre Kleider abgelegt hatte, und sein Körper, den ihre Fingerspitzen und ihr Mund erforschten, presste sich warm und fest an den ihren. Wann hatte er sich seiner Kleidung entledigt? Es spielte keine Rolle.

Er ging zu einem Stuhl und setzte sich, ein Schatten in der vollkommenen Dunkelheit. Dann umfasste er ihre Taille und zog sie auf seinen Schoß. Sie stöhnte leise, während eine Stimme in ihrem Kopf sie damit quälte, dass eine Verführung gar nicht notwendig gewesen war. Wenn es diesen Mann betraf, war sie eine schamlose Hure und wollte auch gar nichts anderes sein.

Er umfasste ihr Gesicht. »Susannah«, bat er ernst, »hör mir zu.«

Sie stöhnte auf, fühlte seine Erektion. Er hatte ihr Haar gelöst, es fiel ihr wie ein Samtvorhang den Rücken hinunter.

»Hör mir zu«, keuchte Aubrey gequält. Sie spürte seinen Atem warm an einer ihrer Brustspitzen und zuckte vor Lust, als er sie mit der Zunge umfuhr. »Verdammt, Susannah.«

»Was ist?«, fragte sie, aber nichts konnte im Moment wirklich wichtig sein.

»Was ich jetzt sage, ist wichtig, Susannah. Was wir hier tun, können wir nicht rückgängig machen. Wenn wir die Ehe vollziehen, ist sie bindend, legal wie moralisch, für alle Ewigkeit. Dann gibt keinen Weg zurück.«

»Keinen … Weg … zurück«, bestätigte Susannah weit weg mit ihren Gedanken.

»Es wird wehtun«, warnte er.

Das wusste sie, aber ihre Lust war größer als die Angst vor Schmerz. Sie vertraute Aubrey, dass er sanft vorgehen würde. »Nur beim ersten Mal?«

Er küsste ihre beiden Brüste. »Nur diesmal«, versicherte er.

»Bitte«, drängte sie, »jetzt.«

Aubrey wartete darauf, dass sie bereit war, ihn zu empfangen. »Himmel!«, stöhnte er und verriet ihr damit, wie schwer ihm die Zurückhaltung fiel.

Es schien ihr unmöglich, etwas so Großes wie seine Erektion in sich aufzunehmen, bog aber den Rücken durch und bot ihm ihre herrlichen Brüste in ganzer Fülle, ein Beweis ihres Vertrauens und ihrer Bereitschaft. »Jetzt, Aubrey«, stieß sie aus.

Mit einem gemurmelten Fluch stieß er mit einem einzigen Stoß tief in sie hinein.

Erst mischten sich Lust und Schmerz, und Susannah schrie unwillkürlich auf. Aubrey fuhr fort, sanft an ihrer Brust zu saugen und begann, sie sacht, ganz sacht auf und ab zu bewegen. Allmählich verebbte der Schmerz und gab einer warmen Süße Raum. Sie steigerte sich zu einer immer größeren Spannung, die zur Erlösung drängte.

Aubrey bemühte sich nicht, Susannahs Schreie zu dämpfen, die mit jedem Stoß lauter wurden. Sie hatte sich völlig in der Lust verloren, die er ihr bereitete, und hatte das Gefühl, weiter und weiter an die Grenzen ihrer Seele zu stoßen.

»Oh«, stöhnte sie und ritt ihn schamlos in immer schnellerem Tempo, »oh … Aubrey … bitte … bitte!«

Heiß fand sein Mund den ihren, und als er ihre Brüste mit den Fingern reizte, brachte er sie über die Grenze. Zuckend saß sie auf ihm, als auch er leise aufschrie und sich in sie verströmte. Sie brach keuchend auf ihm zusammen. Wenn er sie nicht festgehalten hätte, wäre sie zu Boden gesunken.

Lange Zeit sagte sie nichts, bis sich ihr Atem wieder beruhigt hatte. Für Susannah war ihre Vereinigung ein überwältigendes Erlebnis gewesen, so heilig wie die Hochzeit selbst, und noch schaffte sie es nicht, ihre Empfindungen in Worte zu kleiden.

Aubrey schob ihr Haar beiseite, gab ihr einen Kuss auf den Hals und sagte: »Ich wusste, dass es mit uns so sein würde. Ich wusste es, als ich dich das erste Mal gesehen habe.«

So erschöpft sie war, spürte Susannah schon wieder Lust, und als sie den Kopf hob und er seine Lippen warm über ihre Kehle gleiten ließ, bebte sie. Er war noch immer in ihr, jetzt regte er sich und erwachte zu neuer Kraft. »Ich kann nicht … nicht wieder … «

»Aber du wirst.« Er wuchs in ihr, füllte sie aus. Nahm sie erneut.

Sie stöhnte und presste ihre Knie gegen seine Schenkel. Sie hatte alles gegeben, alles genommen. »Ich bin erschöpft«, brachte sie heraus.

Er lachte leise an ihrem Mund. »Du wirst über dich selbst staunen«, versprach er. Dann umfasste er ihre Hüften und stieß langsam und tief immer wieder in sie hinein.

»Himmel«, stöhnte sie, aber sie fühlte sich unglaublich gut ihn in sich zu haben, hart, begierig und beharrlich.

Seine Lippen glitten tiefer, bis sie erneut ihre Brustspitzen fanden, und zufrieden stöhnte er auf.

Diesmal brauchten sie viel länger, um ihre Reise zu beenden. Wieder und wieder brachte Aubrey Susannah zum Höhepunkt, bis er sicher war, auch den letzten Rest Energie aus ihrem bebenden Körper herausgeholt zu haben. Irgendwie schafften sie es, den Weg zum Bett zu finden, und schliefen sofort ein.

Als Susannah erwachte, dämmerte es gerade, und sie lag in Aubreys Armen. Er schlief noch. Sie bewunderte seinen Körper, seine Stärke, und dachte daran, dass er wahrscheinlich einer der reichsten und mächtigsten Männer der Gegend war. Die Wunden, die seine Angreifer ihm beigebracht hatten, hätten jeden anderen vermutlich getötet, aber er blickte bereits in die Zukunft. Seine Art zu schlafen hatte etwas Jungenhaftes, das sie seltsam rührte.

Plötzlich schlug er die Augen auf und lächelte sie an.

»Guten Morgen, Mrs. Fairgrieve«, sagte er.

Susannah hatte ihren neuen Namen noch verdrängt, vielleicht, weil sie an Julia hätte denken und anerkennen müssen, dass dieser Mann, das Kind, das Haus und der Name vorher ihr gehört hatten. In dem Moment spürte sie Julias Gegenwart so stark, als ob sie am Fußende des Bettes stünde. Sie wich zurück, aber Aubrey war stärker und hielt sie fest.

»Was ist?«, wollte er wissen.

»Julia«, erwiderte Susannah traurig.

»Was ist mit ihr?« Seine Stimme klang ungeduldig, er ließ sie nicht los.

»Sie war wie meine Schwester. Du warst ihr Mann …«

»Ich war ihr Narr«, stellte er ohne Bitterkeit, aber mit Resignation in der Stimme fest. Mühsam beugte er sich vor und küsste sie auf die Schläfe. »Es ist nichts Unrechtes daran, dass wir zusammen sind, Susannah. Was man auch über Julia sagen konnte – ihr Kind hätte sie bestimmt geliebt. Meinst du nicht, sie wäre froh zu wissen, dass du dich um Victoria kümmerst?«

Susannah kämpfte mit den Tränen. Aubrey hatte Recht, Victoria brauchte sie, das würde sogar Julia zugeben. Sie musste sich dieses Glück jetzt erlauben, entschied Susannah, egal, von welch kurzer Dauer es war. Es war gut möglich, dass ihr Mann bald genug von ihr haben würde – Männer seiner Stellung hielten sich alle eine Geliebte – aber bis dahin wollte sie ihn genießen. Wenn es der Himmel zuließ, würde Victoria sogar ein oder zwei Geschwister bekommen und das riesige Haus würde sich mit Frohsinn und Lachen füllen.

»Susannah?«, drängte Aubrey.

»Ja«, stimmte sie ihm zu. »Ich bin sicher, Julia würde wollen, dass ich mich um Victoria kümmere.«

Er lag auf der Seite, hatte sich auf einen Ellbogen gestützt und sah sie an. Bis auf den Verband um die Rippen war er herrlich nackt. »Im Frühjahr reisen wir nach Europa. Würde dir das gefallen?«

Verblüfft sah sie ihn an. Ihr ganzes Leben lang hatte sie davon geträumt, über das Meer zu fahren und Städte wie Venedig, Madrid, Paris und London kennen zu lernen, aber nie hätte sie gedacht, tatsächlich einmal dort hinzukommen. »Das ist nicht dein Ernst«, sagte sie.

Er lachte. »Oh, doch. Du wirst den Anblick genießen, und ich werde deine Freude genießen.«

Susannah war im Begriff gewesen aufzustehen, denn es war mittlerweile heller Tag und es gab sicher viel zu tun, aber die Aussicht auf so eine Reise vertrieb alles Verantwortungsbewusstsein. »Und was ist mit Victoria?« Sie hielt den Atem an, während sie auf seine Antwort wartete. Wenn Victoria hier bleiben sollte, würde auch sie in Seattle bleiben. Viele Leute reisten ohne Kinder, aber sie nicht.

»Wir nehmen sie mit«, erklärte Aubrey leichthin. »Und ein Kindermädchen, natürlich.«

Susannahs Augen wurden groß. Es war unvorstellbar – Europa. »Wie lange werden wir weg sein?«

»Fünf oder sechs Monate, nehme ich an«, erwiderte Aubrey. »Es macht keinen Sinn, so weit zu reisen, wenn man sich nicht die Zeit nimmt, alles genau anzusehen.«

Rom, dachte Susannah, Florenz, vielleicht Wien und Nizza. »Und der Laden …?«

»Den kann Hawkins sehr gut ohne mich führen. Vielleicht sogar besser.«

Obwohl Susannah sich vorgenommen hatte, nicht mehr an Julia zu denken, schon gar nicht, wenn sie mit ihrem Mann im Ehebett lag, fielen ihr unwillkürlich die Briefe ein, die Julia ihr geschrieben hatte, als es mit ihrer Ehe angefangen hatte, bergab zu gehen. *Er denkt an nichts anderes als seinen grässlichen Laden … er hat alles Geld, das er braucht … er hat sich eine Geliebte genommen, Susannah. Warum will er bei ihr sein und nicht bei mir?*

»Susannah.« Er hob eine Braue.

»Du bist verändert«, erklärte sie.

Sein Gesicht wurde ernst. »Inwiefern?« Sie wollte den Blick abwenden, aber er hielt ihr Kinn fest. »Sag es mir«, verlangte er.

Sie schluckte. »Dir bedeutete der Laden einmal alles, mehr als Julia.«

Er seufzte, und es klang bedauernd. »Die Dinge ändern sich, Susannah. Die Menschen ändern sich.«

»Situationen ändern sich, aber Menschen? Nach meiner Erfahrung nicht allzu viel.«

Er lächelte. »Hast du schon viel Erfahrung?«, neckte er sie.

Doch sie blieb ernst. »Ich habe den Eindruck, dass der Mensch seinen Charakter schon früh im Leben entwickelt, früher als er Lesen und Schreiben lernt, entwickelt er Vorlieben und Abneigungen. Sieh dir Victoria an. So klein sie noch ist, sie zeigt dennoch schon geistige Unabhängigkeit, und dickköpfig scheint sie auch zu sein. Sie ist klug und wird einmal sehr schön, sich dessen aber auch sehr bewusst sein. Demut wird nicht ihre stärkste Seite sein.«

Aubrey musste lachen. »Woher willst du das wissen?« Er zog ihr das Laken weg, sodass ihre Brüste freilagen, an denen er sich in der vergangenen Nacht so erfreut hatte. Jetzt betrachtete er sie bewundernd. Er zog das Laken noch tiefer, und als sie nach seiner Hand greifen wollte, hielt er sie fest. »Oh, nein«, wehrte er ab. »Du bist meine Frau, ich darf dich ansehen.«

Ein heißer Schauer ergriff Susannah und ließ sie erröten. Jetzt erst erkannte sie, dass sie nicht mehr ausschließlich ihr eigener Herr war, in gewisser Weise gehörte sie jetzt Aubrey.

Mit einer Fingerspitze zog Aubrey einen federleichten Kreis auf ihren Bauch um den Nabel. Trotz ihrer Entschlossenheit, nicht zu reagieren, wand sich Susannah unter seiner Liebkosung.

Er lachte und küsste sie, und dann war alles verloren.

»Die Leiche von Delphinia Parker ist in der Nähe des Hafens angetrieben worden«, verkündete John Hollister. Er war gekommen, um den Fairgrieves die Nachricht persönlich zu überbringen. Susannah sah aus den Augenwinkeln, wie ihr Mann sich für Weiteres wappnete. »Sie haben Ihren Bruder als Mörder verhaftet.«

Aubrey schloss die Augen, und Susannah legte ihm eine Hand auf die Schulter. »Warum Ethan?« fragte sie.

Hollister seufzte. »Die beiden hatten Streit, ehe sie verschwunden ist, daran gibt es keinen Zweifel.« Er sah Aubrey an. »Wenn Sie nicht verletzt gewesen wären, hätten auch Sie als Verdachtsperson gegolten.«

»Was ist mit ihr passiert? Wie wurde sie getötet?« Mit aschfahlem Gesicht wartete Aubrey auf Hollisters Antwort. Der ließ sich Zeit. Als er sprach, war der Grund dafür klar.

»Der Täter hat ein Messer benutzt. Sie war fast bis zur Unkenntlichkeit entstellt, aber der Manager des Pacific Hotels hat sie identifizieren können. Sie hatte eine Suite bei ihm gemietet, seit …« Er warf einen Blick auf Susannah und räusperte sich. »Seit Sie mit ihr bekannt waren.«

Aubrey stieß den Atem aus. Was immer er für Delphinia empfunden hatte, er hätte ihr nie den Tod gewünscht, schon gar nicht auf so grausame Weise, und Susannah natürlich auch nicht. »So etwas könnte Ethan nicht tun. Er kann ja nicht mal eine Forelle ausnehmen.«

»Sie hat auf ihn geschossen«, gab Hollister zu bedenken, »und seinen Bruder fast totschlagen lassen. Hat ihn beschuldigt, dass er sie hätte vergewaltigen wollen …« Wieder sah er Susannah an und verstummte.

»Ich habe das Wort Vergewaltigung schon einmal gehört«, warf sie spitz ein. »Mein Mann hat Recht, Ethan ist eines Mordes nicht fähig, und ich glaube nicht, dass es ihm je in den Sinn käme, sich einer Frau aufzuzwingen.«

»Schon gar nicht dieser«, gab Aubrey zu bedenken. Dann sah er Hollister an. »Ist eine Kaution festgesetzt worden?«

Der ehemalige Pinkerton-Mann schüttelte den Kopf. Hut und Stock lagen neben einem sehr umfangreichen Buch von einem Autor namens Adam Smith auf einem Tischchen neben ihm, und fast mit Erleichterung griff er jetzt danach. »Man hat ihn als gefährlich eingestuft«, erklärte er, räusperte sich und erhob sich. »Tatsache ist, dass einige sagen, er sei nicht mehr ganz richtig im Kopf, seit diese chinesische Frau das Land verlassen hat – die, die er heiraten wollte.«

Aubrey seufzte erschöpft auf. »Sie brauchen mir nicht zu erklären, wer Su Lin ist, Hollister. Ich erinnere mich nur zu gut an sie. Ethan hat die Frau geliebt, und es hat ihm das Herz zerrissen, als sie gegangen ist. Er ist durch die Hölle gegangen, und sie sicher auch. Aber er hätte Delphinia oder sonst jemanden niemals getötet, dessen bin ich mir sicher.«

Hollister warf einen besorgten Blick zur Tür. »Irgendjemand hat die Frau getötet«, erklärte er müde, »und im Moment ist Ihr Bruder der wahrscheinlichste Verdächtige.«

Auch Aubrey erhob sich. »Nein«, widersprach er.

Susannah unterdrückte den Drang, ihren Arm um ihn zu legen. Sie wusste, dass ihm im Moment eine tröstende Geste höchst unwillkommen wäre. »Dürfen wir Ethan besuchen?«, fragte sie.

Aubrey warf ihr einen überraschten Blick zu. »Du gehst nicht in die Nähe eines Polizeireviers«, wies er sie an. »Das ist kein Aufenthaltsort für eine Frau.«

Susannah war bereit, das Letzte ausnahmsweise zu überhören, weil Aubrey immer noch schwach war und im Moment unter großem Druck stand. Sie ließ ihn zurück und begleitete Mr. Hollister zur Tür. Sie öffnete, und ein kalter Windstoß kam ihnen entgegen. Aubrey, der noch nicht so schnell gehen konnte, wartete an der Tür seines Arbeitszimmers und sah ihnen zu.

»Ist es Ihnen nie in den Sinn gekommen«, flüsterte Susannah Mr. Hollister zu, »dass genau die Leute, die meinen Mann fast umgebracht hätten – mit Delphinia als Auftraggeberin, wenn ich das betonen darf –, sich vielleicht gegen sie gewendet haben? Außerdem hätte ich den Mord genauso leicht begehen können wie Ethan.«

»Wohl kaum«, meinte Hollister, klang aber müde und entmutigt. Susannah empfand Mitleid. »Wer immer diese Frau umgebracht hat, war stark, Mrs. Fairgrieve. Stärker als Sie.« Er seufzte und setzte seinen Hut wieder auf. »Wir suchen diese Männer, die sie angeheuert hatte, wenn das für Sie ein Trost ist, aber wahrscheinlich haben sie sich längst in alle vier Winde zerstreut.«

»Ist das schon Grund genug, Ethan die Schuld zu geben?«, fragte Susannah aufgebracht.

»Die Polizei hängt nicht zum Spaß unschuldige Männer«, informierte Hollister sie. »Wenn Ihr Schwager Mrs. Parker nicht getötet hat, werden wir das bald genug herausfinden.«

»Werden Sie das?« Susannahs Ton war sarkastisch. »Ich fürchte, dass ich Ihre Zuversicht in die Polizei nicht teile. Während Ethan im Gefängnis sitzt, können die wahren Täter immer weiter entkommen.«

»Guten Tag, Mrs. Fairgrieve«, verabschiedete Hollister sich. »Wenn ich das nächste Mal komme, bringe ich vielleicht bessere Nachrichten mit.«

Susannah antwortete nicht, und als Hollister sich zum Gehen wandte, drückte sie die Tür vielleicht etwas zu hart ins Schloss.

Aubrey, der eben noch vor seinem Zimmer gestanden hatte, war verschwunden. Voller Sorge eilte Susannah durch das Esszimmer in die Küche und sah ihn hinter dem Haus in Richtung der Ställe verschwinden.

»Wo willst du hin?«, rief sie und rannte ihm nach, ohne sich erst einen Mantel zu holen. Sie brauchte sich nicht umzudrehen, um zu wissen, dass Maisie und Ellie sie durch das Küchenfenster beobachteten.

»Das ist nun wirklich eine ganz dumme Frage«, gab Aubrey

zurück und ging zielsicher weiter. »Ich will natürlich Ethan sehen.«

Susannah musste rennen, um mit ihm Schritt zu halten, denn trotz seiner Verletzung konnte er mit seinen langen Beinen viel schneller laufen als sie. Ein, zwei Mal wäre sie im Schnee beinahe gefallen. »Warte«, bat sie, »bitte, Aubrey, warte …«

Er blieb stehen und wartete, aber er tat es nur widerwillig. Susannah wusste, dass sie ihn nicht davon abbringen würde, ein Pferd zu satteln oder sich einen Wagen fertig zu machen, um zum Gefängnis zu fahren, aber sie konnte ihn nicht ohne Widerspruch gehen lassen. »Lass mich mitkommen«, bat sie. So wusste sie wenigstens, was passierte.

Aber Aubrey schüttelte den Kopf, sein Blick war unerbittlich. Sie würde es nie zulassen, dass er Victorias Dickköpfigkeit auf Julia zurückführte; diesen Zug hatte das Baby eindeutig von seinem Vater geerbt. »Nein, Susannah. Es gibt nur wenig, was ich dir abschlagen würde, aber das gehört dazu. Als ich gesagt habe, dass das Polizeirevier kein Aufenthaltsort für eine Dame ist, war das mein Ernst.«

Susannah sagte sich, dass sie abwägen musste, wofür zu kämpfen es ich lohnte, sonst wäre sie bald erschöpft. Sie würde sich mit Aubrey ein anderes Mal darüber unterhalten, wohin Frauen nicht gehörten, jetzt wollte sie erst einmal diese Krise durchstehen, die so schwerwiegend war, ihre neue Familie zu zerstören.

»Ich werde nicht die Art Ehefrau sein, die brav zu Hause sitzt und darauf wartet, dass ihr Mann ihr die Erlaubnis zum Denken gibt«, warnte sie und schlang die Arme gegen die Kälte um sich. »Ich bin jetzt auch eine Fairgrieve, und es spielt sehr wohl eine Rolle für mich, was dir zustößt, Aubrey. Oder Ethan. Lass mich daran teilhaben.«

Er betrachtete sie ernst, aber unerschütterlich. Dann lächelte er ganz kurz, und ihr wurde das Herz warm. »Glaub mir, Susannah, es ist mir völlig klar, dass du dich nicht mit der traditionellen Frauenrolle zufrieden gibst. Es würde mir auch gar nicht gefallen. Aber bei dieser einen Sache ist es wichtig, dass du tust, was ich sage.«

Sie gab nach, verletzt, aber vernünftig genug einzusehen, dass ein Kampf keinen Sinn hatte. Er musste sich mit Ethan besprechen und sich einen Plan überlegen. Vielleicht hatte er Angst, dass ihre Anwesenheit dort, die in seinen Augen gefährlich war, ihn daran hindern könnte.

»Wenn du bei Sonnenuntergang nicht zurück bist, werde ich denken, dass etwas Schreckliches passiert ist, und dich suchen kommen«, verkündete sie.

Er lachte und trat noch einmal zu ihr, um sie kurz zu küssen. »Das ist fair«, stimmte er zu. »Und jetzt geh rein, ehe du dir eine Erkältung holst.«

Sie seufzte und kehrte widerstrebend ins Haus zurück. Es war ihr unmöglich, einfach nur ruhig abzuwarten, sie wollte etwas tun. Aber Maisie und Ellie hatten die Kinder und den Haushalt voll im Griff, und zum Lesen oder Musizieren war sie zu unruhig.

Deshalb entschied sie sich, die Aufgabe zu beenden, die sie während Aubreys Rekonvaleszenz begonnen hatte – sie würde Julias Sachen weiter aussortieren, Schmuck, Bücher und persönliche Dinge für Victoria aufheben, ein paar der praktischeren Kleider an Maisie und Ellie weitergeben und den Rest von Julias umfangreicher Garderobe Reverend Johnstone geben, wo sie wohltätigen Zwecken zugute kommen sollte. Die Möbel des Babys konnten dann später herübergebracht werden.

»Übertreiben Sie nicht ein bisschen, Mrs. Fairgrieve?« Maisie war in der Tür erschienen und sah sich besorgt um.

Susannah seufzte. »Bitte, Maisie – fang jetzt nicht an, mich

Mrs. Fairgrieve zu nennen, als wenn wir Fremde wären. Zwischen uns sind keine Formalitäten nötig. Wir sind Freundinnen, erinnern Sie sich?«

»Das vergesse ich nicht«, versicherte Maisie.

»Dann nennen Sie mich bitte weiter Susannah.« Susannah betrachtete die Kisten und Sachen, die noch herumlagen. Sie hatte ein Fenster geöffnet, um den Raum zu lüften. »Ich denke, das Wichtigste ist geschafft.«

Maisie kniff die Augen zusammen. »Sie wollen doch nicht etwa mit dem Baby hier einziehen?« Dann schlug sie sich auf die Schenkel und lachte. »Ich hätte geschworen, die Dinge zwischen Ihnen und dem Boss stünden besser als gut.«

Susannah errötete, sagte aber nichts. Was sollte sie auch sagen – dass sie in Aubreys Bett glücklich war? Das wusste Maisie ja offenbar schon, vielleicht schon die ganze Nachbarschaft. Susannah runzelte die Stirn.

»Nicht böse sein«, beruhigte Maisie und verwarf Susannahs Verlegenheit mit einer Handbewegung. »So viel habe ich gar nicht mitbekommen. Aber man sieht Ihnen an, dass Ihr Mann Sie glücklich macht, und daran ist ja nichts Schlechtes.«

Als Maisie das Zimmer wieder verließ, schloss Susannah für einen Moment die Augen und räumte dann weiter. Sie zog die letzten Schubladen auf und entdeckte zu ihrer großen Verwunderung Stapel über Stapel von Briefen, einige von Freunden, einige von ihr selber geschrieben, Fotos und ein dickes, ledergebundenes Tagebuch.

Als sie die persönlichen Dinge von Julia in der Hand hielt, empfand sie deren Verlust noch einmal ganz intensiv. Einen Moment war es so, als hätte sie gerade erst vom Tod ihrer Freundin erfahren, der so ungerecht war. Mit zitternden Händen legte sie Briefe und Buch auf den Tisch und konzentrierte sich auf die Fotos.

Eines zeigte Julia und Aubrey bei ihrer Hochzeit, die Braut stolz hinter dem Bräutigam stehend, und beide lächelten. Dann gab es ein sehr attraktives Bild von Ethan und ein zerknittertes von Julia und ihr in St. Mary's, als sie noch fast Kinder waren. Ein reisender Fotograf hatte es zu Weihnachten aufgenommen. Alles Teile eines Lebens, das nur so kurz gewesen war.

Susannah sank auf den Bettrand und sah gedankenverloren vor sich hin. Lass sie gehen, Julia, dachte sie, Aubrey, Victoria, Ethan – lass sie alle gehen.

17

Victoria saß auf einer Decke, kaute wie oft am Fuß ihrer Stoffpuppe und sah mit großen, haselnussbraunen Augen zu, wie Susannah räumte und wegpackte. Aubreys Augen. Das ganze Unternehmen schien das Kind ungeheuer zu faszinieren.

»Du dickes Käferchen«, murmelte Susannah liebevoll und drückte ihr einen Kuss auf die Stirn.

Victoria kicherte und ruderte mit den pummeligen Ärmchen, bis Susannah lachte und ihr noch einen Kuss gab, ehe sie weitermachte.

Die Räumerei hätte noch Zeit gehabt, das wusste sie, aber Ethan saß im Gefängnis und war des Mordes angeklagt, und Aubrey war ihm sofort zu Hilfe geeilt, obwohl er noch immer geschwächt war. Die Arbeit half ihr, sich von ihren Gedanken abzulenken.

Aubrey kam erst drei Stunden später mit einer Kutsche zurück. Susannah beobachtete aus dem Fenster, wie er unbeholfen aus der Kutsche stieg. Auch auf die Entfernung bemerkte sie seine Blässe und die Erschöpfung, die aus seiner Haltung sprach.

Susannah zwang sich, ruhig auf ihrem Platz auszuharren, obwohl sie am liebsten nach unten gelaufen wäre und sich um ihn gekümmert hätte. Das fände er natürlich schrecklich.

Die Tür der Kutsche blieb offen, und verblüfft sah Susannah

nun auch Ethan aussteigen, etwas dünner und ziemlich ungepflegt, aber ansonsten gesund. Susannah lächelte, nahm Victoria auf den Arm und verließ das Zimmer, um den Männern entgegenzugehen.

Unten stellte sie sich auf die Zehen und drückte Aubrey einen Kuss auf die kalte Wange. Er sah sie mit leuchtenden Augen an. Auch wenn er müde war, konnte sie sehen, dass seine Kraft langsam zurückkehrte. Er wurde mit jedem Tag stärker.

»Du bist geflohen«, begrüßte sie Ethan und gab auch ihm einen Kuss.

Er lachte grimmig und zog seine Jacke aus. »Nicht direkt.« Er sah zu, wie sein Bruder die Sachen weghängte. »Mein lieber Bruder hier hat die Polizei zusammen mit John Hollister davon überzeugt, dass ich bei Hinterlegung einer Kaution nicht weglaufen würde.«

»Ha, ha«, höhnte Aubrey und ging in Richtung Arbeitszimmer. »Sie haben dich nur rausgelassen, weil ich alles, was ich besitze, dafür in die Waagschale geworfen habe, dass du am Verhandlungstag noch hier sein wirst.«

Ethan hielt inne und sah völlig verblüfft aus. »Was hast du gemacht?«

Aubrey war jetzt an der Tür und drehte sich um. »Du hast mich doch gehört.«

Der jüngere Bruder trat einen Schritt auf den älteren zu und blieb dann wieder stehen. »Und wenn ich mich nachts davonschleiche, meinen Namen ändere und ins Nichts verschwinde …?«

»Das wirst du nicht«, erwiderte Aubrey ruhig. »Dann müsstest du Ruby zurücklassen, wenn du keine Fliehende aus ihr machen willst.«

Ethan sagte nichts. Dann hob er die Arme in einer Geste, die alles umfasste, was Aubrey betraf. »Alles?«, staunte er.

Aubrey grinste. »Alles.«

»Warum?«

»Dumme Frage, weil du mein Bruder bist, natürlich.« Er zwinkerte Susannah zu, drehte sich um und trat in sein Zimmer, Ethan folgte ihm. Beide Männer blieben lange darin und redeten, und Susannah fütterte Victoria, erzählte ihr eine lange, ausgedachte Geschichte und legte sie dann schlafen.

Maisie fand es albern, dass Susannah der Kleinen so viel erzählte, aber Susannah war fest davon überzeugt, dass man sich um Babys viel zu wenig kümmerte. Sie wusste selber noch, wie es war, als Kind übersehen, nicht angesprochen zu werden, als ob man erst ab einem bestimmten Alter zählen würde.

Victoria sollte mit einem gesunden Selbstbewusstsein groß werden, von Anfang an eine Persönlichkeit sein, die ernst genommen wurde.

Susannah stieg gerade die Treppe hinunter, als es an der Tür klingelte. Davor stand Hollister, Ethans Anwalt, mit seiner Schwester Ruby. Beide sahen so erschöpft aus, dass Susannah sofort Mitgefühl empfand.

»Kommen Sie doch herein«, hieß sie sie willkommen und trat zurück, damit sie in den warmen Flur kommen konnten.

»Mr. Fairgrieve hat Ihnen nicht gesagt, dass wir kommen«, stellte Ruby fest. Sie war sehr jung und hübsch und trat mit einer Selbstsicherheit auf, die Susannah bewunderte.

John lächelte. »Sie meint Ihren Mann mit Mr. Fairgrieve«, erklärte er. »Er hat uns zum Abendessen eingeladen. Ich hoffe, dass das für Sie nicht ungelegen kommt.«

Susannah lachte und schloss die Tür. »Um ehrlich zu sein, habe ich über das Essen noch gar nicht nachgedacht, aber Maisie hat bestimmt für alles gesorgt. Schön, dass Sie da sind.«

Jetzt kam Ethan aus dem Arbeitszimmer, und als Susannah den Blick sah, den er Ruby schenkte, schlug ihr Herz höher.

Aubrey mochte nicht an die Liebe glauben, aber es war ganz eindeutig, dass Ethan es tat.

Ruby trat auf ihn zu und sah zu Ethan auf, und ihr Gesicht war genauso beredt wie seines. Susannah empfand fast so etwas wie Neid, und als sie Aubreys Blick auffing, bemerkte sie, dass er sie nachdenklich betrachtete.

Trotz der düsteren Wolke, die über ihnen hing, verlief das Abendessen nett und fröhlich mit Gesprächen über Politik und Stadtereignisse. Maisie hatte mit Ellies Hilfe ein regelrechtes Festessen auf die Beine gestellt, von dem nichts übrig blieb.

»Das war köstlich«, lobte Susannah die beiden Frauen, als sie mit hochgekrempelten Ärmeln in die Küche kam. Sie wollte abwaschen und hatte die Gäste in Aubreys Obhut gelassen. »Vielen Dank Ihnen beiden.«

Maisie nahm das Lob zur Kenntnis, verhielt sich aber unnachgiebig. »Gehen Sie nur und reden Sie mit Ihren Gästen«, verlangte sie, »Ellie und ich machen das schon.«

Susannah fühlte sich ausgeschlossen, obwohl sie wusste, dass die Frauen es nur gut meinten. Aber Protest wäre sinnlos gewesen, also ging sie hinaus.

Ruby und John verabschiedeten sich recht bald, und danach wirkte Ethan ganz verloren. Unruhig lief er auf und ab, bis Aubrey sich erhob und feststellte, dass es Zeit sei, ins Bett zu gehen.

Susannah wünschte Ethan, der bei ihnen bleiben würde, eine gute Nacht und ergriff Aubreys Arm, als sie die Treppe hochstiegen. Wie erwartet, stellte sich heraus, dass Aubrey längst nicht so müde war, wie er vorgegeben hatte.

Am nächsten Morgen kam Zacharias mit Geld in der Hand und bat um eine spontane Unterrichtsstunde. Susannah entging nicht, dass er sich danach lange in der Küche aufhielt, Maisies frischen Kaffee genoss und mit ihr sprach. Maisie zeigte sich ihrerseits freundlich, aber nicht einladend, schließlich hatten sie und Zacharias einander auch gerade erst entdeckt. Susannah ging wieder nach oben, um weiter Julias Sachen aufzuräumen.

Aubrey war gleich nach dem Frühstück aus dem Haus gegangen und hatte Ethan mit sich genommen. Susannah hoffte, dass sie im Laden oder auf einem Treffen mit Mr. Hollister waren, um Ethans Verteidigung zu besprechen, aber sie fürchtete etwas ganz anderes. Beide waren davon überzeugt, dass Mrs. Parker von den Männern umgebracht worden war, die sie selbst angeheuert hatte, und das ließ vermuten, dass sie sich noch immer in einem der zahllosen, gut besuchten Etablissements an Seattles geschäftigem Hafen aufhielten. Sie würde es Mann und Schwager durchaus zutrauen, auf eigene Faust dort Nachforschungen anzustellen.

Susannah arbeitete, bis nichts mehr zu tun war. Nur noch Julias Briefe und das Tagebuch waren übrig. Da Victoria schlief, rollte sie sich auf dem Ehebett zusammen und nahm den ersten Umschlag auf.

Darin befanden sich ihre eigenen Briefe an Julia, völlig zerlesen und mit einem gelben Band zusammengebunden. Dieses Zeichen, dass Julia die Briefe etwas bedeutet hatten, trieb Susannah die Tränen in die Augen. In jenen unschuldigen Tagen, als sie Julia aus Nantucket geschrieben hatte, hätte sie sich nicht träumen lassen, dass sie einander nie wieder sehen würden. Sie hatte gedacht, dass sie zusammen alt werden und Erinnerungen austauschen könnten.

Plötzlich konnte Susannah es keinen Moment länger ertragen, im Haus eingesperrt zu sein. Sie suchte Ellie und bat sie, auf Victoria aufzupassen. Dann zog sie Julias Umhang an und machte sich auf den Weg in die Stadt.

Einige der Plakate, auf denen sie ihren Klavierunterricht anbot, flatterten noch immer an den Telegrafenmasten. Der Anblick stimmte Susannah ein wenig traurig. Jetzt, wo sie mit Aubrey verheiratet war, würde dieses Einkommen sicher versiegen, denn die Hauptzahl ihrer Schüler waren Verehrer gewesen. Sie würde das Unterrichten vermissen und auch kein eigenes Geld mehr verdienen.

Susannah ging am Laden vorbei. Sie war sich sicher, dass Aubrey nicht dort war, also ging sie weiter zum Wasser. Der Hafen zog sie unwiderstehlich an, ohne dass sie hätte sagen können, warum.

In der Elliott-Bucht lagen Schiffe, die an verschiedenen Molen festgemacht waren. Seeleute aus allen Ländern verluden Kisten, Fässer, Truhen und Säcke. Ein paar warfen Susannah neugierige Blicke zu, als sie vorbeiging, aber sie beachtete sie nicht.

Sie hatte einmal gelesen, dass man so am besten mit aufdringlichen Männern verfuhr. Wenn man sie zur Kenntnis nahm, ermutigte sie das nur in ihrem Tun.

Aubrey sah sie nicht, aber sie suchte ja auch nicht nach ihm. Tatsächlich war er der Letzte, dem sie jetzt begegnen wollte. Sie war sich sicher, dass es am Hafen wichtige Geheimnisse aufzudecken gab, wenn sie nur die Augen aufhielt. Hier hatte Ethan an Bord eines Dampfers sein verderbliches Zusammentreffen mit Delphinia gehabt, und wer immer sie getötet hatte, hatte ihre Leiche hier ins Wasser geworfen. Irgendwo hier musste die Wahrheit verborgen sein.

Es war laut und stank nach verfaultem Fisch, Seegras, Ebbe und dem Schweiß der Arbeiter, sodass Susannah sich ein Taschentuch vor die Nase pressen musste. Sie wusste gar nicht, was sie suchte, aber dennoch ging sie weiter.

Flüche hallten durch die Luft, als sie an den Arbeitern vorbeiging, sie nahm es ihnen jedoch nicht übel. Sie wusste, dass sie nicht ihr galten. Sie war schon eine Weile gelaufen, als sie einen Ruf hörte. Ethan stand mit geballten Fäusten auf einem Kistenstapel. Ein Chinese forderte ihn heraus.

»Weißer Teufel!«, rief der kleine Mann. »Frauenschänder!« Dann folgte ein Strom von so üblen Beschimpfungen, dass Susannah den Eindruck hatte, am Tor zur Hölle zu lauschen.

Ethan regte sich nicht. Plötzlich wusste Susannah mit Sicherheit, dass er nichts mit Mrs. Parkers Tod zu tun und auch nie versucht hatte, sich ihr aufzuzwingen. Wenn er es getan hätte, hätte er nie solche Beschimpfungen hingenommen, schon gar nicht in der Öffentlichkeit.

Ein bärtiger Mann ließ seine Arbeit liegen, um zu fragen: »Lassen Sie sich das gefallen, Fairgrieve? Ich schlage vor, dass Sie den kleinen Bastard ertränken.«

Die Zuschauer gaben jubelnd ihre Zustimmung, und Susannah erschrak vor dem blanken Hass der Menge. Sie hofften geradezu auf Gewalt.

»Alle bleiben, wo sie sind«, bestimmte Ethan laut. »Das geht nur Su Wong und mich etwas an.«

Der Chinese zischte etwas über Aubrey und einen Bankkredit.

Susannah war verstört über die Anspielung, konnte das Thema aber nicht weiterverfolgen. Der Chinese fuhr fort, Ethan zu beschimpfen. Irgendwann verstand sie ihn nicht mehr, sah nur seine Wut.

Ethan schloss die Augen und hob die Hände. »Genug«, sagte er ruhig.

Da wurde Susannah klar, dass der Mann wahrscheinlich Su Lins Vater, Bruder oder Onkel war. Sein Alter war schlecht zu schätzen. Er trug die Standardkleidung von schwarzem Hemd und Hose, und ein dünner, langer Zopf hing ihm den Rücken herab.

Als Susannah hinter den Fässern hervorkam, hinter denen sie sich versteckt hatte, schrie der Chinese etwas Unverständliches, bedeckte sein Gesicht dann mit den Händen und wandte sich in tiefer Trauer von Ethan ab. Susannah blieb betroffen stehen. Ethan sprang von dem Kistenstapel, legte dem Mann tröstend die Hand auf die Schulter, zog sie dann aber vorsichtig zurück. In dem Moment entdeckte er Susannah.

»Himmel!«, stieß er hervor und trat auf sie zu. »Was machen Sie hier?«

Susannah ordnete ihr Haar, um Zeit zu gewinnen. Dann sah sie ihren Schwager an. »Ich weiß es nicht«, sagte sie ehrlich.

Su Wong war in der Menge verschwunden, und die Gaffer zerstreuten sich, aber Ethan merkte es nicht. Seine Aufmerksamkeit war auf Susannah konzentriert. Fest, fast schmerzhaft, ergriff er sie am Arm.

»Lassen Sie uns hier verschwinden«, sagte er und zog sie zwischen Fässern, Kisten und Säcken hindurch zur Straße. In der einen Richtung verlief die berüchtigte Skid Road, ein schlammiger Weg, auf dem man einst Baumstämme zum Hafen geschleppt hatte. Jetzt war er von Bordellen, Spielsalons und Wirtshäusern gesäumt und genoss einen schlechten Ruf.

»Dieser Mann ...«, begann sie.

»Su Lins Vater«, erklärte Ethan und zog sie mit sich, ohne sich umzusehen. »Er wirft mir vor, die Familie in Schande gebracht zu haben. Ist Ihnen klar, dass Aubrey, wenn er Sie sieht, mich die Pferdepeitsche fühlen lässt und Sie ein, zwei Jahre auf dem Dachboden einsperrt?«

Sie überquerten jetzt eine andere, ebenfalls nicht sehr seriöse Straße. »Ethan«, keuchte Susannah, die kaum mitkam, »bleiben Sie bitte stehen, ich kriege kaum noch Luft!«

Er blieb abrupt stehen und sah sie scharf an. Dann wies er mit dem Daumen auf die Bucht. »Das ist nicht Nantucket,

Mrs. Fairgrieve!«, fauchte er. »Die Hälfte der Männer dort sind Halsabschneider, und die andere Hälfte denkt, sie könnten jede Frau für zwei Penny und ein Glas Whisky haben.«

Jetzt war auch Susannahs Geduld am Ende. Sie stützte die Hände in die Hüften und funkelte ihren Schwager wütend an. »Ich weiß sehr wohl, dass das nicht Nantucket ist, danke. Was diesen Mann angeht …«

»Welchen Mann?«

»Mr. Su.«

Ethan sah müde aus. »Ich habe Ihnen doch schon gesagt, dass Su Lin seine Tochter war. Ich wollte sie heiraten, aber er wollte, dass sie einen Chinesen heiratet. Vor kurzem hat er von dem Mann gehört, den er ausgewählt hat …, dass Su Lin schwanger war … sie hat etwas dagegen tun wollen … auf dem Schiff … und dabei ist sie gestorben.« Er stützte sich an der Hauswand ab. »Sind Sie jetzt zufrieden, oder wollen Sie noch eine Schlangengrube suchen, in die Sie Ihre Hand stecken können?«

Susannah schwieg erschüttert. Su Lin, die Frau, die er geliebt hatte, war bei dem Versuch gestorben, ein Kind abzutreiben, das höchstwahrscheinlich seines war. Das war zu persönlich, um hier auf der Straße besprochen zu werden.

In dem Moment sah Susannah Aubrey auf sich zukommen, und so wütend er auch aussah, sie empfand fast Dankbarkeit. »Ich glaube, das wird nicht nötig sein. Das mit der Schlangengrube, meine ich.«

Ethan folgte ihrem Blick. Er hatte wider etwas Farbe im Gesicht, lehnte aber immer noch an der Wand. Es würde lange dauern, bis er würde verarbeiten können, was er gerade gehört hatte. Susannah erschauerte, als eine kalte Windbö sie erfasste.

»Ich frage dich nicht, was du hier suchst«, begann Aubrey mit einem Blick auf Susannah, »denn das ist offensichtlich. Du suchst wie üblich nach Abenteuern und hast sie bestimmt auch gefunden.«

Susannah sah Ethan Hilfe suchend an, aber er schwieg störrisch, die Lippen zusammengepresst. Dann fuhr er sich wütend mit der Hand durch die Haare.

Aubrey schaute jetzt zu seinem Bruder herüber. »Du hast versprochen, die Sache ruhen zu lassen«, sagte er, und Susannah wusste, dass er sich auf Nachforschungen zu Mrs. Parkers Tod bezog. Die Passanten wurden allmählich auf sie aufmerksam.

Susannah hakte sich bei den beiden Männern unter. »Wollen wir das nicht lieber weniger öffentlich besprechen?«, schlug sie vor.

Kurze Zeit später befanden sie sich in Aubreys Büro über dem Laden. Er lehnte mit verschränkten Armen am Schreibtisch, während Susannah sich hinsetzte und Ethan ans Fenster trat. Es war schwer zu sagen, was er dachte.

Aubrey goss sich und seinem Bruder Whisky und Susannah einen Likör ein. Normalerweise trank sie nichts Alkoholisches, aber ihr war immer noch kalt, und sie war verstört über die Nachrichten von Su Lin. Auch begann sie sich jetzt auszumalen, was ihr am Hafen alles hätte zustoßen können.

»Hollister schwört, dass die Polizei jeden Mann an der Küste befragt«, begann Aubrey. »Das muss uns im Moment reichen, Bruder.«

Ethan wandte sich um. »Mein Leben steht hier auf dem Spiel«, sagte er. »Ich werde mich nicht hinsetzen und abwarten, wie Hollister oder sonst jemand meine Probleme löst.« Sein Gesicht verzog sich. »Su Lin ist tot«, stieß er hervor.

Aubrey und Susannah wechselten einen Blick, aber keiner sagte etwas.

Ethan sah seinen Bruder an, seine Wut und sein Schmerz waren förmlich spürbar. »Es ist meine Schuld. Wenn ich sie geheiratet hätte …«

Susannah setzte ihr Glas ab, weil ihre Hände zitterten. Aubrey wandte den Blick nicht von Ethan ab.

»Du kannst die Vergangenheit nicht ändern, manchmal musst du sie einfach nur hinter dir lassen.«

Ethan lächelte auf eine schreckliche Weise. »Was für ein ironischer Rat, wenn man bedenkt, wer ihn gibt.«

Ein langes Schweigen folgte.

»Es tut mir Leid«, sagte Aubrey, »das mit Su Lin.«

Ethan sah kurz Susannah an, als wäre ihm ihre Gegenwart gerade erst wieder eingefallen, und sie umklammerte die Armlehne des Stuhls, um deutlich zu machen, dass sie dableiben würde. Er wandte sich wieder Aubrey zu. »Da ist noch mehr.«

Aubrey goss sich einen zweiten Whisky ein. Susannahs Herz klopfte.

»Ja?« Aubrey wartete.

»Du hast ihr Geld gegeben, sie ausgezahlt.«

Aubrey schüttelte den Kopf. »Nein.«

»Der Betrag wurde von deinem Konto abgebucht«, bekräftigte Ethan. Wieder gab es eine furchtbare Pause. »Warum?«, stieß Ethan gequält hervor. Dann hieb er mit beiden Fäusten auf den Tisch. »Sag mir, warum!«

Susannah wagte nicht, sich zu regen oder zu sprechen.

»Ich habe es dir doch gesagt«, versicherte Aubrey, »ich war nicht einmal in Su Lins Nähe.«

Ethan beugte sich vor. »Hast du ihr gesagt, dass sie Schande über die Fairgrieves bringen würde, Aubrey? Hast du ihr gesagt, dass ihre Kinder – meine Kinder! – Außenseiter sein würden?«

Aubrey biss die Zähne zusammen und konnte sich nur noch mühsam beherrschen.

Susannah schloss die Augen und wartete auf den Ausbruch. Nichts geschah. Als sie die Augen wieder aufschlug, sahen die Brüder einander immer noch abschätzend an.

»Du Bastard!«, zischte Ethan schließlich.

Aubrey blieb ruhig. »Denk, was du willst«, gab er zurück.

»Ich brauche einen Drink.« Ethan machte kehrt, verließ das Büro und knallte die Tür hinter sich zu.

»Wie konntest du nur, Aubrey«, begann Susannah.

Er seufzte. »Nicht du auch noch.«

»Du hattest kein Recht, dich so einzumischen.«

»Danke für dein Vertrauen in mein Wort, Mrs. Fairgrieve.«

»Es wurde ein Kontoauszug erwähnt«, verteidigte Susannah sich. »Ich war dabei, falls du dich erinnerst.«

»Das kann ich nicht erklären«, erwiderte Aubrey, »du musst mir einfach nur vertrauen.« Er seufzte und sah ins Leere. »Ich will nicht leugnen, dass ich meine Bedenken hatte«, gestand er zu. »Ethan war damals achtzehn und glaubte, er könnte es mit einer ganzen Stadt voller bigotter Bürger aufnehmen. Su Lin war sehr behütet und unschuldig. Die beiden hätten unvorstellbar gelitten.«

Susannah sagte nichts. Sie glaubte Aubrey, auch wenn alles gegen ihn sprach, aber sie wollte es nicht zugeben.

Aubrey setzte sich hinter seinen Schreibtisch, dorthin, wo seine Autorität unangefochten war.

Er war blass und müde, aber nichtsdestotrotz wirkte er imposant. Er war fraglos die stärkste Person, die sie kannte, und doch hätte eine einzige, gemeine Frau es fast geschafft, ihn zu zerstören.

Er lehnte sich zurück und blickte zur Decke. »Oh, ja«, fügte er hinzu und dachte jetzt an Su Lins tragischen Tod. »Sie hat gelitten.«

»Du weißt, was auf dem Schiff geschehen ist, nicht wahr?«

Er nickte. »Ja, ich habe davon gehört. Dafür hat Su Wong schon gesorgt.«

Susannah überlegte. »Ich verstehe das nicht – warum hast du Ethan nichts gesagt?«

Mittlerweile war Aubrey ans Fenster getreten. »Wir haben uns in letzter Zeit nicht allzu gut verstanden.«

Susannah sah ihn an, bis er den Blick senkte.

»Na gut«, gab er zu, »ich konnte es nicht. Ich habe es versucht, aber ich habe die Worte einfach nicht über die Lippen bekommen.«

Lange Zeit sagten sie beide nichts. Dann sah Aubrey sie wieder an. »Lass uns nach Hause gehen.«

Susannah nickte und stand auf.

Aubrey musste mit einem Angestellten noch etwas besprechen, während Hawkins loslief, um ihnen einen Wagen zu besorgen.

Kurz darauf fuhren sie in der Kutsche den Berg hoch. Draußen schneite es, aber drinnen war es relativ warm, sie saßen dicht beieinander.

Susannah stieß den Atem aus. »Ich habe erwartet, dass du mir die Leviten liest, weil ich allein am Hafen war«, gestand sie.

Aubrey lachte freudlos. Er hatte den Kopf zurückgelehnt und die Augen geschlossen. »Hätte es denn etwas genutzt?«

»Nein«, gab Susannah zu, »ich glaube nicht.«

Er seufzte. »Tu es bitte nur nicht wieder.« Dann sah er sie an. »Wenn du schon in das Gefängnis, an den Hafen oder einen anderen unpassenden Ort willst, dann geh bitte nicht mehr allein. Nimm Ethan mit, mich oder Maisie. Aber um Victorias wie um deiner selbst willen, sei in Zukunft vorsichtiger.«

Aubrey hatte ruhig gesprochen, und doch hatte Susannah das Gefühl, gründlich getadelt worden zu sein. Trotz ihres Stolzes wollte sie auf einmal alles erklären, aber sie wusste nicht genau, wie. Sie wusste ja selbst nicht, was sie mit ihrem Ausflug hatte bezwecken wollen. Gedankenverloren sah sie aus dem Fenster.

»Irgendwo dort ist die Antwort«, sagte sie schließlich.

Aubrey ergriff sanft ihr Kinn. »Du hast Recht«, bestätigte er, »aber sie zu finden ist nicht an dir!« Sein Gesicht wurde ernst. »Himmel, wenn dir etwas passiert wäre …«

Sie wartete mit angehaltenem Atem, aber er sagte nicht, dass er sie liebte. Er senkte nur den Kopf und küsste sie leicht auf den Mund.

»Aubrey«, begann sie, aber dann verließ sie der Mut.

»Ja?«, fragte er neckend, seine Lippen noch an ihren.

»Nichts.«

Er lächelte traurig. »Wenn du es sagst«, erwiderte er.

18

Die herzzerreißende Erkenntnis riss Susannah aus dem Tiefschlaf. Blinzelnd und mit hämmerndem Herzen saß sie aufrecht im Bett. »Aubrey«, keuchte sie und tastete in der Dunkelheit nach ihm, aber seine Seite des Bettes war leer.

Enttäuschung ergriff sie und Schmerz, und sie tastete nach der Gaslampe. Sie war außer Atem, als wäre sie gerade eine weite Strecke gerannt, und sie brauchte eine Weile, um sich zu beruhigen. Aubrey war nicht da.

Susannah ging ins Kinderzimmer, wo Victoria mittlerweile eingezogen war und friedlich in ihrem Bettchen schlief, aber auch da war Aubrey nicht.

Nachdem sie sich einen Morgenrock angezogen hatte, stieg Susannah die Treppe zur Küche hinunter. Licht brannte, und die Reste eines Mitternachtsimbisses lagen auf dem Tisch. Daneben lag ein Buch – Julias Tagebuch.

Susannah ließ alles liegen und hastete weiter zum Arbeitszimmer. Hier endlich fand sie Aubrey am Fenster. Er starrte in den Schnee hinaus, vollkommen bekleidet, einschließlich Stiefel und Jackett.

»Wenn wir Su Lins Vater finden«, erklärte Susannah, die an seiner Haltung erkannte, dass er sie bemerkt hatte, »dann finden wir auch diejenigen, die Mrs. Parker umgebracht haben. Er weiß etwas, Aubrey.«

Aubrey drehte sich um, aber sie konnte sein Gesicht nicht erkennen. Seine Stimme verriet skeptisches Interesse.

»Wie kommst du zu dieser weit hergeholten These?«, wollte er wissen.

»Denk doch mal nach. Er hasst Ethan. Vielleicht hat er gedacht, dass er die Ehre seiner Tochter irgendwie rächen muss.«

Aubrey seufzte und fuhr sich durchs Haar, das bereits zerwühlt war. »Es gibt vielleicht noch andere«, gab er zu bedenken. »Mein Bruder ist schließlich kein Heiliger – er hat einige Feinde.« Er schwieg und dachte nach. »Du bist dir darüber im Klaren, dass Hollister die Idee wahrscheinlich sofort verwerfen wird? Su Wong hatte ohne Zweifel etwas gegen Ethan, aber wahrscheinlich hat der Delphinia nicht einmal gekannt.«

Susannah sah ihn eindringlich an. »Mag es sein, wie es wolle, morgen bringst du mich als Erstes aufs Polizeirevier, sonst gehe ich allein.«

Er spannte die Muskeln an, um seinen Ärger im Zaum zu halten. »Du bist dumm genug, das ernst zu meinen«, gab er zurück, »angesichts der Tatsache, dass du heute schon allein am Hafen warst. Wir werden gemeinsam mit Hollister reden.« Wieder schwieg er. »Susannah«, fragte er dann, »woher kam diese Idee?«

»Nenn es Intuition«, erwiderte sie. »Ich habe lange über alles nachgedacht, ehe ich eingeschlafen bin, und eben hat mich diese Idee geweckt.« Das und etwas anderes. Sie war noch nicht bereit, über die erschütternde Entscheidung zu sprechen, die sie für sich getroffen hatte. Noch nicht.

Er trat zu ihr und küsste sie auf die Stirn. »Geh wieder ins Bett, das hat Zeit bis morgen.«

Sie regte sich nicht. »Du hast Julias Tagebuch gelesen, ich habe es auf dem Küchentisch liegen sehen.«

Er seufzte, seine Hände auf ihren Schultern. Sie liebte es,

wenn er sie anfasste, und konnte ein wohliges Stöhnen nicht unterdrücken, als er sie sanft massierte.

»Ich habe das Tagebuch zufällig gefunden«, erklärte er. »Und ich war neugierig. Man könnte sagen, dass ich jedes Recht dazu habe, weil Julia meine Frau war.«

»Was hast du zu finden gehofft?«

Er zog sie an sich und legte sein Kinn auf ihren Scheitel. »Es war eher die Frage, was ich nicht zu finden hoffte«, entgegnete er. »Ich wurde enttäuscht.«

Susannah sah ihn an und legte ihm die Hände auf die Brust. »Doch nicht Ethan?«, wagte sie kaum zu fragen.

Er schüttelte den Kopf. »Nicht Ethan«, erwidere er. »Gar keine anderen Männer. Sie hat sich alles nur ausgedacht. Sie dachte, ich wäre ihr untreu, und wollte mich quälen. Eine Schar von Liebhabern zu erfinden schien ihr die angemessene Rache.« Seine Augen waren dunkel vor Schmerz, als er Susannah ansah. »Deshalb habe ich meinen Schwur vor Gott und den Menschen gebrochen, Susannah, und ihre Anklage wahr gemacht.«

Sie schlang ihm die Arme um den Leib, vorsichtig wegen seiner Rippen. »Nichts davon kann man jetzt noch ändern«, sagte sie resolut. »Es ist geschehen, Aubrey.«

»Warum habe ich nicht erkannt, wie unglücklich sie war? Warum habe ich nicht einmal daran gedacht, dass sie meine Hilfe brauchte?«

Aubreys Worte waren löblich, versetzten Susannah jedoch einen Stich. Wenn Julia noch gelebt hätte, wären Aubrey und sie jetzt vielleicht wider ein glückliches Paar und Susannah weiterhin ein Mauerblümchen. Wenn sie ehrlich war, verspürte sie Schuldgefühle, aber auch eine tiefe Liebe zu dem Mann vor ihr. War es eine hoffnungslose Liebe?

Er gab ihr keine Zeit zu einer Antwort, sondern hob ihr Gesicht zu sich und küsste sie leicht auf den Mund. »Lass uns in unser Bett zurückgehen, Mrs. Fairgrieve«, schlug er heiser vor, »ich brauche deinen einzigartigen Trost.«

Sie trat mit Tränen in den Augen zurück. »Stellst du dir vor, ich wäre Julia … wenn wir … wenn wir zusammen sind?«

Er sah so verblüfft aus, als hätte sie Unvorstellbares gesagt. »Himmel, Susannah!«, stieß er dann hervor. »Natürlich nicht!« Er vergrub die Finger in ihrem Haar. »Nein!«

Sie löste sich von ihm, und er hielt sie nicht zurück. »Ich kann das nicht tun«, flüsterte sie unglücklich. »Ich dachte, ich könnte es … ich dachte, es reicht, dass ich dich liebe …«

Er nahm ihre Schultern. »Susannah, wovon redest du?«

Sie schluchzte und rieb sich über die Augen. »Ich liebe dich«, wiederholte sie verzweifelt. »Ich dachte, ich könnte deine Frau sein … mich dir geben … dass meine Liebe reichen würde …«

»Du bist völlig verwirrt«, mahnte er sanft.

»Das ist das Schlimmste. Mein ganzes Leben lang habe nur vernünftige Dinge getan. Julia war die flatterhafte, hübsche Frau, in die sich die Männer verliebt haben Ich kann nicht den Rest meines Lebens als ihr Ersatz zubringen, das will ich dir sagen. Lass mich Victoria nehmen und Seattle verlassen.«

»Und ich?« Die Frage war kaum hörbar.

»Kannst du wahrhaftig sagen, dass du mich liebst?«

Er rieb sich den Nacken. »Susannah …«

»Sag nichts mehr«, unterbrach sie ihn. Jetzt, wo sie einmal angefangen hatte, musste sie ihr gebrochenes Herz ausschütten. »Sag nicht, dass du nicht an die Liebe glaubst. Julia hast du einst vergöttert, und Ethan und Victoria bedeuten dir viel. Ich war eine Närrin zu glauben, dass du je etwas für mich empfinden könntest.«

Er umschlang sie. »Susannah, hör auf damit. Ich …«

Sie riss sich voller Erniedrigung und Reue los. Warum hatte sie sich in diese Situation gebracht, obwohl sie seine wahren Gefühle doch von Anfang an kannte? Er hatte nie ein Geheimnis aus seinen Ansichten gemacht. Er wollte eine Kameradin, Partnerin und Mutter seiner Kinder, und alles das wollte Susannah ihm sein, aber es reichte einfach nicht. Sie hatte gesehen, wie Ruby und Ethan einander ansahen, und gewusst, dass das, was sie bekam, ihr nicht genügte.

Sie wollte Leidenschaft von Aubrey, Feuer und Liebe, wollte ohne Bedenken wiedergeliebt werden. Lieber lebte sie ohne diese Dinge als mit falschen Vorgaben.

»Was willst du?«, fragte er mit glänzenden Augen.

»Das weißt du.« Sie straffte die Schultern und sah ihn an. Wenn er ihr Victoria nicht ließ, hatte sie nichts mehr auf der Welt. Ein Grund mehr, sich an ihren Stolz zu halten.

»Eine Lüge, Susannah? Soll ich lügen? Du bist zu klug, um das zu wollen.«

»Ich will Victoria und einen vernünftigen Unterhalt, das ist alles.«

»Meine Tochter? Du erwartest, dass ich zulasse, dass du meine Tochter mitnimmst? Hast du vergessen, Mrs. Fairgrieve, dass du meine Frau und damit gebunden bist, zu tun, was ich sage?«

Sie war fassungslos. Das sofortige Bedauern in seinen Augen milderte ihre Wut nicht. »Was du nicht sagst! Du herrscht ganz sicher nicht über mich, Mr. Fairgrieve! Unsere Ehe war ein Fehler, den wir noch korrigieren kön…«

»Du gehst nirgendwohin«, bestimmte er, »und Victoria auch nicht.«

»Du kannst mich nicht zum Bleiben zwingen!»

»Oh, doch. Aber ich werde dich nicht zwingen, mein Bett zu teilen. Oh, nein, Mrs. Fairgrieve, wenn du meine Aufmerksamkeiten willst – und du wirst sie wollen – musst du mich darum bitten.«

Verblüfft und wütend sah sie ihn an. »Wir sprechen besser morgen früh weiter darüber«, sagte sie. »Gut Nacht, Aubrey.« Damit wandte sie sich zur Tür, aber er packte sie am Arm und riss sie zurück.

»Nicht so schnell!«, fauchte er. »Ich will wissen, was das ausgelöst hat. Gestern noch – heute Abend noch – haben wir uns gut verstanden. Und jetzt plötzlich passt dir die Ehe nicht mehr? Was ist passiert, Susannah?«

Sie schluckte ein großes Stück ihres Stolzes. »Ich habe nicht auf meinen Instinkt geachtet und bedauere das jetzt. Das ist passiert.«

Schließlich ließ er sie los. »Schlaf gut, Susannah«, wünschte er, »du kannst sicher sein, dass ich es nicht tue.«

»Du kannst dein Bett haben«, bot sie mit Würde an, »ich ziehe in mein altes Zimmer zurück.«

»Mach, was du willst«, entgegnete er eisig.

Sie wandte sich um und stieg die Treppe hoch, eine andere Person als die, die vor Minuten hier heruntergekommen war. Sie liebte Aubrey, und ihr Leben würde leer ohne ihn sein, aber sie würde einen Platz finden, wo sie Wurzeln schlagen konnte. Um Victorias und ihrer selbst willen würde sie nur stärker werden.

Statt zu schlafen verbrachte sie die Nacht in Julias altem Zimmer neben dem Baby auf einem Stuhl. Als sie Aubrey aufstehen hörte, erhob sie sich und ging zu dem Schrank im Gästezimmer, in dem sie ein paar der einfacheren Kleider Julias aufhob. Heute war sie nicht abgeneigt, ein Kleid ihrer Freundin zu tragen. Sie wählte ein dunkelblaues Wollkleid, das sie anzog, um dann in der Küche auf Aubrey zu warten.

Als er sie ansah, wurden seine Augen groß. Sie erklärte es

sich damit, dass er das Kleid wiedererkannte, das ihn anscheinend an etwas erinnerte. In der einen Hand hielt er das Tagebuch, er war unrasiert und sah aus, als hätte er in seinem Anzug geschlafen.

»Hier«, sagte er und reichte ihr das Tagebuch, »eine kleine Erinnerung an deine gute Freundin aus Kindheitstagen. Das wird ein paar deiner Illusionen zerstören.«

Susannah wollte sich widersetzen, aber ihre Hand griff wie von selbst nach dem Buch.

Maisie war oben und kümmerte sich um Victoria, aber Ellie stand in der Küche und warf scheue Blicke auf Aubrey. Er sah in ihren Augen sicherlich seltsam aus, und es war ihm gar nicht ähnlich, sich so wenig um seine Erscheinung zu kümmern.

»Möchte einer von Ihnen frühstücken?«, fragte sie. Sie sah aus, als würde sie am liebsten aus der Küche flüchten.

Susannah schüttelte nur den Kopf, und Aubrey lächelte leicht.

»Nein, danke«, lehnte er ab.

Ellie sah von einem zum anderen und ging dann zur Treppe. »Ich schaue mal, ob Maisie Hilfe braucht«, erklärte sie und verschwand schnell.

»Dachtest du, ich würde ohne dich zur Polizei gehen?«, fragte Aubrey und sah sie an. Er sah furchtbar aus, wie ein Mann ohne jede Hoffnung.

Susannah nickte. Das Tagebuch lag schwer in ihrer Hand. Am liebsten hätte sie es in den Ofen geworfen und verbrannt. Wenn die Flammen nicht nur das Buch, sondern auch die Vergangenheit verzehrt hätten, hätte sie es getan.

»Nun«, sagte er, »du hast dich geirrt. Ich habe einen der Stallknechte gebeten, den Wagen vorzufahren.« Er machte eine Handbewegung, dass sie ihm vorangehen sollte, und sie tat es und nahm ihren Mantel vom Haken. Er legte ihn ihr um und öffnete die Tür.

Mr. Hollister, stellte sich heraus, hatte eines der kleinen Büros über dem Gefängnis gemietet. Überall stapelten sich Bücher und Papiere. Er sah nicht überrascht aus, als er die Fairgrieves sah, auch wenn er bei ihrem Eintritt die Augen zusammenkniff und wohl ahnte, dass irgendetwas zwischen ihnen passiert war. Wahrscheinlich war es für jeden intelligenten Menschen sichtbar.

»Nun«, sagte er, erhob sich und verbeugte sich leicht vor Susannah, ehe er Aubrey die Hand schüttelte. »Wie kann ich Ihnen an diesem kalten Morgen behilflich sein?« Er trat an den Ofen und legte ein Stück Holz nach. Es begann tröstlich zu knistern und nach Zeder zu duften.

»Susannah hat eine Theorie«, kündigte Aubrey an und machte einen Stuhl für sie frei. »Möchtest du es erklären, meine Liebe?«

Im hellen Tageslicht schien die These, dass Su Lins Vater etwas mit der Sache zu tun haben könnte, weniger einleuchtend als in der Nacht. Doch stärker als ihr Zweifel war die Intuition, die sie zu diesem Schluss geleitet hatte.

Kurz stellte sie dar, was sie über Ethans Beziehung zu Su Lin wusste und über die anhaltende Wut, die das in deren Vater geweckt hatte. »Als ich ihn im Hafen sah, hat mich das auf meine Idee gebracht. An Su Lins Geschichte ist sicher mehr, als Ethan weiß. Und ich glaube, dass Aubreys Überfall irgendwie mit dem Mord an Delphinia zusammenhängt.«

Hollister lehnte sich zurück und betrachtete Susannah wie eine antike Schrift, die es zu entziffern galt. Dann stellte er die Frage, die sie befürchtet hatte. »Gibt es dafür irgendwelche Beweise, Mrs. Fairgrieve?«

Sie biss sich auf die Unterlippe. »So viele, wie die Polizei hatte, als sie meinen Schwager als Mörder verhaftete«, gab sie zurück.

Hollister beugte sich vor, sah Aubrey an, dann wieder Susannah. Die Luft in dem kleinen Raum wurde jetzt stickig und Susannah hätte am liebsten ein Fenster geöffnet. Sie lächelte, als sie sich die Verheerung vorstellte, die die Zugluft unter all den Papieren anrichten würde.

»Ich werde den Mann finden, wenn ich kann«, sagte Hollister, »und mit ihm reden. Das ist alles, was ich versprechen kann.«

»Mehr will ich auch nicht«, erwiderte Susannah und erhob sich steif von ihrem Stuhl. »Guten Tag, Mr. Hollister, und danke, dass Sie Zeit für mich hatten.«

Der Mann stand ebenfalls auf und nickte, sah aber verwirrt aus, als er Aubrey ansah, der die meiste Zeit nichts gesagt hatte.

»Dieser Su Wong – was wissen Sie über ihn? Liegt gegen ihn etwas vor?«

Aubrey schob die Hände in die Manteltaschen. »Nur, dass er Su Lins Vater ist und im Hafen arbeitet.«

»Ich werde die Polizei bitten, Nachforschungen über ihn anzustellen«, erklärte Hollister und ärgerte Susannah damit, dass er die Bemerkung an Aubrey richtete. Schließlich war sie diejenige, die die Untersuchung in die Wege geleitet hatte.

Sie war entrüstet, nahm aber Aubreys Arm nach kurzem Zögern dankbar an. Immerhin war er noch immer ihr Mann, er konnte ja nichts dafür, dass er sie nicht liebte. Er hatte sie nie an der Nase herumgeführt, und sie war mit offenen Augen diese Ehe eingegangen und hatte gedacht, dass seine Gefühle sich ändern würden.

Sie war eine Närrin.

Aubrey führte sie aus dem Büro und die Treppe hinunter, auf der sich Polizisten, Straffällige und Reporter drängten. Zwei der Zeitungsleute folgten ihnen und stellten Fragen zu Ethan und Mrs. Parker, aber ihre Kutsche wartete in der Nähe, und sie waren drin, ehe einer der Reporter sie einholen konnte.

Diesmal saßen sie einander gegenüber. Aubrey murmelte etwas, lehnte den Kopf zurück und schloss die Augen. Er sprach nicht, bis sie am Haus angekommen waren.

»Lies das Tagebuch, Susannah«, sagte er, »du wirst es sehr erhellend finden.«

Wieder begann es zu schneien, dicke Flocken sanken zu Boden. »Was willst du tun?«, fragte Susannah ihn voller Misstrauen. Vielleicht, weil Aubrey keinerlei Anstalten machte, sie ins Haus zu begleiten, sondern neben der Kutsche stehen blieb.

»Erst mal werde ich Ethan suchen, dann gehe ich wahrscheinlich in den Laden. Ich bin der Besitzer, falls du dich erinnerst.«

Es war kalt. »Na gut«, sagte Susannah und lief los. Auf halbem Weg zum Haus wandte sie sich um und sah ihn an. »Pass auf dich auf«, bat sie.

»Machst du dir Sorgen um mich, Mrs. Fairgrieve?« Er lächelte, aber er sah verloren aus.

Sie sagte nichts. Er wusste, dass sie ihn liebte, aber sie wollte verdammt sein, ihm das noch einmal zu sagen, noch dazu vor dem Kutscher. Nach kurzem Zögern wandte sie sich um und ging ins Haus.

Sie war nicht bereit, Maisie gegenüberzutreten, aber über Aubrey brüten und sich zu sorgen, dass er auf die Suche nach dem Chinesen gehen könnte, wollte sie auch nicht. Victoria stieß glücklich die Bauklötze um, die Jasper aufeinander stellte. Ellie passte auf sie auf. Klavierschüler für den Tag waren keine angemeldet.

Susannah zog das Tagebuch aus der Tasche ihres Kleides, ging in den Salon, setzte sich in einen Stuhl und schlug das Buch auf.

Zu Beginn war das Tagebuch ein fröhlicher Bericht darüber, wie Julia Aubrey in Boston kennen gelernt, sich in ihn verliebt und ihn geheiratet hatte. Julia war von seinem Haus beeindruckt gewesen, auch von seinem Geschäft, aber von Seattle weniger. Die Stadt war in ihren Worten »ein schmutziger, lauter Ort voller grober Klötze«. Sie ließ sich über den Schmuck und die Kleider aus, die Aubrey ihr gekauft hatte, und freute sich sehr auf die versprochene Europareise. Susannah verspürte einen Stich, weil Aubrey ihr dasselbe versprochen hatte, auch wenn es jetzt nie dazu kommen würde.

Allmählich hatte Julias Glück sich in wachsende Unzufriedenheit über das Leben in Seattle gewandelt. Es gab keine richtigen gesellschaftlichen Höhepunkte, hatte sie geklagt, keine feinere Musik oder Unterhaltung. Außerdem hatte sie den Verdacht, dass Aubrey sich mit einer Geliebten traf, einer älteren, weltgewandten Frau, die mehr Erfahrung hatte als sie selbst.

Verzweifelt las Susannah weiter. Es war, als wäre ein Schatten auf Julias Seele gefallen. Doch statt zu vergehen, war er nur immer größer geworden. Julia hatte immer öfter zum Alkohol gegriffen und bald auch Laudanum genommen.

Irgendwann begann sie von der »brennenden« Liebe zwischen Ethan und ihr zu sprechen. Ihr Schwager hätte diese Liebe zwar nicht gestanden, ihr aber auf andere Weise deutlich gemacht, was sie ihm bedeutete. Er lächele sie an, unterhielt sich mit ihr, war immer höflich.

Traurig schloss Susannah die Augen. Ethan war eindeutig

nur nett zu Julia gewesen, aber sie hatte sich so sehr nach Zuwendung gesehnt, war so einsam und weit weg von zu Hause gewesen, dass sie das missdeutet hatte. Die Schwangerschaft hatte sie zusätzlich emotional labil gemacht, und sie musste erkennen, dass Aubrey ihr untreu war. Was hatte er gesagt und getan, um die Dinge so schlimm zu machen?

Susannah las weiter. Sie war schon fast am Ende, als der verheerende Teil kam, den Aubrey sicher meinte, als er ihr das Buch gegeben hatte.

Julia hatte Su Lin besucht, ehe diese weggegangen war. Sie hatte das Mädchen weinend vorgefunden, klagend, dass es Ethan nur Kummer und Unehre bringen würde. Ihr Vater hatte einen chinesischen Kaufmann für sie als Ehemann bestimmt, und sie wage es nicht, sich ihm zu widersetzen, weil sie Angst hatte, geschlagen oder sogar getötet zu werden.

Aber nichts davon wog so schwer wie das schreckliche Geheimnis, das sie trug. Unter Tränen hatte Su Lin Julia gestanden, dass sie glaubte, Ethans Kind zu tragen. Am Hafen gäbe es eine Frau, die ihr einen Trank verabreichen könnte, der eine Fehlgeburt auslöste, damit sie ihrem Vater und dem künftigen Ehemann die Schande ersparen könnte.

Julia hatte laut Tagebuch ein paar mitfühlende Äußerungen von sich gegeben und dann angeboten, Su Lin zu bezahlen, wenn sie sie zu dieser Frau bringen würde.

»Himmel!«, flüsterte Susannah erschrocken, als ihr die Bedeutung der Worte klar wurde. Tränen stiegen ihr in die Augen. Arme, süße Victoria … hatte sie Julia denn so wenig bedeutet?

Sie weinte lange und trocknete sich dann die Tränen, um weiterlesen zu können. Su Lin hatte sich geweigert, und Julia war wütend geworden. Sie hatte das Mädchen angeschrien, dass sie selber Ethan liebe und er sie. Alles, was noch zwischen ihnen stehe, seien Su Lin und Aubreys Baby.

Su Lin war am Boden zerstört gewesen, und als Julia ihr Geld geboten hatte – Aubrey hatte ihr einen Blankoscheck ausgestellt, weil er dachte, sie wollte eine Schneiderrechnung bezahlen –, hatte Su Lin ihn wortlos genommen.

An jenem Abend war Ethan voller Verzweiflung zu Aubrey gekommen. Su Lin war weg. Sie war an Bord eines Schiffes nach an Francisco gegangen, um dann weiter zurück nach China zu reisen. Julia hatte ihm Mitgefühl vorgegaukelt, innerlich aber gejubelt und ihm nichts von Su Lins Schwangerschaft gesagt. Sie hatte Angst, dass er ihr am Ende noch hinterhergereist wäre.

Susannah konnte sich die Szene lebhaft vorstellen und war erschüttert. Was für eine Tragödie!

Julia hatte wirklich erwartet, dass Ethan sich schließlich ihr zuwenden würde. Sie wollte ihn trösten, bis er Su Lin vergessen hatte, und dann planen, mit ihm zusammen fortzulaufen, hatte sie geschrieben. Falls es notwendig werden würde, wollte sie ihn davon überzeugen, dass das Baby, das sie trug, Ethans war. So schwer würde das schon nicht werden, war sie sicher, sie hatte Aubrey ja auch schon davon überzeugt.

Dann hatte Julia begonnen, zielstrebig nach der chinesischen Frau am Hafen zu suchen, die Abtreibungen vornahm, und schließlich hatte sie sie gefunden. Sie sei noch nicht bereit, ein Kind zu bekommen, hatte sie ihr gesagt, sie hätte Angst, und Su Lin habe ihr gesagt, dass sie ihr Problem lösen könne. Sie musste allerdings versprechen, das sie niemandem erzählte, was passiert war.

Ein paar Tage später hatte ihr ein Bote ein Päckchen seltsam riechenden Tees gebracht, dazu eine Liste mit Anweisungen. Julia hatte sich sofort einen Tee bereitet, der auch zu Krämpfen und Blutungen führte, aber das Kind verlor sie nicht.

Am Ende, kurz vor der Geburt, schrieb Julia noch, dass sie

Angst hätte – vor dem Schmerz, und davor, dass sie das Baby vielleicht geschädigt hätte, vor dem Tod. Es starben so viele Frauen im Kindbett. Sie wünschte, dass sie Boston nie verlassen und nie geheiratet hätte, sondern lieber ein Mauerblümchen geblieben wäre wie Susannah.

Susannah schloss das Buch und sah auf. Maisie stand geisterhaft blass vor ihr.

»Der Chinese«, sagte sie, »sie haben ihn gefunden.«

19

Der Chinese, sie haben ihn gefunden. Susannah starrte ihre Freundin an, und die Worte senkten sich wie ein kaltes Gewicht in ihr Herz. Sie legte das Tagebuch beiseite, erhob sich, ging auf zitternden Beinen zu Maisie und ergriff ihre rauen Hände.

»Was wissen Sie noch?«, drängte Susannah.

Maisie schluckte. »Sie glauben, dass es Ethan war.«

Susannah schwankte, und Maisie stützte sie rasch. »Himmel.« Natürlich würde die Polizei Ethan als den Schuldigen sehen. Es gab Dutzende von Zeugen dafür, dass er gestern einen heftigen Streit mit Su Wong gehabt hatte.

»Ethan hat schon genug durchgemacht«, klagte Maisie. Sie umklammerte dem Saum ihrer Schürze und hob sie an den Mund. Die Fairgrieves kamen dem, was sie als Familie hatte, am nächsten. Das war bei Susannah nicht anders.

»Jemand hat ihn erstochen«, fuhr sie fort und zitterte vor Entsetzen. »Diesen Su Wong.«

Ehe Susannah etwas sagen konnte, trat Mr. Hollister in den Salon. Er wurde von einem Polizisten in Uniform begleitet. Obwohl sein Gesicht Unbehagen darüber verriet, schon wieder der Übermittler schlechter Nachrichten zu sein, verriet sein Blick, als er Susannah ansah, auch etwas wie Respekt und eine gewisse Reserviertheit.

Er räusperte sich. »Es hat den Anschein, als ob Sie mit Ihrer Theorie Recht hätten, Mrs. Fairgrieve«, begann er. Dann sah er Maisie an und räusperte sich erneut. Susannah ließ sich auf einen Stuhl sinken. Der Polizist lief vor dem Fenster auf und ab.

Werden die Sorgen und die Dunkelheit, die auf diesem Haus lasten, denn nie ein Ende nehmen?, fragte sich Susannah.

»Vielleicht möchten Sie mit Reverend Johnstone sprechen«, schlug Maisie vor und legte Susannah die Hand auf die Schulter. »Ich könnte Ellie nach ihm schicken ...«

»Ich nehme an, dass er kommt, sobald er die Neuigkeiten gehört hat«, gab Susannah benommen zurück.

Maisie drückte ihr einen Kuss auf die Wange. »Ich kümmere mich um Victoria, so lange Sie wollen«, versicherte sie.

Susannah nickte dankbar.

Mr. Hollister war höflich genug, zu schweigen, bis sich die Tür hinter Maisie geschlossen hatte. »Ich hoffe, dass wir nicht stören«, sage er dann. Er deutete auf den nervösen Polizisten. »Das ist Officer Fitzsimmons.«

Susannah erwiderte nichts, sie warf dem Mann nur einen Blick zu. Auf einmal musste sie an Hollisters Entscheidung denken, plötzlich wieder als Anwalt und nicht mehr bei Pinkerton zu arbeiten. »Setzen Sie sich«, bot sie steif an, aber sie konnte ihr Verhalten nicht ändern. Wenn doch nur Aubrey zurückkäme, denn der Officer zusammen mit dem seltsamen Verhalten Hollisters beunruhigten sie sehr.

Der Anwalt setzte sich in den Schaukelstuhl am Kamin, in dem ein Feuer brannte, während Fitzsimmons lieber stehen blieb. Susannah machte einen vergeblichen Versuch, ihrer Panik Herr zu werden, indem sie die Hände vors Gesicht schlug. Mr. Hollister versuchte, ihr in die Augen zu sehen.

»Hat Ethan den Mann getötet«, fragte er dann, »oder Aubrey?«

»Ethan kommt als Sündenbock gerade gelegen«, wehrte Susannah mit einem spitzen Blick auf den Polizisten ab. »Und wie jemand Aubrey verdächtigen kann, ist mir absolut schleierhaft.« Sie konzentrierte sich auf den jungen, verwirrten Polizisten. »Haben Sie vergessen, dass er so schwer zusammengeschlagen wurde, dass er fast gestorben wäre? Oder denken Sie, dass er seine Angreifer selbst angeheuert hat?«

Ehe einer der Männer antworten konnte, öffnete sich die Tür, und Aubrey kam herein. Er füllte den Raum sofort mit seiner Überlegenheit. Er hatte den Mantel ausgezogen, aber sein Gesicht war vor Kälte gerötet. Ethan folgte ihm.

»Nun, Hollister?«, drängte Aubrey, ohne auf den Polizisten zu achten. »Wollen Sie die Frage meiner Frau nicht beantworten?« Er trat an ein Tischchen, auf dem eine Karaffe mit Whisky und Gläser standen.

Hollister seufzte. »Mrs. Parker war Ihre … Freundin«, formulierte er so rücksichtsvoll wie möglich, und Susannah wusste, dass er ganz anders gesprochen hätte, wenn sie nicht dabei gewesen wäre. »Es könnte Ihnen recht gewesen sein, sie loszuwerden.«

»Whisky?«, bot Aubrey gastfreundlich an und reichte seinem Ankläger ein Glas.

Hollister zögerte und nahm dann an. »Sie wären nicht der Erste, der sich selbst ein Alibi verschafft«, fuhr er fort und nahm einen Schluck. »Prügel einzustecken ist im Vergleich zum Galgen für Mord immer noch angenehmer, und es besteht durchaus die Möglichkeit, dass die Kerle, die Sie dafür angeheuert haben, nur ein bisschen zu eifrig waren.«

Aubrey betrachtete sein Gegenüber nachdenklich, während

sich auf Ethans Gesicht Wut abzeichnete. Susannah konnte ihn verstehen, wurde sie doch selbst ärgerlich.

»Sie wollen wirklich, dass ich der Schuldige bin«, gab Aubrey verwirrt zurück. »Warum?«

»Ich kann dir sagen, warum!«, rief Ethan mit einem Kopfnicken in Susannahs Richtung.

Aubrey hob die Hand, um seinen Bruder zum Schweigen zu bringen. Seine Augen ließen Hollister nicht los, dessen Gesicht sich mehr und mehr rötete. Schließlich stand der Anwalt auf, sein Glas in der Hand. Er vermied es, Susannah anzusehen.

»Es ist sicher richtig«, begann er mit Würde, »dass es mein Trachten war, Mrs. Fairgrieve für mich zu gewinnen, aber das war vor Ihrer Hochzeit, und ich bin kein rachsüchtiger Mensch. Außerdem lasse ich persönliche Gefühle meiner Arbeit nie im Wege stehen.«

Susannah war durch diese Erklärung in Verlegenheit gebracht, und Ethans Gesicht verriet Skepsis, aber Aubrey schien so etwas wie Mitleid mit Hollister zu empfinden, statt die Aussage als Verrat eines Freundes zu begreifen. Er klopfte dem Mann auf die Schulter.

»Mein Bruder und ich haben einen Plan«, sagte er. »Wenn Sie ihn hören wollen, dann setzen Sie sich, und ich hole Ihnen noch einen Whisky.«

Mr. Hollister wirkte erst unentschlossen, setzte sich dann aber, leerte sein Glas und reichte es Aubrey. Der Polizist lehnte ein Getränk ab.

Während Aubrey das Glas nachfüllte, sah er Susannah an. »Ich glaube, Maisie braucht Hilfe mit dem Baby«, erklärte er sanft, aber so unwiderruflich, dass sie nicht widersprechen konnte.

Das Letzte, was Susannah wollte, war jetzt das Zimmer zu verlassen, aber sie konnte nichts anderes tun. Sie hatte das Bedürfnis, nach Victoria zu sehen, obwohl sie sie bei Maisie in besten Händen wusste. Ellie hatte wahrscheinlich viel Hausarbeit zu erledigen, sodass sie über Hilfe froh wäre.

Susannah erhob sich, glättete ihr Kleid und rauschte mit einem Nicken zu Hollister und Ethan aus dem Raum.

Aubrey lächelte, denn er wusste, dass er eben in ihrem kleinen Scharmützel die Oberhand gewonnen hatte. Er hob fast triumphierend sein Glas.

Susannah schloss die Tür fest hinter sich und ging in die Küche, wo Ellie gerade Kuchenteig ausrollte. Jasper saß ruhig auf dem Fußboden und spielte mit Bausteinen.

Maisie war sicher oben im Kinderzimmer.

Susannah ging die Treppe hoch in den Flur.

»Maisie?«

Die Antwort war kaum zu hören. »Kommen Sie herein.«

Erleichtert seufzte Susannah auf und trat ins Kinderzimmer. Maisie saß mit Victoria auf dem Schoß im Schaukelstuhl, beide mit einer Decke zugedeckt. Selbst bei dem schlechten Licht hier konnte Susannah sehen, dass Maisie geweint hatte.

Sie trat zu ihr und legte ihr die Hand auf die Schulter.

»Sie wollen Seattle verlassen«, schluchzte Maisie, »und das Baby mitnehmen.«

Susannah leugnete das nicht.

Maisie drückte das kleine Kind an sich, sodass es zappelte. »Ich habe Sie und Mr. Fairgrieve gehört.«

Susannah nickte. »Es tut mir Leid, Maisie, ich dachte, ich könnte mit einem Mann leben, der mich nicht liebt, aber …«

»Schscht«, unterbrach Maisie sie. »Er liebt sie. Er weiß es nur noch nicht.«

Es ist zu viel verlangt, darauf zu hoffen, dass er es eines Tages weiß, dachte Susannah, ein schöner Traum, mehr nicht. Aber jetzt zählten ihre Probleme nicht, sie wurde hier gebraucht, bis diese neue Krise vorüber war. Sie zog sich einen Hocker neben Maisie und setzte sich. »Machen Sie sich keine Sogen um Aubrey und mich«, beruhigte sie sanft, »jetzt gilt es, andere Dinge zu bedenken.«

Maisie setzte sich aufrecht hin, und ein hoffnungsvoller Ausdruck erschien auf ihrem Gesicht. Sie schniefte. »Können Sie bitte das Licht höher drehen?«

Susannah erhob sich und griff nach der Lampe. Bald darauf erhellte das Gaslicht Maisies tränennasses Gesicht.

»Versuchen Sie, etwas zu essen«, schlug Susannah vor. »Oder trinken Sie wenigstens eine Tasse Tee.«

Maisie schüttelte den Kopf und starrte ins Leere, als würde sie in die Zukunft schauen. »Sie hat uns alle verflucht, wissen Sie, Mrs. Fairgrieve. Sie lag auf ihrem Bett und hat jeden von uns zur Hölle verdammt. Sieht so aus, als hätte sie Erfolg gehabt.«

Das erschütterte Susannah, aber sie versuchte, sich nichts anmerken zu lassen. »Ich glaub nicht an Flüche«, wiegelte sie ruhig ab. »Außerdem wusste Julia sicher nicht mehr, was sie tat. Sie wusste nicht, was sie sagte.«

Maisie runzelte die Stirn, aber in ihr Gesicht kehrte wieder etwas Farbe zurück. »Es war die Medizin, die sie eingenommen hat«, murmelte sie, »die hat sie völlig verrückt gemacht.«

Susannahs Herz raste. »Medizin?«

»Laudanum. Als der Arzt es ihr nicht mehr geben wollte, hat sie es irgendwo am Hafen bekommen.« Beschämt sah sie Susannah an. »Ich wollte es Mr. Fairgrieve sagen, hätte es sagen müssen, aber sie hat mir gedroht, mich dann mit Jasper auf die Straße zu setzen.«

Susannah wartete. Himmel, dachte sie, was war aus der fröhlichen, temperamentvollen Julia geworden, die sie gekannt hatte?

Allerdings hatte sie jetzt einen Anhaltspunkt, von dem sie Aubrey und natürlich der Polizei berichten musste. Nach ihrem Besuch im Hafen machte sie sich nicht mehr die Illusion, dort allein ein zweites Mal hingehen zu können.

»Manchmal kam ein komischer Kerl mit einem Päckchen an die Hintertür – klein war er und sah unheimlich aus.« Maisie erschauerte. »Mrs. Fairgrieve und er haben immer sehr ernst miteinander gesprochen, und sie hat ihm Geld gegeben.«

Susannah fragte sich, ob Maisie über den Abtreibungsversuch Bescheid wusste. Doch sie entschied, vorerst nicht darüber zu reden.

»Sie sehen erschöpft aus, Maisie«, sagt sie stattdessen. »Legen Sie sich ein bisschen hin. Ich bringe Ihnen Tee und etwas zu essen.«

Maisie nickte und lehnte sich zurück.

Eine halbe Stunde später – Ellie hatte Victoria übernommen – lag Maisie im Bett und Susannah holte ihr den versprochenen Tee. Jasper, der den Kummer seiner Mutter spürte, legte sich neben sie und umarmte sie.

Susannah trat ans Fenster und sah in das Schneetreiben hinaus.

»Ist der Polizist noch hier?«, fragte Maisie nach einer Weile.

»Ich denke schon«, erwiderte Susannah, »falls er Ethan nicht wieder ins Gefängnis gebracht hat.«

»Meinst du, er weiß es?«, fragte Maisie und wies mit dem Kopf auf Jasper.

»Wahrscheinlich nicht.« Susannah betrachtete das Kind traurig. »Aber er spürt bestimmt, dass etwas nicht in Ordnung ist. Er braucht jetzt viel Zuneigung, denke ich – viele Umarmungen und Liebkosungen.« Maisie lächelte.

»Für eine Frau, die kein eigenes Kind hat, wissen Sie erstaunlich viel über die Mutterschaft«, meinte sie.

Susannah sah geknickt aus. Vielleicht würde sie nie eigene Kinder haben. Sie hatte sich Aubrey mit dieser lieblosen Ehe ganz und gar hingegeben. Ihre Leidenschaft für ihn konnte noch ihr Ruin werden.

Sie erhob sich und wollte gehen.

Es war eindeutig, dass Maisie in Susannahs Gesicht lesen konnte wie in einem Buch. Sie lächelte traurig. »Sie sind voller Liebe, Susannah Fairgrieve«, bemerkte sie, »zum Platzen voll. Geben Sie diesen Mann nicht auf, hören Sie? Er macht viel Ärger, aber er ist grundgut. Sie finden auf der ganzen Welt keinen besseren Ehemann.«

Susannah hielt in der Tür inne. »Er liebt mich nicht«, sagte sie unglücklich und bereute sofort, dass sie so ein Problem aufbrachte, wo sie doch an viel schwerer wiegende Dinge zu denken hatten.

Maisie machte eine wegwerfende Handbewegung. »Er ist wie einer der Bäume da draußen«, erklärte sie. »Er steht auf sandigem Boden ohne Wasser und Sonne. Schenken Sie ihm etwas von Ihrer Liebe, Susannah, und Sie werden sehen, was passiert.«

»Manchmal«, erwiderte Susannah verblüfft, »überraschen Sie mich.«

»Machen Sie bitte das Licht aus, wenn Sie gehen«, bat Maisie schläfrig. »Ich würde es selbst machen, aber ich bin so müde.«

Susannah lächelte und gehorchte. Als sie ging, schlief Maisie bereits tief und fest.

Draußen entdeckte Susannah, dass Mr. Hollister und der Polizist fort waren und Ethan mitgenommen hatten. Aubrey stand in der Küche und guckte auf der Suche nach Essen in die Töpfe. Ellie und Victoria waren nirgends zu sehen.

Susannah begann den Tisch zu decken. Das Essen – ein Ragout mit Bohnen und Kartoffeln – war schon abgekühlt und begann dick zu werden. Susannah servierte es so, wie es war.

Aubrey betrachtete das Angebotene mit amüsiertem Bedauern. Während Susannah sich hinsetzte, blieb er stehen und stocherte mit seiner Gabel in der Schüssel herum. »Was ist das?«, fragte er neugierig, fast eine Spur belustigt.

»Keine Ahnung«, gab Susannah zurück. »Setz dich, ich bin hungrig.«

»Das musst du für das hier auch sein.« Er setzte sich und gab ihr eine große Portion auf.

Am liebsten hätte sie ihm erzählt, was sie über Julia und den Mann wusste, der ihr Laudanum verkauft hatte, aber er war erschöpft und brauchte Kraft. Sein Bruder war gerade zum zweiten Mal verhaftet worden, er wurde vielleicht bald befragt, und er hatte sich noch immer nicht ganz von den Schlägen erholt.

»Du siehst aus«, erklärte er zwischen zwei Bissen, »als wolltest du gleich aus dem Stuhl schießen und Funken sprühen. Bitte sag mir doch, woran du denkst, Mrs. Fairgrieve.«

Anders als ihr Mann, der jetzt mit großem Appetit aß, fand sie das Essen ungenießbar und schob den Teller weg. »Maisie hat mir erzählt, dass Julia immer an den Hafen ging«, gestand sie. »Sie hat sich dort mit einem Mann getroffen …«

Aubreys Gesichtsausdruck wurde hart, aber er sagte nichts. Susannah fühlte sich wie eine Verräterin an der Freundin, fuhr aber trotzdem fort. »Maisie sagt, er kam ein paar Mal her, um ihr … Laudanum zu bringen. Er soll klein gewesen sein und unheimlich ausgesehen haben.«

»Und?«

Susannahs Gesicht rötete sich vor Eifer und Scham, auch wenn sie nicht hätte sagen können, woher Letzteres stammte. »Verstehst du denn nicht? Es muss irgendeinen Zusammenhang geben. Wenn Mr. Su umgebracht wurde, weil er etwas wusste – nun, kann es dann nicht sein, dass er mit den Leuten bekannt war, die Mrs. Parker getötet und dich überfallen haben?«

»Das ist sehr weit hergeholt«, meinte Aubrey und nahm sich Kartoffeln nach. »Ich brauche dir nicht zu sagen, was Hollister davon halten wird. Du, ich, Ethan – wir alle haben Motive genug für die Verbrechen.«

»Gut, aber wir haben sie nicht begangen«, stellte Susannah fest.

»Der Mann, von dem Maisie gesprochen hat, wird etwas wissen. Hollister muss ihn finden.«

»Hollister hat schon so genug zu tun. Ich werde ihn selber finden. Hat Maisie einen Namen genannt?«

Susannah schüttelte den Kopf. »Ethan – ist er wieder im Gefängnis?«

»Nein«, sagte Aubrey und überraschte sie damit. »Er bleibt vorerst bei John Hollister.«

»Geht es ihm gut?« Sie fragte sich, wie die Neuigkeiten über Su Lin seine Beziehung zu Ruby wohl beeinflussen würden.

Aubrey sah grimmig drein und schüttelte den Kopf. »Aber bald, denke ich. Mittlerweile haben er und ich einen vorläufigen Waffenstillstand geschlossen. Ethan ist sehr nachtragend, was meine Vergehen – eingebildet oder echt – angeht.«

Susannah stieß den Atem aus. »Vor kurzem warst du derjenige, der ihm etwas übel genommen hat«, erinnerte sie ihn. »Du dachtest, Ethan und Julia hätten dich betrogen.«

Aubrey, der genug gegessen hatte, erhob sich, ohne zu antworten, und trug seinen Teller zur Spüle.

»Es wird Zeit, dass Frieden und Glück in diese Familie einkehren«, bemerkte Susannah leise.

Ernst sah Aubrey sie an. »Da stimme ich dir zu. Und wie soll man das erreichen?«

Sie seufzte, sagte aber nichts, weil sie die Antwort nicht kannte.

Aubrey trat zu ihr und gab ihr einen Kuss. »Ich komme nicht zu spät zurück«, sagte er und war verschwunden.

Die Männer kamen mitten in der Nacht, Susannah hörte sie auf der Treppe und im Flur. Einen kurzen Moment hielt sie es für einen Traum, aber als sie die Augen aufschlug, wusste sie, dass es Realität war.

Automatisch griff sie nach Aubrey, aber seine Bettseite war leer, die Decken unbenutzt. Das Schlimmste war, dass Victoria nebenan schlief und die Eindringlinge sie finden könnten.

Das riss Susannah aus ihrer Erstarrung. Mit rasendem Herzen taumelte sie aus dem Bett und rannte zu Victoria. Zum Glück hatten die beiden Zimmer eine Verbindungstür. Die Stimmen in der Halle wurden lauter, sie hörte Worte und gelegentlich ein boshaftes Lachen. Die Männer fürchteten eindeutig keine Entdeckung, das machte Susannah nur noch mehr Angst.

Wenn sie doch nur die Schlafzimmertüren abgeschlossen hätte, dachte sie verzweifelt, während sie durch die Dunkelheit stolperte, dann hätte sie ein bisschen Zeit gewonnen. Aber weil Aubrey noch aus gewesen war und sie ihn neben sich gewünscht hatte, hatte sie den Schlüssel nicht im Schloss gedreht.

Susannah trat an Victorias Bett, nahm das warme Bündel in die Arme und eilte in ihr Schlafzimmer zurück, als die Tür aufsprang. Sie drückte die Lippen an Victorias Stirn und schloss für einen Moment die Augen. Es gab kein Entkommen.

Zwei Männer traten ein, Schatten in der Dunkelheit. Einer drehte das Licht an.

»Er ist nicht hier«, stieß der Kleinere der beiden hervor und sah sich um. Da entdeckte er Susannah und Victoria. Der Mann hatte ein narbiges Gesicht, blicklose Augen und einen harten Zug um den Mund.

Der andere starrte Susannah an. »Aber sie«, rief er und grinste.

Susannah lief ein Schauer über den Rücken. »Kommen Sie ja nicht näher«, warnte sie großspurig. Beide waren mit Pistolen bewaffnet, der Kleinere trug zusätzlich ein Messer im Gürtel. Sie dagegen hatte nur ihren Instinkt. Und der kannte lediglich ein Ziel: Victoria zu beschützen.

»Hübsches kleines Ding«, meinte jetzt der andere, als hätte sie gar nichts gesagt. Langsam ließ er den Blick über Susannahs offenes Haar und das Nachthemd gleiten. »Ich werde das genießen.«

Noch nie war Susannah so voller Furcht und gleichzeitig so ruhig gewesen. Sie drückte Victoria an sich, und das Baby begann zu schreien. Da waren noch mehr Leute im Haus, eine Vase zerbrach, und sie hörte einen unterdrückten Fluch.

Wo konnte Aubrey sein? Wenn er nur nicht tot war!

Der große Mann kam einen Schritt auf sie zu.

»Bleiben Sie, wo Sie sind!«, warnte Susannah. Victoria schrie jetzt lauter.

»Tun Sie was mit dem Kind«, verlangte der Kleine.

Susannah schaukelte das Baby und versuchte, es zu trösten. »Was wollen Sie?«

Die Männer grinsten sich jetzt beide an, und erneut lief ihr ein Schauer über den Rücken. Dann ging einer von ihnen durch das Zimmer und drehte das Gas an. Susannah roch die Dämpfe, die aus der Halle hereindrangen.

Der Kleine zog ein Tuch aus der Tasche und drückte es an sein Gesicht, während er zur Tür lief. »Hol diese Frau, damit sie das Kind nimmt, mir platzt gleich das Trommelfell.«

Maisie, dachte Susannah unglücklich. Waren Jasper und sie

unversehrt? Oder hatte das Gas sie bereits erstickt? Wie lange konnte Victoria es einatmen, ohne Schaden zu nehmen?

Ellie kam hereingestolpert, eher benommen als ängstlich wirkend, und schockiert erkannte Susannah, dass sie die Männer zu kennen schien. Sie sah Susannah nicht an, als sie nach dem Baby griff.

»Lassen Sie mich sie nehmen«, murmelte sie. »Ich verspreche, dass ihr nichts geschieht.«

Susannah hatte keine Wahl, zumal der größere der Männer von einer Lampe zur anderen ging, die Flammen ausblies und das Gas entweichen ließ. »Ich schwöre bei allen Heiligen«, flüsterte Susannah wütend und gab das Kind widerstrebend frei, »wenn ihr etwas passiert, werde ich Sie finden und Sie töten.« Sie hustete, ihre Augen brannten, und sie fragte sich, wie lange sie noch bei Bewusstsein bleiben würde.

»Warum tun Sie das?«, fragte sie den kleineren.

»Fessle sie und lass uns verschwinden, ehe das Haus in die Luft fliegt«, drängte sein Kumpan.

Der andere stand jetzt direkt vor Susannah, packte ihr Kinn und zwang sie, ihn anzusehen. »Ein Jammer«, murmelte er, ohne auf das Drängen seines Partners zu achten, »was für ein Jammer.« Dann hob er ohne Vorwarnung die Hand und schlug so hart zu, dass alles um Susannah in schwärzester Dunkelheit versank.

Als Aubrey die Haustür öffnete, roch er sofort das Gas. »Jesus«, keuchte er, zog sein Taschentuch aus dem Jackett und hielt es sich vor Mund und Nase.

»Hol Susannah und das Baby!«, rief Ethan, der ihm folgte, »ich sehe nach Maisie und Jasper.«

Aubrey war bereits auf dem Weg die Treppe hoch. »Beeil dich«, rief er über die Schulter, »und pass auf!« Es war dunkel im Haus, aber er wagte natürlich nicht, ein Streichholz anzuzünden. Wenn nur seine Frau und sein Kind unversehrt waren!

Als er endlich nach Atem ringend ins Schlafzimmer stolperte, fand er das Bett leer vor. Dann sah er sie in ihrem weißen Nachthemd neben dem Kamin auf dem Boden liegen. Er machte sich nicht erst die Mühe, nach dem Puls zu tasten, sondern warf sie sich einfach über die Schulter.

Das Bettchen nebenan war leer. Er erschrak. Einen Moment dachte er nach, setzte dann Susannah ab und schüttelte sie fest.

»Susannah!«, brüllte er. »Wo ist das Baby?«

Wundersamerweise antwortete sie, wenn auch nur lallend. »Weg … Ellie hat sie … weg!«

Erleichterung überwältigte ihn. Seine Frau lebte, Victoria war sicher in der Obhut des Hausmädchens, mehr zählte im Moment nicht. Er nahm sie auf die Arme und trug sie hinaus auf den Rasen. Kaum waren sie dort, erschütterte eine gewaltige Explosion das Haus. Noch zwei Detonationen folgten und ließen Asche und Trümmer auf sie herunterregnen.

Aubrey schirmte Susannah so gut wie möglich ab. Susannah, nur halb bei Bewusstsein, lag wimmernd unter ihm. Er brauchte sich nicht umzudrehen, um zu wissen, dass das Haus vollkommen zerstört war – aber es war ihm vollkommen egal. Seine Tränen galten Maisie, Jasper und Ethan. Ach, Ethan! Ob er noch rechtzeitig herausgekommen war? Und wo hatte Ellie Victoria hingebracht?

Aubrey hörte das Klingeln der Feuerwehrwagen. Ironisch und verbittert lachte er auf. Dann erhob er sich und zog Susannah so weit wie möglich von dem brennenden Haus weg.

»Aubrey!« Zuerst verklang der Ruf in der Flut der Eindrücke und Geräusche, die ihn plötzlich umgaben. Dann hörte er erneut seinen Namen: »Aubrey!«

Das war Ethans Stimme. Er fuhr sich mit einem rußverschmierten Arm über die Stirn und rief: »Hier drüben!«

Ethan kam irgendwo aus der Rauchwolke hervor, die Haare versengt, die Kleider in Fetzen, aber mit einem glücklichen Lächeln im Gesicht. »Himmel«, keuchte er.

Die Brüder umarmten einander.

»Susannah?«, fragte Ethan heiser. »Das Baby?«

»Susannah ist im Pavillon«, erwiderte Aubrey. »Meine Tochter ... « Die Stimme versagte ihm. »Ellie hat sie mitgenommen. Wenn sie rechtzeitig entkommen sind, ist ihnen nichts passiert.«

»Wir werden sie finden«, versprach Ethan. Seine Augen glänzten, und er legte Aubrey beruhigend die Hand auf den Arm.

»Maisie und Jasper?«

»In Ordnung, wenn man von ein paar Schrammen und Brandblasen absieht«, versicherte ihm Ethan. »Ich habe sie in den Stall gebracht.«

»Was ist mir dir?«

Wieder grinste Ethan. »Ich denke, mir geht es etwa so gut wie dir, nicht besser und nicht schlechter.« Damit ging er in den Pavillon zu Susannah und nahm sie auf die Arme. »Da Aubreys Rippen immer noch bei jeder Belastung schmerzten, hatte der nichts dagegen.

Als Susannah die Augen aufschlug, hatte sie dröhnende Kopfschmerzen und lag unter einer Decke auf einem Strohhaufen. Aubrey kniete neben ihr, und als sie ihn sah, schluchzte sie erleichtert auf und schlang ihm die Arme um den Hals.

»Schsch«, beruhigte er sie, »es ist vorbei, du bist in Sicherheit.«

»Victoria ... «

Er küsste sie auf die Stirn. »Ellie hat sie zu Reverend Johnstone gebracht. Es geht ihr gut, Susannah, und Maisie und Jasper auch.«

Jetzt hörte sie die Geräusche und roch den beißenden Qualm. »Das Haus?«

»Zerstört«, sagte Aubrey. »Aber sei nicht traurig, wir brauchen es nicht.«

Wir? Sie klammerte sich an ihn. Hatte er das Wort gerade anders benutzt als sonst, oder bildete sie sich das nur ein?

Er strich ihr die Haare aus dem Gesicht und küsste sie leicht auf die Lippen. »Ich liebe dich, Susannah«, sagte er ruhig. »Bitte bleib bei mir.«

Tränen des Glücks stiegen ihr in die Augen. »Du liebst mich?«, wiederholte sie ungläubig.

Er nickte und küsste sie erneut, ehe er sie auf die Füße zog. »Komm jetzt, Mrs. Fairgrieve, wir gehen zu Reverend Johnstone. Er wird Maisie, Jasper und dich für die Nacht aufnehmen.«

»Und was ist mit dir?« Sie bemerkte ihren Schwager aus den Augenwinkeln. »Und mit Ethan?«

»Wir sind in Ordnung«, versicherte Aubrey zärtlich.

»Warte«, bat Susannah, als er sie aus dem Stall führen wollte.

»Was gibt es noch?«, fragte er ungeduldig.

»Ich liebe dich auch«, erklärte Susannah. »Ich wollte es nur noch einmal laut sagen.«

Er lachte leise. »Und ich will es hören.« Jetzt erst merkte sie, dass sie einen Mantel trug, dass sein Hemd Brandlöcher hatte und seine Haut wahrscheinlich vom Feuer versengt war.

Traurig betrachtete sie das Haus, das ein Flammenmeer war und nicht zu retten sein würde. »Was machen wir jetzt?«, fragte sie.

Er lächelte. »Wir fangen noch einmal ganz neu an, Mrs. Fairgrieve.«

20

Das einst so herrschaftliche Haus lag als Ruine in der Wintersonne. Susannah stand neben Aubrey, der ihr den Arm um die Taille geschlungen hatte, und dachte über einen Neuanfang nach. Victoria war noch mit Maisie im Pfarrhaus.

»Es tut mir Leid, Susannah«, sagte Aubrey.

Überrascht sah sie ihn an. »Was?«

»Du bist eine Braut. Du solltest in einem Haus wohnen, stattdessen werden wir mit Victoria über dem Laden wohnen, bis in einem Jahr das neue Haus fertig ist.«

Sie lächelte und drängte sich an in. »Es ist mir egal, wo wir wohnen, solange wir zusammen sind«, erklärte sie.

Sie spürte seinen Atem warm an ihrer Schläfe und erschauerte. »Ich werde es größer und besser …«

Sie sah ihn an. »Das Haus?«

Er nickte, verblüfft über ihr Gesicht, das ihren Zweifel widerspiegelte. »Willst du das denn nicht?«

Sie sah an seinen Augen, dass er es ihr wirklich recht machen wollte, und schüttelte den Kopf. »Wir brauchen viel Platz, weil es mehr Kinder geben wird«, begann sie errötend, »aber etwas Einfaches, Gemütlicheres wäre mir lieber. Können wir nicht ein bescheidenes Steinhaus bauen?«

Er lächelte. »Ohne Ballsaal?«

Sie lachte. »Ohne, aber mit Klavier.«

Er drückte sie an sich und lachte leise. »Solange deine Schüler wissen, dass du nicht mehr zu haben bist.« Als sie lächelte, strahlte er herzergreifend. »Lass uns ins Warme gehen, ehe wir erfrieren«, schlug er dann vor.

Er half ihr auf den Wagen, setzte sich neben sie und ergriff die Zügel. Dann sah er sie ernst an. »Ich liebe dich, Susannah.«

Ihr Herz ging auf. »Und ich liebe dich«, erwiderte sie und schmiegte sich an ihn. Aubrey hatte für sie beide und Victoria ein Zimmer im Hotel gemietet, solange die Wohnung über dem Laden eingerichtet wurde. »Was passiert mit Ethan?«, fragte Susannah, als sie unterwegs dorthin waren

»Er ist von allen Anklagen freigesprochen worden«, erklärte Aubrey. »Die Polizei weiß jetzt, dass die Männer, die gestern eingebrochen sind und das Haus zerstört haben, zu einer Bande gehören, die Su Wong und Delphinia getötet hat.«

»Wie hängt das alles zusammen?«

»Es ist eine Schmuggelbande für Opium. Am Schluss sind sie alle einander an die Kehle gegangen.«

Susannah schwieg. »Mr. Su und Delphinia – was haben sie genau damit zu tun gehabt? Und welche Rolle hat Ellie bei der ganzen Geschichte gespielt?«

»Su Wong war anscheinend der Kopf der Bande, und Delphinia brauchte viel Geld, so ist sie dazugekommen. Dann war das natürlich noch das Motiv der Rache – Su wollte es Ethan heimzahlen, Delphinia mir. Was Ellie angeht, denke ich, dass sie zur Komplizenschaft gezwungen wurde.«

Susannah seufzte und wechselte dann das Thema. »Maisie und Zacharias sind ineinander verliebt, weißt du das?«

Aubrey lachte. »Das stimmt. Ich fürchte, wir müssen uns nach einer neuen Haushälterin umsehen, wenn unser Haus fertig ist.« Er schwieg und dachte nach. Stell dir nur vor, wie das Wohltätigkeitskomitee Gift und Galle spucken wird, wenn es

Maisie als Hausherrin von Zachs Haus anerkennen muss, ganz in Diamanten und Seide.«

Es war eine köstliche Vorstellung. »Und Ethan wird im Frühling Ruby Hollister heiraten«, spekulierte Susannah weiter.

Aubrey nickte. »Sieht so aus, als wären wir beide nicht die Einzigen, die neu anfangen.« Mit einem verwegenen Funkeln in den Augen sah er auf sie herab. »Du und ich – wir fahren nach San Francisco in die Flitterwochen, während Maisie auf Victoria aufpasst. Im Frühjahr reisen wir dann nach Europa.«

Susannahs Augen wurden groß. »Können wir in die Oper gehen in San Francisco? Das war schon immer mein größter Traum!«

Er küsste sie liebevoll. »Was du willst, Mrs. Fairgrieve«, versicherte er. »Und nun lass uns ins Hotel zurückfahren und etwas besser miteinander bekannt werden.«

Susannahs Herz klopfte schneller. »Was ist mit dem Laden heute Morgen?«

Er trieb die Pferde an. »Der Laden kann warten«, erklärte er lächelnd, »ich nicht.«

Ein neuer Roman der bekannten Erfolgsautorin

Primrose Creek, Nevada. Seit Jahren ist Skye McQuarry heimlich in Jack Vigil verliebt. Der jedoch hat sich nach einer Enttäuschung geschworen, nie wieder etwas mit einer Frau anzufangen – bis er auf die attraktive Skye aufmerksam wird, weil sie auf ihrem Land Holz besitzt, das er unbedingt benötigt. Die beiden treffen ein Abkommen, das schon bald die zarten Bande zwischen ihnen zu zerstören droht ...

3-404-18633-8

Irland, 12. Jahrhundert. Fionna O'Donnel ist entschlossen, ihr Land und ihre Landsleute vor dem Vasallen des englischen Königs zu beschützen, der gekommen ist, um GleannTaise Castle in Besitz zu nehmen. Doch als sie ihrem Feind Raymond DeClare endlich gegenüber steht, muss sie feststellen, dass sie etwas ganz anderes für ihn empfindet ...

„Fetzers neuester Roman fesselt die Sinne ebenso sehr wie das Herz." ROMANTIC TIMES

3-404-18636-2

BASTEI LÜBBE